「どうかされましたか、お兄様」
三千院琴音《さんぜんいんことね》
瑞穂の実家、四天寺家と双璧をなす三千院家の少女。入家の大祭に参加する兄・水重の付き添いとしてやってくる。
「
白いなぁ、お兄ちゃんは」
黄 秋華《こうあきはな》
祐人たちの同期である黄英雄の妹。英雄を唆し入家の大祭に参加させるなど、悪戯好きの少女。

面倒ごとは忘れて
夏休みはみんなと海へ!!

「私は四天寺の名には興味はない」
「朱音さんには申し訳ないけど
今回のこの大祭は……
僕がぶっ潰すよ」
「ナイト家を再び表舞台に
出してみせるから！」
三千院水重《さんぜんいんみずしげ》
「精霊を知る鬼才」と呼ばれた精霊術師界で最強の一人。自らの力を証明するためか、入家の大祭に参加を表明する。
ジュリアン・ナイト
かつてはイングランドで一、二を争う名門だったナイト家の嫡男。家の復興を狙い、日本にまでやってくる。

魔界帰りの劣等能力者

8.入家の大祭

たすろう

HJ文庫
978

口絵・本文イラスト　かる

Contents

プロローグ
005

第1章
来訪者
015

第2章
依頼
075

第3章
駆け巡る入家の大祭
102

第4章
大祭スタート
168

第5章
調査
215

第6章
大祭　トーナメント
266

第7章
トーナメント戦
306

エピローグ
346

プロローグ

「うん、やっぱり水着はここが一番取《と》り扱《あつか》いが多いね！　それにしてもまさか堂杜《どうもり》君から旅行の提案があるなんて意外だったねぇ。一番、行きそうになかったもんね、バイトの忙《いそが》しさ的に」

そう言うと静香《しずか》は振《ふ》り返り、後ろに控《ひか》える四人の少女へ顔を向けた。

「さあさあ、じゃあ早速《さっそく》、物色するとしますか」

「物色って……静香」

テンションの高い静香に茉莉《まつり》がため息を吐《つ》く。

「四天寺《してんじ》さんたちも早く行きましょ！」

「う、うん」

瑞穂《みずほ》が気おくれしたように返事をするとマリオンとニイナも恐《おそ》る恐るという感じで店内を見渡《みわた》した。

今日は祐人《ひろと》発案で夏休みに皆《みな》で旅行に行くことになり、一悟《いちご》の強力なプッシュとリーダーシップで海水浴に行くことになった。

するとと瑞穂が四天寺家が所有する離島《りとう》の別荘《べっそう》を思い出し、そこへ行くのはどうかと提案した。

それはいい。

それはいいのだが……。

「どうしたの？　みんな」

静香が三人のいつもらしくない反応に首を傾《かし》げた。

「私、実は水着を買うの初めてで……着た記憶《きおく》もほぼないです」

「私もです」

マリオンとニイナがカミングアウトすると静香が驚《おどろ》いた。

「ええ？　そうなの？　うーん、そっかー。みんなそれぞれ住んでたところも違《ちが》うもんね。え？　まさか四天寺さんも？　四天寺さんち所有の離島の別荘に行くのに？」

「わ、私はそんなことないんだけど自分で買うのは初めてで……それに小さいときに数度、行ったことくらいしか記憶にないのよ」

そもそも瑞穂は自分の服を自らショップに赴《おもむ》いて購入《こうにゅう》した記憶がない。

家に服を持ってきてもらい、そこから母親の意見を聞きながら適当に選んでいたというとんでもないお嬢様《じょうさま》ぶりなのだがそれは恥《は》ずかしくて黙《だま》っている。

「よし分かった！　どうせ買わなくちゃいけないんだから、とりあえず個々に選びましょう。この水着アドバイザー水戸《みと》静香が的確な助言をしましょう！」

友達と旅行できるのが嬉《うれ》しい静香はとても上機嫌《じょうきげん》で大見得《おおみえ》をきる。

「そうね、まずは各々《おのおの》自由に選びましょう」

「わ、分かったわ」

「はい、ちょっと見てみます」

「水戸さん、私は本当に初めてなのでご一緒《いっしょ》させてもらっていいですか」

「もちろん！　じゃあニイナさん、あっち見に行こう」

彼女《かのじょ》たちは頷《うなず》き合うとそれぞれに解散し、棚《たな》から吊《つ》るされている水着を眺《なが》めだした。

唯一《ゆいいつ》、このメンバーで迷いなく動き出したのは茉莉だった。

茉莉は今年流行のデザインが展示されている水着を横目にそのすぐ隣《となり》の棚の前で止まった。

茉莉は去年も自分で買っている。今年はどのようなものにするかも雑誌を見て何となく決めているので、想像のものと近いものを探してみる。

(祐人にも見られるし、可愛《かわい》いものを選びたいな……あ)

　そこで茉莉は思《おも》い描《えが》いたものに近いデザインの水着に目が引き寄せられた。

　静香が一着の水着を持ち出してニイナに見せた。

「これなんかどう？　清楚《せいそ》そうでニイナさんに絶対合うと思うわ」

「ええ!?　こんなの恥ずかしいです。生地《きじ》がどうしてこんなに少ないんですか……肌《はだ》が露《ろ》出《しゅつ》しすぎてます」

「そうかなー、こんなもんだよ、水着なんて」

「だって堂杜さんたちにも見られるんですよね。それでこんな……あ、あれはどうですか？　あれなら私も着られる気がします！」

　ニイナがちょっと離《はな》れたところに展示されている全身を覆《おお》うような水着を指さす。

「うん？　うわぁ、ニイナさん……。あれはね、直射日光を死んでも受けたくはないマダムたちの、そう、言うなればあれは鎧《よろい》なの」

「鎧？　水着じゃなくて？」

「そうよ、だって見てごらん。あれで自由に泳げるとでも思う？」

「た、たしかに泳ぐ感じではないです。上から羽織っているような生地が邪魔《じゃま》そうで」

「いい？　ニイナさん。若い私たちはこっちなの。じゃあ、これとこれを試着してみて。きっと似合うよ。私の眼力を信じなさい！」

「わ、分かりました。恥ずかしいですけど……」

「うん、試着したら呼んでね、ニイナさん。私、瑞穂さんとマリオンさんの方を見てくるわ」

静香が笑顔《えがお》でその場から離れると残されたニイナは渡《わた》された水着を見て顔を紅潮させた。

瑞穂とマリオンは互《たが》いに背中を合わせるように水着を見つめて悩《なや》んでいた。

「マリオンどう？　気に入りそうなのあった？」

「すみません、私も分からないです。どういったものがいいのでしょうか。ただ、この辺のものは、ちょっと華《はな》やかすぎるような気がして。それにこれを着て祐人さんに見られるんですよね……」

「う！　それは少し」

「はい、恥ずかしいです」

「まったく、ニイナさんもそうだったけど何を言っているの、この二人は。あなたたちの顔とスタイルでそんなこと言ってたら嫌《いや》みでしかないよ」

静香がいつの間にか二人の間に入り会話に参加している。

「仕方ないなぁ。いい？　二人とも目を瞑《つぶ》って。それで男の子に水着姿を見られているところを想像してみて」

「突然《とつぜん》、何を」

「いいから。ほら、マリオンさんも」

静香にそんなことを言われ仕方なく目を瞑って想像するとやはり二人は恥ずかしくなってしまう。

「はい、そこに堂杜君が来ます」

「な、何で祐人が出てくるのよ！」

「え？　あ、それはほら、一緒に海に行くからだよ」

「ううう……」

すると二人は先ほどよりもさらに顔を赤くさせる。

「ううん？　あれあれ～？　こっちよりも堂杜君が照れていますよ」

すると静香が二人の羞恥《しゅうち》が限界に達する直前、まさに絶妙《ぜつみょう》なタイミングで声を上げた。

「え？」

「え⁉」

「あ……」

「ああ、これは二人の姿に見惚《みと》れてしまって、正面からこちらを見られないようですね」

「……！」

「男の子は普段《ふだん》から知っている女の子の大胆《だいたん》な姿に弱いんだよねぇ。物語の中だと恋《こい》とか始まっちゃう時あるところですわ」

「……!?」

「はい、目を開けて」

何故《なぜ》か若干《じゃっかん》、息が荒《あら》くなっている瑞穂とマリオンが顔を紅潮させて目を開ける。

「二人とも何か私に聞きたいことがあるかな」

「あ、あの……」

「はい、マリオンさん、何かな？」

「水着のアドバイスをもらえますか？」

「ふふふ……承知！」

「あ、ずるいわよ、マリオン！　わ、私もアドバイスが欲《ほ》しいわ、水戸さん」

「うんうん、分かった！　あ、あと私は静香でいいからね」

すると試着を終えたニイナから静香が呼ばれた。

三人はニイナの白を基調にした水着姿を見て感嘆《かんたん》し、そして、たまたま隣で試着していた茉莉の姿を見て瑞穂とマリオンはテンションが上がった。

友達が水着で先陣《せんじん》をきってくれたことで不思議と勇気が増す。

「ニイナさん、素敵《すてき》！　恥ずかしがらないでいいよ。とっても似合っているから。おお、茉莉、どれどれ、うんうん、それも素敵ね！」

「本当、似合ってるわ。白澤《しろさわ》さんのも可愛いわね」

「はい！　二人とも魅力的《みりょくてき》です」

瑞穂とマリオンの素直《すなお》な感想にニイナも茉莉も顔をほころばせた。

「ちょっと慣れないですが郷《ごう》に入っては郷に従え、です」

「そう？　良かった。じゃあ、私はこれにしようかな」

「マリオン、私たちも早く選びましょ！」

「はい！　水戸さん、よろしくお願いします」

「じゃあ行きましょうか。やる気を出してもらって、よかった、よかった」

「ちょっと静香、あなたもプロデューサーみたいなこと言ってないで自分のも探しなよ」

「分かってるって」

こうして皆、各々に水着を購入するとカフェに入ってお互いの水着の話題や旅行先の現地で何をするかで大いに盛り上がった。
彼女たちはそれぞれに生い立ちも出自も随分《ずいぶん》と異なる。
だが話をしているとそんなことは忘れ、互いをよく知るとても良い機会になった。

第1章　来訪者

「おお！　すごいな！　鞍馬《くらま》！　綺麗《きれい》な砂浜《すなはま》！」

「おお、すごいぞ！　筑波《つくば》！　海だ！　広いな！　大きいな！」

「あ、こら！　鞍馬、筑波！　海に行くなら水着に着替《きか》えてから……って行っちゃったよ」

祐人《ひろと》は眼前に広がる白い砂浜と青い海を前にいつも以上にハイテンションになってしまった鞍馬と筑波に注意するが、二人には届かなかった。

「まあまあ、いいじゃない。すぐに戻《もど》ってくるわよ。それよりも祐人、私たちも着替えて早く行きましょうよ！」

「そうですー」

「あ、ちょっと嬌子《きょうこ》さん！　荷物を置いてからじゃないと」

「祐人！　早く私も行きたい！」

「……行く」

「分かった、分かったから、ちょっと待ってね。荷物が多くて」

白《パイ》とスーザンも待ちきれない様子で祐人の背中を押《お》す。

玄《げん》やウガロンは物珍《ものめずら》しそうにキョロキョロし。傲光《ごうこう》はいたって静かだ。

そこに、今回の引率《いんそつ》役をかってでてくれた神前明良《かんざきあきら》がメンバー全員に声をかける。

「はい！　皆さん、管理人から鍵《かぎ》を取ってきましたよ。別荘はすぐそこですので、そこに荷物を置きに行きましょう。部屋は十分にありますから部屋割りはそこで決めましょう。それで着替えたら、この場所に集合ということでいいですか？　皆さん」

「「「はーい」」」

祐人一家の女性陣《じょせいじん》の元気な声が響《ひび》くと一行は四天寺《してんじ》家の別荘に移動を開始した。

今は夏休み。

祐人たちは四天寺家所有の南にある小さな島に来ていた。

闇夜之豹騒《あんやのひようさわ》ぎのあと、そのときに大いに活躍《かつやく》した鞍馬と筑波にご褒美《ほうび》を、と祐人は二人に欲しいものを聞いた。すると二人はみんなで旅行がしたい！　ということだったのだ。

そこで祐人は旅行の計画を学校の仲間たちに持ち掛《か》けたところ、悪友である一悟《いちご》がその計画を引き継《つ》ぎ、茉莉《まつり》、静香《しずか》、瑞穂《みずほ》、マリオン、ニイナにも声をかけ、大所帯での旅行になった。

ちなみに花蓮《かれん》にも声をかけたのだが、夏休みは実家に帰らなければならないと至極《しごく》残念そうに言い、必ずお土産《みやげ》を買ってくるのだ！　と念を押された。

「うわぁ、本当に綺麗なところ～、これが貸し切りなんて信じられないね！　茉莉、瑞穂さんのお家ってどれだけお金持ちなの？」

「そうね！　瑞穂さん、ありがとう！　こんな素敵なところに招待してもらって」

「私、実は海水浴に来るのは初めてで嬉しいです！　ミレマーでは海に行ったことがなかったから」

「私も子供の頃《ころ》に行ったきりで、本当に久しぶりです」

「ええ、みんな喜んでもらって良かったわ。最近は来ていなかったんだけど、自由に使っていいから。ここにはシュノーケリングの装備も揃《そろ》っているから、いつでも言って。茉莉さんも静香さんもやってみたいって言ってたでしょう？」

「やりたい！　茉莉、絶対やろう！」

「すごいー！　本当に楽しみ！」

「マリオンとニイナさんは？」

「あ、私はいいです」

「わ、私も……」

「そう？　ま、気が変わったら言いなさいね」

茉莉たちは何があったのか、いつの間にかお互いに名前で呼ぶようになっている。祐人もここに来て知らないうちに仲良くなってたんだ、と意外に思っていた。

瑞穂たちが吉林高校《きつりんこうこう》に編入してきた時は、微妙《びみょう》な感じだったのだ。

(まあ、同い年の女の子同士だし、その辺はきっかけがあればすぐに関係を築いたんだろうな。でも……さ)

今、祐人は学校の女性陣の荷物をすべて持ちながら歩いている。

そのため、とんでもなくかさばり歩きづらい。

(何で、僕《ぼく》が荷物係なのかな?)

「おい、祐人、早く歩けよ。俺《おれ》にはこの旅行のカメラマンという大事な役割もあるんだからな」

「この僕の状況《じょうきょう》を見て、それが言える一悟の人間性を問いたいよ!」

「お前、また何かしたんじゃないのか? せっかくの美女、美少女オンリーという奇跡《きせき》の旅行なんだからな、彼女たちの笑顔を曇《くも》らすような真似《まね》はすんなよ?」

「それがまったく心当たりがないんだよ~」

実は何故か、この島に移動している最中から女性陣の機嫌《きげん》がすこぶる悪い。

鞍馬たちはこの島に着いてから呼んだのだが、嬌子たちは移動中の船上に現れた。何でも船に乗ってみたかったのだそうだ。

ただ、よく考えるとその辺りから雰囲気《ふんいき》がおかしかった。

嬌子たちと何か話していたようだったのだが……。

先頭に明良が歩き、その後ろに茉莉たちと祐人一家、最後尾《さいこうび》に祐人と一悟が歩くという構図だ。

すると、前方にそれは立派な建物が見えてくる。

「あれが、別荘よ。みんな」

「うわー、大きい！」

「しかも新しくて綺麗！」

島の高台に建てられた別荘からは海が一望でき、景色も景観も申し分のない贅沢《ぜいたく》な別荘に静香と茉莉も大喜びだった。

明良が門を開け、中庭を通り別荘の大きな玄関《げんかん》の扉《とびら》を開けて中に入るように促《うなが》した。

「皆さん、入ってください。はい、どうぞ、あ、靴《くつ》はそのままでいいですので。さあ、入って、入って。白さん、スーザンさん、走ると危ないですよ！　部屋割りをしますから、リビングに行ってくださいね。あ、祐人君、ご苦労様……」

「……はい」

最後に祐人は荷物の山を抱《かか》えながら玄関のドアをくぐった。

四十畳《じょう》以上はあろうかという広いリビングに皆集まると、明良が部屋割りの案を紙で渡した。

「じゃあ、皆さん、二階にツインの客室が八部屋ありますので」

「はいはーい！　私は祐人と同じ部屋がいい！」

「あ、ずるいよ、嬌子！　私も祐人と一緒がいい！」

「コクコク……私も」

「ずるいですー」

「え？　ちょっと……みんな」

「「「絶対にダメよ！（です！）」」」

「のわ！」

突然、息があった四人の少女の声に祐人が飛び上がる。

祐人は激しい異議を唱えた少女たちに顔を向けると、鋭《するど》くも暗い四つの視線の集中砲火《ほうか》を受ける。

（何、何？　何なの？　この殺気は？）

すると茉莉が、瞬《まばた》きを忘れた鋭い目で祐人を睨《にら》みつける。

「祐人……あなた、女学院の寮《りょう》で嬌子さんたちと一緒に寝《ね》たらしいわね」

「え？」

それは……あの時の？　窒息《ちっそく》で死にかけた。

まさか、船で嬌子さんたちと話していたのは⁉

「しかも、四人をベッドに侍《はべ》らすなんてどこのエロ大王なのかしら？」

み、瑞穂さん、エロ大王って……。

「神聖な学び舎《まなや》で、しかも主人の命令に逆らえない嬌子さんたちを……不潔です！」

え？　え？　違うよ、マリオンさん、逆らえないどころか、言うことを聞いてくれなくて困ってるんです。

「学院に残された私たちがどんな目にあってたと思ってるんですか？　それで堂杜《どうもり》さんはハーレムごっこですか？　いい御身分《ごみぶん》ですね。ええ、本当に」

ニイナさん、僕は知らなかったの。学校で何があったのか知らなかったの。

「とりあえず今日の」

「祐人の寝床《ねどこ》は」

「外にテントを張って」

「一人で寝てください！」

「ええ――――？　そんなぁ!?　テントはもう十分、経験済みなのに旅行先でもテントなんてぇ!?」

祐人は涙目《なみだめ》で頑張《がんば》って抗議《こうぎ》をしたが、この四人に勝てることなど出来るはずもなく三泊《ぱく》四日の一日目は中庭でテントを張ることになった。

そう決まると嬌子たちはテントで祐人と一緒を希望したが、瑞穂に昼食と夕食を人質《ひとじち》に取られるとこの処置をあっさり了承《りょうしょう》した。

（ねえ、忠誠心は？）

因《ちな》みに傲光と玄は島を把握《はあく》するために今日は別荘には泊《と》まらないとのことで、ウガロンは庭を希望したので一人にはならなかった。

「ウガローン、ありがとう～（涙）」

「ウガ！」

◆

「うん！　これでよしっと。飲み物もオーケー」

水着に着替えてTシャツ姿の祐人は、四天寺家のプライベートビーチに大きなパラソルを三本立て、ビニールシートを敷《し》くと一息ついた。

その横では一悟が宝物を扱うようにデジカメを入念にチェックしている。

「もう……少しは手伝えよ、一悟は」

「馬鹿者。これから撮《と》る写真のほぼすべてがお宝になるというのに、そんな些《さ》末《まつ》な仕事などしていられるか！　お前だって必ずやこの俺の写真データの前にひれ伏《ふ》すことになるぞ」

「何を言ってんだか、このアホは」

そう祐人が呆《あき》れていると二人の少年の後ろから声がかかった。

「お待たせー。おお、堂杜君、感心、感心、準備は万全《ばんぜん》だねぇ」

静香の元気な声に振り返れば、そこには……それはきらびやかな集団が祐人と一悟の瞳《ひとみ》に飛び込《こ》んできた。

「「おお……！」」

「ふふふ、祐人ー、どうかしらぁ？」

「どうですかー？　祐人さんー」

まず目に入ってきたのは祐人一家たちだ。

嬌子とサリーは自分たちの水着姿を惜《お》しげもなく晒《さら》し、それぞれの方向に完成されたスタイルでその存在感を見せつけている。嬌子は深いグレーの水着にサリーはピンクのビキニタイプの水着を新調していた。

「す、すげぇ……嬌子さん、サリーさん。手足長すぎ」

「う、うん……」

一悟は思わずそんな言葉をこぼすと、同意するしかない祐人。

(この二人の色気は人並外れているよ！　あ、人じゃないか)

祐人の顔を赤くした表情に満足気の嬌子は顔をニヤニヤさせて、サリーもニコニコしながらご満悦《まんえつ》の様子。

「ひ・ろ・と！　気に入ってくれた？」

「そりゃ、もちろん！　眼福です！　な、祐人！」

「うん！　すごい似合ってるよ！　嬌子さん、サリーさん！」

「ふふふ、そうでしょう、そうでしょう」

「良かったですー」

そこに白とスーザンが大きな浮輪《うきわ》を頭上に掲《かか》げて走り抜《ぬ》けていく。その掲げた浮輪には水着に着替えた鞍馬と筑波がおさまっていて楽しそうだ。

「わーい！　海だ――！　スーザン、行こう！」

「……行く！」

「あ、白！　海に入る前に、しっかり準備運動してから……」

「えい！」

「……えい」

海を前に興奮しているのか、白とスーザンが鞍馬と筑波が乗っている浮輪を海に向かって投げ飛ばす。

「あ！　こら！」

鞍馬と筑波はウキャキャと喜びの声を上げながら、浮輪ごと海の奥《おく》の方ではじけ飛んだ。

普通《ふつう》なら危険この上ない行為《こうい》だが鞍馬と筑波は大喜び。

「あはは、サリー、私たちも行きましょうか！」

「はいー」

意外とノリノリな嬌子とサリーも海に向かって白たちに合流しに行く。

それを眺める祐人と一悟は軽く顔を引き攣《つ》らせるが、嬉しそうにしている白たちを見て放っておくことにした。

「まあ、大丈夫《だいじょうぶ》じゃね？　祐人。この人たちの場合は」

「そ、そうみたい……なのかな？　楽しんでいるならいいか」

「うわぁ、元気だねぇ！　白ちゃんたちは」

静香はスポーティな水着で右手を額にかざしながら笑顔を見せる。

「あれ？　水戸《みと》さん、白澤《しろさわ》さんたちは？」

「もう来ると思うよ。と、その前に……袴田《はかまだ》君、私に何か言うことはないのかな？　水着姿を披露《ひろう》しているこの私に！」

「素敵です。何か身軽な感じが」

「身軽⁉　身軽って何！　もっと喜ばんか！」

「あ痛た！　嘘《うそ》です！　照《て》れ隠《かく》しです！　思春期の男の子の！」

一悟と静香がじゃれている横で祐人もおかしくて笑ってしまう。

（ああ、何かいいなぁ、楽しい気分が膨《ふく》らんでいくよ。みんなで旅行ができてよかった！　本当に）

「ったく！　この男は……あ、ほら、みんな来たよ！」

静香がそう言い、祐人も後ろを振り返ると心臓が軽く跳《は》ね上がった。

（おお！　これは……）

「ごめん、遅《おそ》くなっちゃった」

「しっかり準備はしてくれていたみたいね、祐人」

「祐人さん、お待たせしました」

「ううう……よくこんな頼《たよ》りない格好で平気ですね。ミレマーでは考えられないです」

「おおお！　待ってたよ！　とりあえずみんなで写真撮ろう！」

一悟は飛び上がり、カメラを構える。

でもこればかりは一悟の気持ちも分かると祐人も思う。

普段、一緒にいる女の子たちが水着姿で現れるとまた違って見えてドキドキしてしまう。

「ふふふ、みんなで水着を買いに行ったんだよ。どうだ、男ども！　全員、地味で控えめなものばかりを選ぼうとするから私がアドバイスをしたのよ。そしてこれが、その戦果よ」

「ちょ、ちょっと、静香」

「静香さん！」

「や、やめてください」

「ふえ⁉」

茉莉は赤を基調にし、瑞穂は青い水着。

マリオンは緑でニイナは白とそれぞれに個性があって似合っている。

四人の少女は買い出しの時の話をだされて恥ずかしそうに非難するが、静香の言うことは事実だ。

「水戸さん！　この時ほど君を尊敬したことはない！　な、祐人！」

「うん！　すごい似合ってるよ、みんな！　来てよかったぁ。僕にもこんな時間を過ごすことができるなんて、入学当時は思いもしなかったよ」

「「「「！」」」」

男二人の反応に少女たちも恥ずかしいような、ホッとしたような、嬉しいような表情を見せる。

「そうだな、祐人。良かったな、神はまだお前を見放してはいなかったぞ！」

「う、うん！　神最高！」

祐人たちの興奮ぶりを見て、茉莉たちもクスッと笑いながらも呆れるようになった。

「まったく……。静香、瑞穂さん、海に行こうよ！」

「これだから男は……。そうね、せっかくだし！」

「行こう、行こう！」

「あ！　写真は？」

「あとで撮ればいいよ！　まずは楽しんでからで！」

やはり旅先でテンションの高い茉莉たちはそう頷き合うと、海に向かおうとするがマリオンとニイナの動きが鈍《にぶ》い。

「うん？　マリオン、ニイナさん、どうしたの？」

「あ、いえ……実は私、泳ぎが苦手で」

「右に同じです」

「え？　そうなの？　大丈夫よ、ここは浅瀬《あさせ》が広いから奥まで行かなければ平気よ。ほら、二人とも、こっちに来なさい」

「あ……！」

「ふえぇ！」

瑞穂はそう言ってマリオンとニイナを引っ張りながら海へ向かった。

その先にはダイナミックに海で暴れて遊んでいる白たちがいる。

まるでどこぞのテーマーパークよりもスリリングなアトラクションを見ているようだ。

「祐人」

「何？」

「俺たちも行くか！」

「うん！」

一悟と祐人はそう言い合うと全力疾走《しっそう》で海に向かっていった。

そこに一番後に現れた明良は笑顔でこの光景を見つめた。

祐人と一悟が皆と合流すると忽然《こつぜん》と海の向こうから波に乗って現れた玄とウガロンが巨《きょ》大《だい》な水の滑《すべ》り台《だい》を作りだして全員を誘《さそ》っている。

「あはは……やっぱり若いっていいですね」

そう言うとパラソルの下で本を開くのだった。

◆

祐人たちは十分に海を堪能《たんのう》し、別荘に戻ると夕食は中庭でバーベキューを楽しんだ。

二日目はシュノーケリングや島の散策、夜は一悟主催《しゅさい》の怪談話《かいだんばなし》大会を始める。

能力者相手の怪談話など意味がないと静香が突《つ》っ込みを入れたが、意外なことにニイナと静香が平気で、マリオンと瑞穂、茉莉はからきし駄目《だめ》だったことが発覚し、嬌子たち人外組が大笑いをしていた。

「何よ、あなたたち！　その顔！」

「わ、笑い事じゃないです！　この世で一番怖《こわ》いのは幽霊《ゆうれい》なんです！」

「そうよ！　それに袴田君の話し方は卑怯《ひきょう》よ！　それにこの蝋燭《ろうそく》がいけないわ！」

「し、静香、ニイナさん、ああ、あなたたち、よく平気ね」

涙目のマリオン、瑞穂、茉莉は体を震《ふる》わせて怒《おこ》る。

「えー？　私は信じてないもん」

「私もピンときませんね、そんなに怖いんですか？」

能力者の友人がいながらのこの発言に茉莉は二人の鈍感《どんかん》さを心底羨《うらや》ましいと思う。

一悟はというとニヤリと不気味に笑い、口を開いた。

「次の話はね、我らが吉林高校での有名な話なんだが……」

「いやぁ！」

「もういいです、もうやめましょう！」

「袴田君！　やめなさい！」

「ありゃりゃ、でも、こんなにいいリアクションされるとなぁ。祐人は全く平気だな？」

「あはは、僕は全然。だって僕は普段からよく雑霊《ざつれい》に襲《おそ》われるから慣れているしね」

「「え？」」

波が引くように祐人から離れる怪談《かいだん》が駄目な少女たち。

「ちょっと、祐人！　なんなのよ、それ！　全然、笑えないわ！」

「こっちに来ないでください！」

「祐人は今日もテントよ！　そんな人をこの家に入れたくないわ！」

「ええ――!?　そんなぁぁ！」

目を剥《む》いて驚《おどろ》く祐人の膝《ひざ》には鞍馬と筑波がスヤスヤと寝息《ねいき》を立てていた。


三日目は自由行動で鞍馬や筑波たちは相変わらず、白たちと海で元気よく遊びに行った。

瑞穂や茉莉たちは涼《すず》しい別荘《べっそう》内でそれぞれに静かに過ごし、最後の夜は花火まで明良が用意してくれているとのことで、それをみんな楽しみにしていた。

祐人と一悟は海が一望できる中庭のテラスで、リクライニングシートに体を預けている。

「いやぁ、こんなに素晴《すば》らしい旅行が経験できて四天寺さん、様様だな、祐人」

「そうだねぇ、鞍馬と筑波も大喜びしてくれたから本当に瑞穂さんには感謝だよ。瑞穂さんが申し出てくれなかったら、こんなに贅沢な旅行は出来なかったね」

そう言い、祐人は後ろに顔を向けると、瑞穂たちは祐人たちからもよく見えるリビングで、静香を中心にカードゲームを楽しんでいるようだった。

「そういや、祐人」

「うん？　何？」

「お前はさ、あの四人の中で誰《だれ》が一番いいんだ？」

「え？　何だよ、突然」

「だってさ、お前、入学式の時に俺と約束したじゃん。これから彼女《かのじょ》を作るために努力するって。だったらさ、あの四人が今一番、お前に近しい異性になると思うんだわ」

「そんなこともあったね。うーん、結局、僕は日々の生活に追われて、そこまで考えてなかったよ」

「祐人。ちょっと、マジな話していいか？」

「ど、どうしたんだよ、一悟」

「いや、お前をみているとな、何となく感じるんだよ。お前はどこか女の子を遠ざけて見ているようにしている、ってな。まるで自分にブレーキをかけているみてーだ」

一悟の真面目な表情からの指摘《してき》に祐人の顔から浮つきが消える。

「おまえ、他に好きな人がいるんじゃないか？　俺にも内緒《ないしょ》にしている」

「……！」

「その顔は図星か。どんな子かは知らねーけど……誰なんだ？　お前の片思いか？」

祐人はその問いにすぐには答えず、真剣《しんけん》な表情のまま遠くの海の方を見つめる。

一悟のその問いかけは、祐人の心の奥底《おくそこ》にいて、かつ深く根を下ろし、祐人の心の一番やわらかいところを占拠《せんきよ》している、ある青い髪《かみ》の少女の顔を映し出した。

魔界《まかい》で出会ったその少女に惹《ひ》かれたそのときから魔界での祐人の戦いは激しさを増した。

彼女の進む道はそれだけ過酷《かこく》で険しく希望に満ちていた。

（リーゼ……）

祐人は彼女……リーゼロッテの傍《そば》にいると決断したとき、祐人の世界は自分だけのものではなくなった。

彼女が前に進めばその前に立った。

彼女が辛《つら》いときは分け合い、彼女が泣けば悲しく、彼女が笑えば……祐人は救われた。

そして、そのリーゼロッテはもういない。

「そうだね、僕の片思いなのかもしれない。今はもう」

祐人はそう言うと目の前に浮《う》かぶリーゼが怒ったような表情を見せた。

まるで今の祐人を叱《しか》っているように。

〝祐人、私は誰かに対して何の感情も湧《わ》かない人間に魅力《みりよく》を感じないのよ。私は誰かに怒って、嫌《きら》って、同情して、憐《あわ》れんで、感謝して、一緒《いつしよ》にいたいと思って……それで誰かを好きになれる人が好きなの！　それはいつの時もどんな時も！〟

祐人は驚いて目を広げた。

今、心地《ここち》の好《よ》い海風がいつしか言われたリーゼロッテの声を運んできたように……。

「そうだったね、リーゼ。僕も誰かを好きでいたいな。それなのに、こんなに自分の心を鈍感にしてちゃ駄目だったね」

「うん？　何だって？」

よし！　と祐人は拳《こぶし》を握《にぎ》った。

「一悟！　僕も忙《いそが》しいっていうのを言い訳になんかしないよ！　やっぱり彼女が欲しい！」

「お、何だ？　いきなりやる気を出しやがって……でもよかった。それでだ、話を戻すが、あの四人の中ではどうだ？　俺の目から見ても全員、出会えたことだけでも奇跡ってレベルだぞ」

一悟がリビングでまだカードゲームをしている瑞穂、茉莉、マリオン、ニイナの方に目をやると祐人もそちらに視線を向ける。

「うーん……」

「何⁉　お前、不服なのか！　これは意外な……」

「と、とんでもないよ！　みんなすごい美人だよ！　しかも頭も僕よりいいし僕なんか釣《つ》り合わないと思ってるよ。正直、友達になれたのが奇跡だとも思ってるし。それでもし付き合えるなんてことがあったら自分の幸福に驚くよ」

「な、なんだよ、じゃあ誰かにアタックしてみればいいじゃん」

「ただ、アタックするのはなぁ、と。何と言うか、あの四人はたまに怖いんだよね……すぐ怒るし。一昨日も昨日も僕だけ寝るところがテントだよ。これはちょっとないんじゃない？　って思うんだよ」

「ああ、それは確かに」

ここは一悟も同意。おかげで一悟もみんなで旅行中なのにもかかわらず部屋で一人だった。正直、つまらなかったのだ。

「僕だってさ、悪いところがあるかもしれないけど、さすがに時折、理不尽《りふじん》さを感じてるんだよね」

「お？」

（こ、これは面白《おもしろ》い！）

一悟が瞬時《しゅんじ》に思ったのはこれだった。

それは意外にも祐人が彼女らの理不尽さに不満を持っているという本音が聞き出せて楽しくなってきた。どうやら今回のテントの件が効いているみたいだ。

（長いテント生活を本当に嫌《いや》がっていたからなぁ、祐人は。そのために働いていたところもあったし。今回のお仕置きはその辺に触《ふ》れたのか。それにしても……こいつはただのドMなのかと思っていたが一応は違《ちが》ったみたいだな、安心したぜ）

今となってはあそこの四人の少女も一悟にとっては大事な友人だ。それでいて勘《かん》の鋭い一悟はこの四人が祐人に並々ならぬ好意を持っているだろうことは知っている。

そういうこともあって、男が一人、女が四人というのは他人事《ひとごと》で超面白い……じゃなくて、良い形で誰かと祐人がくっつけばいいと思っていた。

だが、そこは男同士。

一悟はまず、祐人の仲間なのだ。

（よし！　あの四人には悪いが俺は祐人の味方をさせてもらう。ちょっと焦《じ》らせてやるか）

「そうだな。やっぱり男はどこか心のなかで女性に母性というか、優《やさ》しさを求めてしまうんだよ。その意味では、あの四人はお前に厳しすぎるな」

「そうでしょ？　分かってくれるでしょ？　一悟。いくら顔が超絶《ちょうぜつ》良いからって、あんなに毎日厳しかったらきついよ！」

そこまで言うと少し冷静になった祐人はあることに気づく。

「まあ、勝手に付き合える前提で話している僕もどうかと思うけど。茉莉ちゃんには一度、振《ふ》られているし。あれ？　よく考えたらこの話、意味なくない？　どうせ付き合えない女の子の話してもさ。すでにファンクラブ設立の動きもあるほどの人たちだし、なんか僕ごときが語ることでもなかったよな。その気になれば彼氏《かれし》なんかいつでもできる人たちだった」

「いやいや、いいんだよ。仮定の話だから」

(こらこら、冷静になるな)

「あ、そうか」

「でも、うんうん、たまには癒《いや》しが欲《ほ》しいよな、男は。基本、男は女の子に甘《あま》えたいという本心があるのを知らなすぎる。いくら美少女でも付き合った男は苦労するな」

「あはは、本当だね！　でも癒しかぁ……憧《あこが》れるなぁ。癒しをくれる彼女って、どんなんだろう」

(うん？　そういえばリーゼにもよく怒られていたような。僕って厳しい女の子しか知らないんじゃ……実はそういう人が好きなのか？　僕は！)

そう考えを巡《めぐ》らすと祐人は違う！　と言わんばかりに激しく頭《かぶり》を振る。

すると一悟が大きく頷《うなず》いた。

「よし、分かった、祐人。俺に任せておけ」

「え？　何を？」

「お前に女の子を紹介《しょうかい》してやる」

「マジで⁉　そんなことできるの？」

「ああ、俺を誰だと思ってるんだ。しかも紹介するのは優しくて、おっとりしていて、純《じゅん》粋《すい》な女の子たちだぞ」

「優しくて、おっとり……」

その祐人の表情は決して手の届かない超高級《ちょうこうきゅう》メロンを前にしたような、自分からもっとも程遠《ほどとお》いものを見るような目をする。

「合コンを開くぞ、祐人。相手は……聖清女学院の女の子たちだ！」

「何と⁉」

そう、一悟はちゃっかり数名の聖清女学院の生徒たちと繋《つな》がりを作っていた。

現在も頻繁《ひんぱん》にメールでやり取りをしており、機会があれば会うことも承諾《しょうだく》済みだ。

だが、相手は言わずもがなの超《ちょう》お嬢様《じょうさま》たち。

そして、とても純粋な女の子たちなので一対一で会うのを初回は避《さ》けるのが得策と考えていた。当初、一悟は同じクラスの歩くショタコンと言われている新木《あらき》優太《ゆうた》を誘うつもりだったが、そこに祐人も招くことを思いついた。

だが、これは非常に危険な行為でもあることを一悟は知っている。

もしこれがあの四人にバレようものなら……。

「いや！　これはもう開くしかない！　俺は親友のためにこの体を張るぜ！」

一悟は立ち上がると祐人に手を差し伸《の》べる。

「来い！　祐人。俺たちのユートピアは目の前だ」

祐人は差し伸べられた一悟の手を見つめる。

そして、その手を強く握ると立ち上がった。

「ああ、一悟！　僕はもう立ち止まらないよ！　よろしく頼《たの》む！」

「何やってるのー？　二人とも」

「「のわ――!?」」

突然《とつぜん》、リビングの大きな窓を開けて静香が声をかけてきて、全身を飛び上がらせた一悟と祐人。

「な、何でもないよ！」

「何かな!?　水戸さん」

「うーん？　何か怪《あや》しいわね。何を話し合ってたの？　まあ、いいわ。もうすぐお昼ご飯にするから、みんなを呼んできてくれる？」

「「アイアイマム！」」

猛《もう》スピードで門を抜けて海の方に向かった男二人を静香はジトーと見つめる。

「どうしたの？　静香」

茉莉や瑞穂、マリオンとニイナたちが窓のところに集まってくる。

「なんか怪しいのよね、あの二人。ああ、そうだ、調べ方があるんだった」

静香が茉莉たち四人に顔を向ける。

全員、何？　というような顔。

「体に何か変わりはない？　こう、乙女《おとめ》の感覚を研《と》ぎ澄《す》ましてみて」

「は？」

静香の意味の分からない問いかけに茉莉たちは首を傾《かし》げるが次第《しだい》に、

「そういえば不安というか、もやもやした感じが」

と茉莉。

「ああ、確かに。私は難敵に遭遇《そうぐう》したようなピリピリした感覚があるわ」

と瑞穂。

「私もです。何かしら？　それに悲しい気持ちになってきました」

とマリオン。

「なんでしょうか？　言われてみれば不思議と焦《あせ》りみたいなものを感じます」

とニイナ。

静香は四人の意見を聞くと大きく頷く。

「よーく、分かったわ！　みんな。あとは私に任せなさい」

「「「「？・」」」」

ニヤリと笑う静香に四人の少女は再び首を傾げて食事の用意を始めるのだった。

四人の少女は祐人だけテントに泊まらせたことをちょっと後悔《こうかい》しており、祐人のために練習した料理を一所懸命《いっしょけんめい》作り出す。

静香は海の方に目を移した。

「何を考えているのか分からないけど、面白くなりそうな予感！」

これが後にとんでもない受難を祐人にもたらすことは、この時の祐人にはまったくもって分からなかったりする。

◆

今、祐人は落ち着かなかった。

というのも別荘でみんなと賑《にぎ》やかに昼食をとり始めたのだが……、

「祐人、これも食べてね。お肉好きでしょう?」

「う、うん。ありがとう、茉莉ちゃん」

「あ、このマリネ、私が作ったんですよ。祐人さん、いっぱい食べてください。今、とり分けますから」

「あ、自分でやるよ、マリオンさん」

「わ、私も、サラダ作ったわ！　祐人」

「私もです。切っただけですけど……」

「え？　瑞穂さんとニイナさんも、作ったの?」

このように妙《みょう》にみんなが自分に優しい気がするのだ。

それを嬉《うれ》しいかと問われればもちろん嬉しいのだが、祐人にとっては何かこそばゆい感じで困ってしまう。というより調子が狂《くる》うというのが正しいかもしれない。

(何があったんだろう?)

祐人は自分の前にかいがいしく料理を並べてくる四人の少女を不思議そうに眺《なが》めていると、彼女たちがモジモジした感じで祐人をチラチラと見ている。

すると、瑞穂が意を決したように口を開いた。

「祐人」

「何？　瑞穂さん」

「外に寝かせて、ごめんなさい！　ちょっと今回は私もやりすぎたわ。特に昨日のは……」

瑞穂が頭を下げると茉莉やマリオン、ニイナも神妙《しんみょう》な顔で一緒に頭を下げた。

「え？」

思わぬ四人の謝罪を受けて祐人もリアクションに困ってしまう。

「みんなで旅行に来ているのに祐人だけテントはなかったわ」

「あ、もういいよ、瑞穂さん。そんな気にしてないから」

実はすごく気にしていたが、こう正面から頭を下げられると祐人も許す気になった。

「ううん、私たち反省して、今日はみんなで祐人をもてなそうって話し合ったの」

「祐人さん、ごめんなさい。今日はゆっくりしてくださいね。雑用は私たちでやりますので」

「はい、それでまず堂杜さんに料理を作ろうって。まだまだですけど、でもいつかミレマーの料理を御馳走《ごちそう》します！」

しおらしい茉莉たちの言葉に少し胸が痛くなってきた祐人。

というのも直前にこの四人に文句を言っていたのだ。

優しさと癒しが足りないと。

「み、みんな……」

するると右斜め前に座《すわ》る一悟は祐人が四人の少女の謝罪で簡単にほだされていくのを見てカッと強い視線を送ってきた。

（馬鹿野郎《ばかやろう》、簡単にほだされんな！　テントで独りを過ごした夜を思い出せ！）

（え、でもみんな謝《あやま》ってきてるし）

長い付き合いでこの二人にだけ分かるコミュニケーションが繰《く》り広《ひろ》げられる。

この様子にカレーをドカ食いしている鞍馬と筑波が首を傾げた。

「鞍馬、鞍馬ー、この二人、何を話し合ってるんだ？　カレーって美味《うま》いな！」

「うん！　筑波！　カレー美味い！　鞍馬には分からん！　白とスーザンは分かる？」

「一悟と祐人の会話？　分かるよ！　ね、スーザン」

「……分かる」

「そうか！　すごいな！　教えて、教えてー！」

「いいよ！　えーとね」

（そんなんで、すぐに許すから、お前はいつもひどい目に遭《あ》うんだよ）

「そんなんで、すぐに許すから、お前はいつもひどい目に遭うんだよ～」白
（あ……そ、そうなのか）

「あ……そ、そうなのか」スーザン

「「「え？」」」

突然、聞こえてきた一悟と祐人の会話に瑞穂たちが驚き、目を大きくする。

一悟と祐人の声をそっくりに真似《まね》ている白とスーザン。

「そうだ！　こんなもの～、いっときのものだ。すぐにまた厳しくなるに決まってる～。ここはお前が怒っていることを示すんだぁ！」

「で、でも反省してるって」

一悟役の白と祐人役のスーザンがほぼ完ぺきに二人の秘密の会話をコピーするが、ところどころが白とスーザンらしくなってしまう。

「お前はぁそうやってぇ、すぐに甘い顔《かお》を見せるから女は図に乗るんだぞ～。ここはガツンと言ってやるんだ～。テントにされたのは本当に頭にきたんだろ～？」

「たしかに今回はひどい……でも、なんて言えばいい？」

ビクッと四人の少女の体が固まる。

鞍馬と筑波は、「おお！　白とスーザンすごい！」と称賛《しょうさん》すると通訳している白とスーザンは調子に乗ってきて通訳に自分たちなりのアドリブを入れ始めた。

また全部通訳するのが面倒《めんどう》になり二人の会話を汲《く》み取り勝手に一つにまとめだし、すべて祐人の声色《こわいろ》に統一する。

当の一悟と祐人は言葉を使わぬこの会話に集中している。

（そうだな……うん、よし。まず顔を怒った風に作って、それでこうだ。〝正直、今回はマジでムカついた。こんなことされて簡単には許せねーよ！〟だ）

（おお！　なんかカッコいいな！　実際に言える自信はないけど。でも僕《ぼく》の気持ちはある程度反映してるね、特にテントのことは）

「今回という今回は頭にきたぞぉ！　簡単には許さないぞ、ガオー、これがカッコいい僕の気持ちだ！　特にテント」

（それでだな。〝本当に許してほしかったら、今日は俺《おれ》の言うことを何でも聞いてもらうぞ！　まずは今日一日、俺の事は祐人様と呼ぶんだ〟だ）

（うわー、鬼畜《きちく》っぽいなぁ。でもそれって僕の方が恥《は》ずかしいわ）

「……本当に許してほしかったら、今日は何でも言うことを聞くんだな。今日は僕が鬼畜な祐人様だ」スーザン
「え？　え？　祐人？」

「ちょっと祐人……何を言って」

「祐人さん？」

「堂杜さん、どうしたんですか！」

少女たちがいつもとは違う祐人の言い方（全部、白とスーザンだが）に驚くも、それよりも祐人がいつになく怒っていることに動揺《どうよう》する。

茉莉たちは互《たが》いに目を合わせ、小声で相談を始めた。

「これは何なの？　茉莉さん、祐人が変よ」

「わ、分からないけど、これが祐人の本音みたい。こんなにへそを曲げた祐人は初めてかも。でも、こんなに意思を表示してくる祐人……」

何故《なぜ》か頬《ほお》を染める茉莉。

「祐人さん、そんなに怒っていたなんて。ど、どうしましょう？　祐人さんに嫌われちゃいます」

マリオンは涙目《なみだめ》で怯《おび》えたように顔を青ざめさせている。

「やっぱり、テントはやりすぎだったんですよ。だから私は反対したんです」

「ず、ずるいわよ、ニイナさんも同意してたじゃない！」

「ふえーん、どうしましょう～、瑞穂さん。祐人さんがこんなこと言ってくるなんて、よっぽど怒ってるんです。祐人さんはこんなこと冗談《じょうだん》でも言いません」

「こら、泣くんじゃないわよ、マリオン。それに、どうするって言われても……何でも言の言うことを聞くなんてそんな馬鹿馬鹿しいこと聞き入れられる訳が……」

瑞穂もどうしていいか分からない。高密度のプライドの塊《かたまり》、四天寺瑞穂が無条件に相手の言うことを聞くなんてことは経験にないのだ。

すると、茉莉が意を決した、でもちょっと上気した顔で口を開く。

「私、やるわ！　今日だけ何でも言うこと聞く！」

「え⁉　茉莉さん！」

「今回はやりすぎたのも確かだし、普段《ふだん》、温和な祐人がこんなに怒ったのも分かるわ。それに今のはっきりものを言ってくる祐人、ちょっと素敵《すてき》……じゃなくて、そうでもしなくちゃ気が済まないんだと思う。要するに祐人が許すきっかけをあげるのよ。だから今日一日、祐人の命令に従う！　命令……に」

命令という言葉のところでブルブルっと体を震わす茉莉。

その様子を驚き交じりの目で見つめる瑞穂とニイナ。

「ま、茉莉さん、あなた……まさか」

「ひょっとして……茉莉さん」

「な、何？　あ！　仕方なくよ！　仕方なく。こうでもしなくちゃ今の祐人はずっと怒ったままで気まずいでしょ。いいわよ、ここは私がすべて引き受けるわよ！　それでみんなも許してもらえるように言うわ」

「私もやります！　私、嬌子さんたちの話を聞いて羨ましく……じゃなくて、不潔だと思うばかりにイライラして祐人さんにあまりに酷《ひど》いことをしてしまいました。それにこれから祐人さんと気まずいのはどうしても嫌です。だから私も何でも言うこと聞きます～」

「マ、マリオン、本気？　というより正気？　ちょっとやつれすぎで怖いわよ！」

涙《なみだ》を流して縋《すが》るようにプルプル震える今のマリオンは危《あや》ういほど打ちひしがれている少女そのもの。正直、引く。

「分かりました。私もやります。皆《みな》さんを止めなかった私にも非がありますから。ミレマーの淑女《しゅくじょ》として私も責任をとります」

「ええー!?　ニイナさんまで！」

「瑞穂さんは無理しなくていいです。それに何だかんだ言っても堂杜さんのことです。鬼畜って自分で言っていますけど、そんなに大したことは言ってこないです。多分、ジュース持ってきて、ぐらいでしょう。それですぐ機嫌《きげん》を直して許してくれると思います」

瑞穂は顔を引き攣《つ》らせるが、こうなって自分が参加しないのはどうにも居心地《いごこち》が悪い。

瑞穂はしばし頭を抱《かか》えると観念するように声を上げた。

「ああ、もう！　分かったわよ！　私も今日一日は祐人の言うことを聞くわ」

こんなことになっているとは露《つゆ》知らず一悟と祐人は二人だけのコミュニケーションを続けている。結構、集中力が必要な会話らしい。

(でも、一悟、何でも言うことを聞いてもらうって言っても何を頼めばいいの？　というより、もうこれ現実離《ばな》れしてきたけど、念のため聞くわ)

(そうだな、まず、今日は全員ずっと水着姿だ！　だな)

(おおお！　アホですな、僕たちは。ちょっと見てみたいけど)

二人は途中《とちゅう》から脱線《だっせん》し始めて思春期男子の遊びの会話になってしまう。

しかし、そこで祐人の声色に似せた白の元気な声が響《ひび》き渡《わた》る。

「今日は全員、ずっと水着姿だ！」白
「「「……!?」」」

瑞穂たち全員が一瞬《いっしゅん》、固まる。

「なな！　そう来る!?」

「そんな！　祐人さん、それは恥ずかしい……です」

「ええ!?　ちょっとニイナさん！　大したこと言わないって言ってなかった!?」

「堂杜さん、それは卑猥《ひわい》です！　本当に鬼畜です！」

周囲が激しく反応を起こしているが、まったく気づいていない一悟と祐人はどうせ自分たちだけしか聞いていないと悪ノリしてふざけ合う。

（四天寺さんは食事の時のあーん係で、ちょっと悔《くや》しそうな顔でやること。それと語尾《ごび》には〝ニャン〟で統一）

（あはは、ただの妄想《もうそう》になってきたね。それは口にした時点で僕が海の藻屑《もくず》になるやつだ）

（マリオンさんには肩《かた》を揉《も》んでもらって常に耳元で〝お加減はいかがですか？〟と聞いてもらう）

（おお！　あのマリオンさんに？）

（ふふふ、憧れるだろ。そうだ、白澤さんには足を揉んでもらおう。こちらを見る時は上目遣《づか》いな。〝お疲《つか》れさまです、ご主人様。凝《こ》っているところはないですか？〟と聞くこと）

（ご主人様って……うん？　ああ、分かった！　それ一悟の持ってるバトルメイド物の漫《まん》画《が》のシーンだ）

（そうそう、よく分かったな！　ニイナさんは飲み物を運んでくると毎回、転んで膝にこぼすんだ。それで極度に慌《あわ》てて申し訳ありませんと言いながら祐人のズボンを脱《ぬ》がそうとするんだよ）

（ああ、そんなキャラもいたね）

（よし！　これを言え！　そうしたら許してやるって！）

（言えるか！　僕が殺されるわ！）

（そりゃそうだな）

そう男同士ならではの冗談を交《か》わし、一悟と祐人は笑う。

しかし……これはすべて白とスーザンにより少女たちへ筒抜《つつぬ》けになっていた。

「瑞穂は食事を口に運ぶ、あーん係でちょっと悔しそうにやること。語尾は常にニャンで統一。マリオンは肩を揉んで耳元でお加減を聞くのだ」スーザン
「ええ――!?　何よ、それぇ！　この変態！　しかも呼び捨て……ニャン」

「か、肩ですか？　耳元の意味が分からないですが私はやります、それで祐人さんが許してくれるなら！」

想像の斜《なな》め上の命令に顔を真っ赤に染めあげる瑞穂とマリオン。

「茉莉は足揉《あしも》み係！　こちらを見る時は上目遣《うわめづか》いで〝ご主人様、凝っているところはないですか？〟と聞くんだぞぉ！　ニイナは飲み物を運んできて毎回、転んで膝にこぼすのだ！　慌てて申し訳ありません、と言って祐人のズボンを脱がす。そうしたら許してやるぞぉ！」白
「ひ、祐人、それがあなたの望みなのね。分かったわ、それをやればいいのね……ご主人様（ボソ）」

「ちょっと、私のドジっ子メイドみたいなキャラは何なんですか！　いみじくも国家元首の娘《むすめ》の私にこんなこと……。いいです、分かりました。こうなれば完璧《かんぺき》にこなして見せます」

一悟は腕《うで》を組みと祐人に視線を送る。

（まあ、現実的に言えば〝今回のは本当にひどい！　もうこんな事が続くんなら次はマジで口きかねーから！〟ぐらいかな）

（そりゃそうだろ！　ただでさえこの四人に言うのはハードルが高いんだから。でもよし！　勇気を出して言う！　でも……ちょっとマイルドにして）

祐人は軽く深呼吸をし、勇気を出して顔を少女たちに向ける。

「今回のは本当にひどいよ！　もうこんな事したら……ってあれ？　みんなは？　どこに行ったの？」

祐人がキョロキョロすると静香がチョイチョイと祐人の肩を叩《たた》いた。

「四人なら、着替《きが》えに行ったわよ、水着に」

「水着？　何で着替えに行ったの？」

一悟もいつの間に？　という感じで首を傾げている。

その横では鞍馬と筑波のヒーローとなっている白とスーザンが両拳を天に掲《かか》げてその声《せい》

援《えん》に応《こた》えていた。

静香が呆《あき》れたようにジト目でため息をつくと奥《おく》から茉莉たちが帰って来た。

そして祐人はその皆の姿を見て硬直《こうちょく》した。

「ほ、本当だ。でもどうして水着?」

そう、それは全身を赤くし、恥じらうようにする水着姿の少女たちだった。

「さあ!　これで文句はないわよね、祐人!　……ニャン」

やけくそ気味で涙目の瑞穂。

「ニャ……ニャン?」

だが、その恥じらう瑞穂の姿は新鮮《しんせん》で祐人は目を奪《うば》われる。

「どこで肩を揉めばいいですか……祐人さん」

「ふぁ!」

水着姿のマリオンが背後から耳元で囁《ささや》き、祐人の脳天を直撃《ちょくげき》。

「足を揉むわよ!　ひろ……揉みます、ご主人様、凝っているところはないですか?　あ、ご主人様って……旦那様《だんなさま》みたい（ボソッ)」

「ま、茉莉ちゃん?」

顔は真っ赤だが僅《わず》かに喜びも漏《も》れているような茉莉。

祐人が初めて見る幼馴染《おさななじみ》の表情に上気してしまう。

「お飲み物をお持ちしました……あ！」

そこにジュースをトレイに持っていたニイナが祐人に向かってわざとらしく転び、ジュースを派手に祐人にぶちまける。

「うわ！　冷た！」

「申し訳ありません！　堂杜さん。い、今からクリーニングに出すのでお召《め》し物《もの》を脱いでください！」

そう言うとニイナは華奢《きゃしゃ》な体で祐人の前に四《よ》つん這《ば》いになりズボンを強引《ごういん》に脱がそうとしてくる。

「え？　ちょ、ちょっと、いいよ、ニイナさん！　というかみんなどうしたの？　ハッ、ま、まさかさっきの一悟との会話が……」

「全部聞こえていたわよ。白ちゃんとスーちゃんの通訳で」

静香が何事も無いようにデザートのフルーツを口に運びながら説明する。

「ええ——!?」

祐人が唖然《あぜん》として一悟に顔を向けると一悟は目を逸《そ》らし他人事かのようにカレーを食べ始める。

「こ、これでいいんでしょう！　……ニャン」

「祐人さん、ごめんなさい。一生懸命《いっしょうけんめい》、肩を揉みますから許してください」

「ヒー！　瑞穂さん、そんなに睨《にら》まないで！　マ、マリオンさん、僕は怒《おこ》ってないからそんなに泣かないで！」

「祐人さん、本当ですか？」

「本当だから！　茉莉ちゃんとニイナさんも、ね！　ね！　落ちついて！」

「いいのよ、ひろ……ご主人様。私もしっかりやらせてもらうわ。今回はごめんなさい」

「また、ジュースをお持ちしました。あ！」

「冷た！　あ、足を揉まなくてもいいから、茉莉ちゃん、マリオンさん、近い、近いよ！　うんぐ！」

カレーを瑞穂に口に突《つ》っ込《こ》まれた祐人。

「あーん……ニャン。クッ、これは屈辱《くつじょく》だわ、ニャン」

悔しそうな目でさらに祐人を睨む瑞穂。

これを遊んでいると解釈《かいしゃく》した嬌子たちも参戦。

「ああ！　面白そう！　何やってるの？」

「祐人、祐人ー」

「……楽しそう」

「私もまざりますー」

「『首領～！』」

「のわ！　ちょっと、みんな離《はな》れて！　息が！　息が……できな……い」

外では食事を終えた傲光が槍《やり》を振るって鍛錬《たんれん》をしており、玄はもうウガロンと出かけたようだった。

祐人を中心に人口密集度が高まり収拾《しゅうしゅう》がつかなくなっているとリビングの入り口から大人の女性の声が聞こえてくる。

「あらあら、みんな楽しそうね」

明良とともに入ってきた大人の女性の声に瑞穂をはじめとした全員が驚愕《きょうがく》する。

「あ！　お母さん！」

「ふふふ、なーに？　瑞穂、その水着姿で。でも、可愛《かわい》いわよ？」

全員、固まるが瑞穂の母、四天寺朱音《あかね》は楽しそうにニッコリ笑ったのだった。

「少し、お話をいいかしら」

◆

「ええ――!?　何それ！　お母さん、私は絶対に嫌よ！」

瑞穂は憤激《ふんげき》して母である朱音に抗議《こうぎ》をした。

今、テーブルには朱音、瑞穂、明良を始め、祐人たちも同席している。

朱音の告げた内容は瑞穂だけではなくそこにいる全員にとっても驚《おどろ》きの内容であった。

「駄目《だめ》よ、瑞穂。これは四天寺の総意で決定したことだから覆《くつがえ》すことはできないわ。あなたも四天寺の人間であるならばそんなことぐらい分かるでしょう」

朱音は興奮する瑞穂をたしなめるように……だが、有無《うむ》を言わさぬ雰囲気《ふんいき》をまといながら言い放つと瑞穂は歯ぎしりをするように押《お》し黙《だま》った。

騒《さわ》がしい昼食を終えた後に朱音は瑞穂に大事な話があると告げ、祐人たちにも聞いてもらいたいと言い、今の状況《じょうきょう》に至っている。嬌子たちには席を外すようにお願いしたため、今、祐人ファミリーはここにはいない。

祐人は朱音の言い出した瑞穂に関わる重大な内容に眉《まゆ》を顰《ひそ》めた。

他の同級生の面々も名家中の名家であろう四天寺の持つ歴史と伝統とその重みを知らぬ身であり、それぞれに考えるところはあるが何も口を挟《はさ》むことができなかった。

「入家の大祭……ですか」

祐人が独り言のようにこぼすと朱音はクスッと笑《え》みを見せる。

「そうよ、祐人君。四天寺の歴史は力の歴史でもあるの。他の能力者の家系が時の権力者に阿《おもね》り、パトロンを得ることで家を守っていく中、四天寺はどこにも組みせずに存在していた。それはね、その四天寺の持つ実力がそうさせていたのよ。その強大な力によって」

祐人は口を閉ざし朱音に目を向ける。

「ですが四天寺はただ何もせずにその力を保っていたわけではないの。四天寺は常にその力を落とさず、いえ、より蓄《たくわ》えていくための不断の努力をしてきました。力こそが四天寺を四天寺たらしめることを知っていたからです。そのため四天寺には数々の掟《おきて》、システムが存在します。次期当主候補に名を連ねる者であれば尚更《なおさら》で特にその者たちの伴侶《はんりょ》選びとなれば相手を厳選されるのは当然のことなのよ」

「そのシステムの一つが〝入家の大祭〟ですか……」

朱音が祐人に笑みを見せながら頷く。

これは力を重んじる四天寺にとって、より強く優秀《ゆうしゅう》な子が誕生する可能性を高めるというものだという。

瑞穂は膝《ひざ》の上に拳《こぶし》を強く固めて俯《うつむ》く。

「でも、お母さん。長い間、入家の大祭は執《と》り行われてこなかったじゃない。それが何故、突然、今になって」

「入家の大祭が執り行われなかったのは、たまたまよ、瑞穂。最近ではそれをしなくても四天寺、大峰《おおみね》、神前の三家が認める人物がいただけ。でも今はそういった候補者も見当たらない。あなたは今まで組んだお見合いも実力が足らないという理由ですべて断ってきたでしょう。それは四天寺としては正しい判断よ。でも、このまま相手も見つからないままというわけにもいかないわ。そういう時の〝入家の大祭〟なのよ」

朱音の言うことは瑞穂も小さいことから聞かされていたことだ。瑞穂にとっては今更《いまさら》な説明。だが、今の瑞穂にはどうしても受け入れがたいものであった。

以前の瑞穂であればこれほど反応を起こさなかったかもしれない。

むしろ、無感情に自然と受け入れる可能性もあった。

だがそれは新人試験を受ける前の瑞穂であったのならば、の話だ。

今は何故か……心が悲鳴をあげている。

瑞穂は俯きながらも一瞬だけ横にいる祐人の方に目を移した。

顔までは見られない。だから、その祐人のごつい手を見つめただけであった。

そこで瑞穂は自分に驚いた。

何故なら、自分の視界が滲《にじ》みだしていることに気づいたからだ。

瑞穂は動揺し、歯を食いしばるように自分を立て直す。

すると祐人の奥にいる少女から声が上がった。

「あの……よろしいでしょうか？」

「あなたは？」

「あ、私は瑞穂さんの友達の白澤茉莉です」

「茉莉さんね、瑞穂がお世話になっています。何かしら？　茉莉さん」

「その、部外者の私が言うことではありませんが瑞穂さんはまだ高校一年生です。それでもう結婚《けっこん》相手を見つけなくてはならないんでしょうか？　瑞穂さんにだって心の準備といいますか……これから自分に相応《ふさわ》しい人を見つけることだってあるのではないんですか？」

「年齢《ねんれい》は関係ないわ。それに婚約者《こんやくしゃ》という形でもいいのです。でもそうねえ、相応しい人、が見つかっているなら、大峰、神前の両家に審議《しんぎ》してもらって承認《しょうにん》を得ればそれも可能よ。瑞穂、そんな男性はいるのかしら？」

「え？　そ、それは……その」

突然に話を振《ふ》られて瑞穂は次の言葉を出せない。

横にいる祐人は瑞穂に顔を向けると瑞穂と目が合う。

祐人は瑞穂が何かを言おうとしているのが分かりドキッとした。

それは瑞穂が、いつも凛《りん》として堂々としている瑞穂が、頼《たよ》りない、儚《はかな》げな雰囲気をまとっていたのだ。それはまるで助けを求めているようにも見えた。あの四天寺瑞穂がである。

すると瑞穂は祐人から視線を外し、前を向いて口を開いた。

「み、見つかってないわよ、そんな人」

それを聞くと朱音は残念そうに嘆息《たんそく》する。

「そう……では入家の大祭で見つけるしかないわね」

瑞穂は再び押し黙った。

その瑞穂をマリオン、茉莉、ニイナは、それぞれの表情で見つめる。

その少女たちにとっても、この話はいただけないと思ってしまう。

三人は瑞穂を友人として、そしてライバルとして認めている。

瑞穂の今の状況から見ても四天寺には独特な事情はあるのだろう。自分たちが何を言っても変わらないものが四天寺にはあると理解はできる。

でもこんなのはおかしい。

いや、こんな形で瑞穂が知らない男性と婚約《こんやく》するというのは……もしそれが自分だったら、と思うと三人には心が締《し》め上げられる気持ちになった。

「朱音さん」

「なにかしら？　マリオンさん」

「私は……その、この入家の大祭は反対です！」

マリオンの言葉に瑞穂は顔を上げて驚く。

すると、これを皮切りに茉莉も声を上げた。

「私もです。瑞穂さんの相応しい相手は瑞穂さん自身が見つけるべきだと思います」

茉莉もマリオンに同調するとニイナも頷《うなず》く。

「初めまして、私はニイナと申します。私も同じくです。私の家はミレマーではそれなりに有名な家ですが、自分の相手は自分で探すと父に認めさせています。今時、こんな形で伴侶を決めるなんて古いと思います。もっと娘の瑞穂さんを信じてあげて欲《ほ》しいです」

「そうだよな、俺は一般庶民《いっぱんしょみん》だが、お金持ちの方が生きづらいっていうのはなんとも矛盾《むじゅん》だわ、なあ、庶民代表《しょみん》、水戸さん」

「庶民代表言うな。でも、そうね、こんなに大事なことの選択肢《せんたくし》がないなんて庶民で良かったと思うよ」

「み、みんな……」

瑞穂は自分が決して言うことができないことを朱音にぶつける友人たちを見つめる。

「あらあら」

朱音は緊張感《きんちょう》のない声を出すが動じるところはない。

そんなセンチメンタルな意見でこれまでの四天寺を語ることはできないと言っているように目を細める。

「申し訳ないけど、それで瑞穂に相応しい人間が現れなかったらあなたたちは責任をとってくれるのかしら？　四天寺の先祖の努力と歴史を知らないあなたたちが否定したはいいけど、それでこれまで積み上げてきた四天寺千年の存在を保証できますか？　言っておきますが、これまでに多くの四天寺の血が流れたことがあったことは付け加えておきます」

「……⁉」

静かな、だが威厳《いげん》のこもった朱音の声は少年少女たちを瞬時《しゅんじ》に黙らせるだけの迫力《はくりょく》がある。

「四天寺は歴史の裏側で多くの災厄《さいやく》とも戦い、この日の本の人々を救ってきた家でもあるのです。四天寺が己《おの》が家のためだけに力を求める家系であったら、そんな家はとっくに消えてなくなっていたでしょう。実際に過去、権力者に迎合《げいごう》した能力者の有数の家系が消えてなくなった例はいくらでもあるのです。何故《なにゆえ》に四天寺が独立したまま、今も能力者の名家として君臨しているのか。それはこの家に生まれた人間が生まれ持って力を手にした人間に付きまとう〝責任の重さ〟を知っているが故《ゆえ》なのです」

茉莉たちは朱音の語る四天寺というものに、ぐうの音も出なかった。

これに対して反論するのには彼女《かのじょ》ら、彼《かれ》らに経験がなさすぎたのもある。

「瑞穂」

「はい」

「よろしいですね？」

「は、はい……わかり……」

「ちょっと待ってください、朱音さん」

「あら祐人君、何かしら？」

突然《とつぜん》、母娘に割って入った祐人に朱音は顔を向ける。

「その入家の大祭について詳《くわ》しく教えて頂けませんか？」

「ふむ……何故です？」

「いえ、入家の大祭は瑞穂さんの伴侶に相応しいかを決めるということでしたが、それは大祭に参加した人たちの力を測るというものですよね？　それで最終的に一人を選出するといったような」

「そうです。入家の大祭とは四天寺主催《しゅさい》で幅広《はばひろ》く四天寺家に迎《むか》えるにふさわしい優秀な婿《むこ》、もしくは嫁《よめ》を求めるものであり、方法はトーナメント戦や演武、または四天寺家が用意した人物でその力を測る、というものです」

「そうですか。ですが、その選出された人物が瑞穂さんに相応しいとは言い切れない場合はどうするんですか？」

瑞穂たちは祐人の言いたいことがよく分からず、祐人の真剣《しんけん》な横顔を見つめる。

「それはどういうことですか？　祐人君」

朱音がにこやかに真意を問いただす。すると一人、ニイナは合点《がてん》がいった表情を見せた。

「なるほど、堂杜さん。集まった候補者から一人を絞《しぼ》ったとしても瑞穂さんと実力的に釣《つ》り合わない時もあるのではないか、ということですね」

「そう、ニイナさん。つまり、多数の人間が参加してきたのはいいですが四天寺が望むほどの人材が集まらず、その中で一番になったとしても、どうにも物足りないと四天寺が考えた場合です」

朱音は祐人とニイナに視線を移すと、かすかにニッと笑う。

「それは、今までの大祭の記録ではなかったわ。何故なら、この〝四天寺〟が催《もよお》す祭りです。しかも最終的には四天寺に迎え入れられるのですからこぞって全国の猛者《もさ》たちが集まってきました。それらを勝ち抜《ぬ》いた者はそれこそ周囲に認められる者たちばかりであったと記録されています。ましてや今回は世界中から募《つの》ろうと考えているのです」

「ですが四天寺の求める人材は生半可な達人ではないと思います。僕は間近で瑞穂さんの実力を何度も見てきていますが、相当な方ではない限り釣り合うとは思えません」

「あら、嬉《うれ》しいことを言ってくれるわね、祐人君は。瑞穂を高く評価してくれているのね。でもそうね、祐人君の言うこともまったく可能性がないこともないです。以前に大祭が開かれた八十年前とは状況も環境《かんきょう》も変わってきています。今では機関のおかげで能力者たちの生活も安定してきましたから、優秀で自慢《じまん》の息子《むすこ》を手放すようなことは減ってきているかもしれません」

朱音は考《かんが》え込むような仕草をすると大きく頷いた。

「では、少しルールを改変しましょう」

「え？　お母さん、そんなことができるの？」

「できますよ。入家の大祭はその都度、主催者《しゅさいしゃ》が決め事を作りますから。たとえばトーナメント方式のような実戦を重んじる時もありましたし演武だけの時もありました。そうですね、今回は祐人君とニイナさんの意見を参考にすれば……瑞穂」

「はい」

「最後に残った人はあなた自身が測りなさい」

「……!?　そ、それは？」

「今回は一人を選出した後、つまり配偶者候補《はいぐうしゃ》を瑞穂が自ら測るのです。これであなたが認め、そこにいるすべてのものを認めさせた時、その者は四天寺に迎えられる、ということにしましょう。まあ、祐人君の話を信じればあなたに実力を認めさせれば大峰、神前も認めるでしょう」

マリオンは朱音の言うことを確認《かくにん》する。

「じゃ、じゃあ最後は瑞穂さんが相手の力を測るんですか？　この場合でいくとトーナメントを勝ち残った人が瑞穂さんと戦って、その実力を瑞穂さんが認めたら、ということに」

「そうですね。それなら祐人君の言う相応しくない人間を四天寺に迎えることもなくなるでしょう」

「はい、そうですね！」

祐人は嬉しそうにニイナに視線を送るとニイナも頷いてみせた。

実はこれは祐人と祐人の意をすぐさま汲み取ったニイナが狙《ねら》ったものそのものだった。

これならば瑞穂は意にそぐわない結婚をしなくて済む可能性が高くなる。

祐人が思うに瑞穂に勝てる人間など、そうはいないと考えてのものだ。ニイナもミレマーで英雄視《えいゆうし》すらされている瑞穂の実力を間近で見ており、また能力者の同世代ではトップクラスと説明を受けていたのですぐにピンときた。

さらに言えば祐人は、もし瑞穂と並ぶ実力者がいたとしても、そのほとんどは有数な家系の跡取《あとと》りクラスだとも考えた。

そうであれば相手が四天寺とはいえ、そんな優秀な跡取りを他家に差し出すとは考えづらい。ましてや能力者は自身の能力をさらけ出すことを嫌《きら》う。

それに今は世界能力者機関があるのだ。優秀であればそれなりのランクをもらい、自分で身をたてることも可能な時代である。

そう考えれば集まってくるのは能力者の家系でいえばその家の二番手辺りではないか、という公算もあった。

ニイナは能力者間の常識については詳しくはないが、国家元首の娘であり名家の婚姻《こんいん》についてはよく分かっている。

四天寺家の利益が力だったとしても集まってくる人間が思う利益は違《ちが》うのだ。

それでは名門四天寺家の、ましてや天才と謳《うた》われた瑞穂に勝てる能力者などほぼいないだろう。

心配要素としては四天寺家と姻戚《いんせき》関係という強い関係を持つことが大きなメリットと考えてくる特殊《とくしゅ》事情を抱えた家ぐらいだろう。

「ということは四天寺さんがその勝ち上がってきた奴《やつ》をボコボコにすればいいんだな！」

「おお、そうだよ、袴田君。そうすれば今回のこの話はおじゃんになるということね」

一悟と静香も盛り上がる。

瑞穂の実力を知るマリオンもこの展開ならば、と頬を緩《ゆる》めた。

「瑞穂さん、私、応援《おうえん》します！　瑞穂さんの力を見せつけましょう、自分には相応しくないって！　そうすれば、また元通りです」

「マ、マリオン」

「あらあら、四天寺としてはそれは困るのですがね」

朱音は瑞穂の友人たちの反応に苦笑いをする。

瑞穂はまだ落ち着いてはいられなかったが喜ぶマリオンたちの表情に笑みを見せた。

それと祐人が率先《そっせん》してこの展開に持っていってくれたことも感じ取っており、瑞穂は正直、嬉しいと思う自分に戸惑《とまど》ってもいる。

見ようによっては祐人が自分の結婚を邪魔《じゃま》したともとれることが、だ。

その祐人も満足そうにしているのが何と言うか……瑞穂にはどのように反応していいものか分からなかった。

「それじゃあ瑞穂、これでいいわね。勘違《かんちが》いしてもらっては困るけど、これはあくまであなたの伴侶を見つけるためのものだということを忘れないように。遊びで四天寺が入家の大祭を開催《かいさい》するわけではないのですよ」

「分かったわ、お母さん」

神妙《しんみょう》な顔で頷く娘を見て朱音は頷くと今度は祐人の方に顔を向けた。

「祐人君」

朱音に声をかけられて祐人が朱音に顔を向ける。

「はい、なんでしょう」

「あなたに大事なお願いがあります」

「え？　僕《ぼく》にお願いですか？」

「そうよ、そのためにここに来たと言っても過言ではないのです」

朱音の表情が真剣なものに変わったのを見てとり、祐人は眉根《まゆね》を寄せた。

「あなたにはこの入家の大祭に参加して欲しいのです」

「……へ？」

一瞬にしてそこにいるすべての人間の動きが止まった。

瑞穂に起きた重大な事柄《ことがら》に光明を見出《みいだ》して喜んでいたマリオンも茉莉もニイナも時間が止まったように動かない。

そして、瑞穂も含《ふく》めた全員がニッコリと笑う朱音にゆっくりと顔を向ける。

「「「ええ――――!?」」」

ここにきてずっと黙っていた明良は驚くような顔をしたがすぐに引っ込めて苦笑いをした。

第2章　依頼

「お母さん！　ななな、何で祐人《ひろと》が」

母親の申し出に極度に慌てる瑞穂《みずほ》に、うんうん、と頷く他の少女たちを見ても朱音《あかね》は表情を変えない。

「黙っていなさい、瑞穂。私は祐人君とお話をしているのですよ」

祐人は笑顔《えがお》ではあるが声色《こわいろ》は冗談《じょうだん》を言う雰囲気もない朱音の顔を見る。

そして、その雰囲気には婿候補に来いと言っているようには感じられない。

「理由をお聞かせもらえますか？」

「もちろん、お話しします。これは私からの依頼です。いえ、四天寺《してんじ》からの依頼と思ってもらっていいです」

「依頼……ですか」

祐人は朱音の意外な申し出に軽く首を傾《かし》げる。

「ええ、そうです。仕事の依頼です。ですので報酬《ほうしゅう》も用意します」

「この入家の大祭には広く優秀な能力者たちを招くということは先も伝えました。ですがそうなりますと色々と異物も交ざってくるのです」

この発言に祐人とニイナが目に力を込めた。

「内容は？」

「異物……」

祐人とニイナには朱音の言いたいことが伝わってきた。

つまり、よからぬことを考える者も集まってくると言っているのだ。

四天寺に集まった婿候補の中には参加者を装《よそお》い、四天寺の内情を探《さぐ》ることを目的とするようなスパイ、もしくはそれだけではない者もいるかもしれない。

ニイナはかつて軍閥《ぐんばつ》の頭領だったマットウの娘である。そのため、マットウに寄ってくる人物たちは多く、中には暗殺者だって多数いたのを覚えている。

「それは四天寺に敵対行動をとるためだけに参加してくる者たちがいる、ということでしょうか」

「そうです、ニイナさん。残念ながら四天寺は望むと望まざるにかかわらず敵視してくる人たちは後を絶たないのです。そういった者たちがこの四天寺に迎え入れられるという入家の大祭と聞けばどうなるか分かるでしょう？」

やはり……と祐人は朱音の依頼内容に想像がついた。

「四天寺は思想信条については何も問いません。その者がルールに則《のっと》って優秀であることを証明さえすれば四天寺は受け入れるでしょう。ですが、そもそもの狙いが四天寺に害を成すことのみ、なのであればその限りではありません」

「じゃあ、僕への依頼というのは、そいつらを見つけて……」

「そう、そういった者たちがいた場合、祐人君の方で入家の大祭の試合の時でもそうでない時でもいいので排除《はいじょ》をお願いします。私たちは主催側《しゅさいがわ》という立場ですので、あまり表立っては動けません。かといって何も策を講じないわけにもいかない、というところなのです。引き受けて頂けますか？」

「でもそれなら参加しなくても護衛という形で」

「それなら私たちで足ります。それよりも参加者のみに与《あた》えられる控室《ひかえしつ》や宿泊施設《しゅくはくしせつ》も四天寺家の敷地内《しきちない》で用意していますから」

「なるほど、参加している方が何かと調べやすいというわけですか」

祐人はそう答えたが、ここでニイナは眉を顰めた。

朱音の話は理解できるが、それならば別に祐人でなくとも良いはずだ。四天寺ほどの家ならば色々と伝手《つて》ぐらいあるはずである。

何よりもニイナは祐人を入家の大祭に参加させるのは反対であった。

(形だけとはいえ、堂杜《どうもり》さんを瑞穂さんの結婚相手を決める入家の大祭に参加させるのは心配……じゃなくて不自然です)

「朱音さん、それならば堂杜さんでなくとも良い人材はいるはずです。ましてや機関にも太いパイプのある四天寺家なら機関に適任者を派遣《はけん》させることだって……」

ニイナの発言に朱音が目を細めニッと笑う。

「そうですね、ニイナさん。これから話そうと思っていましたが、もう一つ祐人君に頼《たの》む理由があるのです」

「それは？」

「機関の中に裏切り者がいる可能性です」

「な……！」

この言葉にニイナや祐人のみならず瑞穂もマリオンも目を大きくした。

「具体的には祐人君たちが戦ったカリオストロ伯爵《はくしゃく》たちが繋《つな》がっていた組織と内通している者がいるのでは、というものです」

祐人はカリオストロ伯爵たちを追い詰《つ》めたときのことを思い出した。

伯爵は機関の内情に詳しく、しかも自分たちを見逃《みのが》すようにと祐人に提示してきた取引条件は機関内での高位ランク取得を約束するというものだった。

何故《なぜ》、機関所属でもない伯爵がそのようなことを約束できるのか。

「その場合、これを機に四天寺家に入り込むチャンスと考えて四天寺を内側から切り崩《くず》そうとしても不思議ではありません。そうなるとですね、この依頼をできる人選も限られてくるのです。確実に裏切り者ではなく、それでいてそれなりの実力者となると、やはり祐人君しか浮《う》かばなかったのです。瑞穂の数少ない男性の友人ですしね」

朱音の話を聞き、祐人は徐々《じょじょ》に伯爵の裏にいる組織の存在を認め出した。

スルトの剣《けん》、伯爵の裏には何かある。

祐人の表情の変化を朱音は確認するとさらに続けた。

「それとね、祐人君。数百年前の記録になりますが入家の大祭の時に四天寺にも血が流れたことがあるのです。その時も婿をとろうとしたようでしたが不幸にも四天寺の娘が犠牲《ぎせい》に……」

「っ⁉」

これには祐人の顔色が変わった。それはそこにいるメンバーも同様だった。

しかし長い歴史を持つ名家の四天寺家にはそういった悲惨《ひさん》な出来事もあったのだろうと考える。そして、今回の場合と重ねれば瑞穂がその当事者となる。

祐人は顔を深刻なものにして視線を朱音に移す。

「分かりました。依頼は引き受けます」

「え⁉ ちょっと祐人、本気？」

瑞穂は祐人が依頼とはいえ、入家の大祭に参加すると決めたことに慌《あわ》てた。

だが、祐人は冷静そのものだ。

「いや、今、朱音さんが言ったことは十分にあり得ることでもあるからね。それに参加した方が他の参加者たちを間近で確認できる」

実は祐人はこれに加えてカリオストロ伯爵と繋がっているという組織を気にかけていた。恐《おそ》らくその組織、あるいは人物は、あの半妖の体を作り上げる術を持っている可能性が高い。そしてその術は祐人の知る限り魔界《まかい》でしか見たことはなかったものだった。

「ふふふ、お願いいたします、祐人君。報酬は弾《はず》みますから。入家の大祭の日程は後日、お知らせします」

朱音はいつもの緊迫《きんぱく》感のないニコニコ顔に戻《もど》り、立ち上がった。

「では、私の用件は済みましたので帰りますね。皆《みな》さんは楽しんでいってくださいな」

そう言うと朱音は明良《あきら》を連れて、別荘《べっそう》を後にした。

◆

リビングに取り残された祐人たちは嵐《あらし》が去った後のように一息つく。

「堂杜さん、本当に参加するんですか？」

心配そうに言うニイナのその発言は全員の代弁でもあった。

「うん、ちょっと朱音さんのあの情報は気になるんだ。特に機関と反目する組織と繋がっているかもしれない連中のことがね」

「そこじゃないんです！」

「え？」

ニイナが前のめりになって大きな声をだすと茉莉《まつり》やマリオンも同調する。

「そうよ！　祐人。大事なところはそこじゃないわ！」

「私たちが言いたいのは、もしそれで怪《あや》しい人物を調べていくうちに祐人さんが勝ち上がってしまったらどうするんですか、ということです」

「……え？　ああ、それは大丈夫《だいじょうぶ》だよ。もし怪しい奴を見つけて捕《つか》まえるなりしたら、そこで棄権《きけん》すればいいし、それに最後は瑞穂さんと勝負して勝つかして、瑞穂さん自身が認めなくちゃいけない、というルールに変わったじゃない。ということは万が一、僕が勝ち上がったとしても、そこでわざと負ければいいだけだよ。ね、瑞穂さん」

「え？　ああ、そうね！　そうすれば……楽だわ」

そう答えた瑞穂を茉莉、マリオン、ニイナはジーと見つめる。

「な、何よ、みんな変な顔をして」

「今、瑞穂さん、おかしな間がありませんでした？」

「な、ないわよ！　マリオン！　何を言って……」

「本当は堂杜さんに勝ち上がってもらうようにして、しかも瑞穂さんが手を抜いて……」

「ないない！　ないわよ！　ニイナさんまで何を言って」

「何、何？　どういうこと？」

その祐人の質問に答える者はいない。

「この話、どこか釈然《しゃくぜん》としないのよね」

茉莉は腕《うで》を組んで考え込む。

「何がよ、茉莉さん」

「うーん、瑞穂さんのお母さんの言うことは筋が通っているし、理にかなっているようにも思うんだけど……何かこう」

「え？　考えすぎじゃないの、茉莉ちゃん。さっきの朱音さんは娘《むすめ》である瑞穂さんを含めて四天寺家の心配をしたものだと思うけど」

「うーん」

茉莉は祐人の言葉を受けても顎《あご》に手を当てて考えている。

「まあまあ、俺《おれ》は四天寺のことはよく分からないけど今回のことは良かったと思うぜ。だって四天寺さんが意にそぐわない男と婚約しないで済む方法を手に入れられたんだからさ。今回の話し合いがなかったら四天寺さんの婚約者が強制的に決定だろ？　高校に入学したばかりで、それはちょっとな……」

一悟《いちご》がそう言うとこればかりは皆、同意できた。

瑞穂がこのような形で苦しむのはやはり見たくない。

「そうね、何はともあれ誰《だれ》が来ても最後に瑞穂さんが勝利すればいいんだから」

茉莉の言葉にマリオンも納得《なっとく》し頷く。

「私は祐人さんの依頼を手伝います。実際、私も朱音さんの話は怖《こわ》いと思いますし」

ニイナと一悟、静香《しずか》はお互《たが》いに顔を見合わせる。

「私たちも見に行っていいですか？　瑞穂さん」

「え？　まあ、私の友人という形なら大丈夫だと思うけど。あんまり目立たないようにしていてね。おそらく家の人間たちもピリピリしている可能性もあるから」

「分かってます。私も瑞穂さんの力になりたいし、こんな時こそ瑞穂さんは一人になっちゃ駄目だと思うから。実家の圧力ってきついでしょう？　特に名家ともなれば、ね。だから堂杜さんも含めてこれからどうするか、作戦を練りましょう」

「ニイナさん……」

瑞穂はニイナやニイナの言うことに頷くメンバーを見て顔をほころばせた。

「ありがとう」

そう言った瑞穂の顔は四天寺の顔ではなく、普通《ふつう》の女子高生の顔になったのだった。


明良は朱音を後部座席に乗せ、四天寺家所有のプライベートジェットへ向かっていた。

「朱音様、申し訳ありません。今回のことは私どもも迂闊《うかつ》でした。朱音様が懸念《けねん》されているることを私たちが先に気づかなければなりませんでした。それにまさか過去の四天寺にあのような悲劇があったとは存じ上げませんでした」

真面目な従者の発言に朱音は微笑《びしょう》する。

「ふふふ、そうね、ああでも言わなければ祐人君には参加してもらえないと思いましたから。祐人君に確実に参加してもらわねば今回、入家の大祭を催した意味がないですし」

「…………え？」

「そうでなければ最後に瑞穂が自ら相手を測って決められるようにしようとした祐人君やニイナさんの誘導《ゆうどう》に乗ったりはしませんよ。それにしても祐人君はやっぱりいいわねぇ。若いわりに良いところを突《つ》いてきます。将来が楽しみだわぁ、四天寺家の祐人君！　いい響《ひび》き。あとは祐人君が必ず勝ち上がるようにしませんと」

「……!?」

さすがにここにきて朱音が何を言っているのか理解し始めた明良は後部座席で楽しそうにしている主人をバックミラーで確認すると額から汗《あせ》が流れてきた。

「皆の前で説明したのは余計なちゃちゃを入れられないために必要なことです。それにしてもあのニイナさんは中々の切れ者ですね。おかげでこちらの考えや情報が引き出されてしまいました。瑞穂は良い友人をもちましたね」

ふう、と朱音は息を吐《は》くが表情は明るい。

「ただ……気になるのはあの白澤《しろさわ》さんだったかしら。中々、面白《おもしろ》い子のようね、彼女は。精霊《せいれい》たちが物珍《ものめずら》しそうにしていたわ。まだ自分が何者か気づいていないようだったみたいですけど」

「朱音様、では過去の入家の大祭の四天寺の悲劇とか、今回の入家の大祭に侵入《しんにゅう》してくるかもしれない敵の存在というのは……」

おそるおそる聞いてくる明良の質問に朱音はニッコリと無邪気《むじゃき》な笑顔を見せる。

「すべて、嘘《うそ》ですが何か？」

朱音のこの発言に明良はこの上なく引き攣《つ》った顔で固まったのだった。

だが朱音はその後に小声でつぶやく。

「今のところはね。さて、どうなるでしょう」

◆

朱音が帰った後、全員夕食をとり、それぞれの部屋で休憩《きゅうけい》していた。

今日は最終日であったので後で花火をする予定になっている。

祐人は簡単に帰りの準備をし終えるとベッドの上で携帯《けいたい》とカメラをいじりながら黙々《もくもく》と作業をしている一悟に声をかけた。

「明日でもう帰るんだよな。なんか寂《さび》しいね、一悟」

「そうだな、旅行の最後はいつもそうなるよな」

一悟はそう返事をしてくるが意識は作業に集中している。

「さっきから何をしているの？　一悟。そろそろ花火の準備をしないと」

「ああ、今日までの写真や動画のデータを整理してる。どれも神画像だからな。俺たち用と全員用にしておいた方が後々、事故が少ない」

「事故？」

祐人は首をかしげると一悟に近づき、後ろからその作業を覗《のぞ》き見る。

「おお……これは！」

「うわ、馬鹿！　まだ見るな、後でちゃんとデータは送るから」

一悟の整理するデータには、いつの間に撮《と》ったのか、という茉莉たちや嬌子《きょうこ》たちの自然体な姿が多数あった。それぞれによく撮れており、とても良い思い出になりそうなものばかりだった。

また、中には本人たちも無意識だっただろう大胆《だいたん》な姿も収められている。

「一悟、こっちの素晴らし……いや、大胆なのはいつの間に撮ったんだよ！」

「祐人、これはたまたまだ。写真係として、とにかくたくさんのシーンを撮っておこうとするとこういうアングルも出てきてしまうのだよ。ちなみにこれはお前が撮ったやつだぞ」

一悟が一枚の写真データを見せてきた。

そこには水着姿の瑞穂とニイナがレジャーシートの上で寝《ね》そべっており、遊《あそ》び疲《つか》れたのか若干《じゃっかん》、眠《ねむ》そうな表情をしているのが妙《みょう》に艶《なま》めかしい。まるでアイドル写真集にありそうなほどの出来栄《ば》えだった。

性能の良いカメラで撮ったこともあっただろうが、素人《しろうと》の祐人にしては奇跡的《きせきてき》な一枚である。

「え？　これを僕が？　こんなの撮ったかな」

「だから、適当でもたくさん撮っていればこんなのも出てくるんだ。ただ女性陣《じょせいじん》は恥《は》ずかしがり屋《や》だからな、これを見たら確実に消せ！　と言ってくるだろう」

「う、うん、そうだね。確実にね。下手をすると僕らも消されるね」

「ただどう思う？　祐人。これらは高校生活の貴重な思い出として、はいそうですか、と消していいものだろうか」

一悟が真剣な目で祐人を見つめてくる。

「ううう、いや、でもバレたら」

「だから整理してるんだ。みんなと共有用とそれ以外に。それなら大丈夫だろう」

「で、でも……」

「じゃあ、消すか。お前には全データを送ろうと思ってたんだけどな」

「え？」

祐人が目を見開く。

（こ、これを、このお宝画像……じゃなくて思い出の写真をもらえるですと？）

すると一悟がニッと笑い、口を開いた。

「いるか？」

「いる！」

「フッ、そう言うと信じていた。じゃあ間違《まちが》えて皆にデータを送らないように整理しておくからお前は先に花火の準備でもしておいてくれ。多分、みんな写真は帰りがけにも欲しいって言うからな。その時にもたつくと良くない」

「分かった！」

二人は拳《こぶし》をトンと合わせると、祐人は花火一式とバケツを持って意気《いき》揚々《ようよう》と浜辺《はまべ》の方に出かけて行った。

祐人は浜辺に着くと、すぐにちょうどいい場所を発見して荷物を下ろした。

「この辺でいいかな。あとは水を海から汲《く》んできておこうか」

準備を終えて、あとは皆の到着《とうちゃく》を待つだけとなり祐人は浜辺に一人、座《すわ》った。

波の音が耳を撫《な》でて日常から離《はな》れた心地《ここち》が気持ち良く、夜空の星々を見上げると心が落ち着いていく。

(それにしても入家の大祭か)

祐人は今日の朱音の話を思い出した。

(能力者はたしかに力を重んじる風潮が強い。どんなに綺麗《きれい》ごとを並べても力がなければ一般人《いっぱんじん》と同じだ。長い歴史を持つ四天寺はそのことをよく分かっているんだろうな)

そのことは祐人もよく分かっている。堂杜でも散々言われてきたことだ。

また、能力者の才能は血統に準拠《じゅんきょ》することは事実だ。もちろん、それだけではないが確率的にどうしてもそうなる。その意味では入家の大祭なるものがあっても不思議ではない。

その後の実力が保証されるものではない。本人の気質や修行《しゅぎょう》方法、経験などが重要だ。とはいえ生まれ持っての才能ばかりは血統に頼《たよ》るところが大きいのだ。

(分かってはいるんだけどな。でも友達がそれで苦しむのを見てしまうと……)

「堂杜さんですか?」

突然、背後から声をかけられて祐人は振《ふ》り返った。

「あ、ニイナさん、早いですね」

「いえ、準備を手伝おうと思って来たんですけど、もう終わっていたみたいですね」

ニイナは祐人の周囲を見て申し訳なさそうにした。

「ああ、準備もなにも場所さえ決まればいいだけだったから。ありがとう、ニイナさん」

「何から何まで堂杜さんたちにしてもらって申し訳ないです。私も座っていいですか？」

「もちろん」

祐人がそう言うとニイナは祐人の横に腰《こし》を下ろした。

やさしい海風が通り抜けるとニイナは前髪《まえがみ》を整え、祐人に話しかけてきた。

「堂杜さん」

「うん？」

「今日の朱音さんが仰《おつしや》っていた入家の大祭ですけど、堂杜さんはどの辺りから瑞穂さん自身に相手を測らせるようにしようと考えたんですか」

「ああ……」

祐人はニイナのその質問でニイナも瑞穂のことを考えていたんだと理解した。

「大祭のコンセプトを理解したところくらいかな。瑞穂さんも嫌《いや》がっていたのが分かったから、何とかできないかと思って。でも、こちらの意見を通すにはあれぐらいしか思いつかなかった。もっといい考えが浮かべば良かったんだけどね」

「そんなことはないです。他所《よそ》の家の、ましてや四天寺家という歴史の長い名家の問題です。あれ以上の提案は難しかったと思います」

「でもニイナさんだってちょっとは考えていたんでしょう。すぐに僕の考えに乗ってきたもんね」

「いえ、頭の片隅《かたすみ》に選択肢《せんたくし》としてあっただけで、それが良いのか決断できませんでした。自分が立場的にそれを言っていいのかも分からなかったですし、能力者という人たちの常識もよく知りませんでしたから。あの時、堂杜さんが声を上げてくれなかったら何も言えなかったと思います」

「それでもニイナさんが一緒《いっしょ》に言ってくれたから朱音さんを誘導することができたと思う。これはニイナさんのお陰《かげ》だよ」

祐人はニイナに笑顔を向けるとニイナはその笑顔に思わず赤面してしまった。

それは褒《ほ》めてくれたからではない。これは間違いなく祐人の行動のお陰なのだ。

それにもかかわらず祐人は自分の起こした行動の結果をニイナの手柄《てがら》として簡単に譲《ゆず》ってしまう。

その祐人の人柄《ひとがら》を表したような笑顔に思わず胸が熱くなったのだ。

「……堂杜さんは自分に対する賞賛や感謝を欲《ほ》しがらないんですね。不思議な人です」

「え？」

「何でもないです。瑞穂さんのためにあの瞬間《しゅんかん》で行動を起こしたのが凄《すご》いなって思っただけです」

「あ、うん。やっぱり友だちが意にそぐわない相手と婚約《こんやく》っていうのは、ね。みんなも反対してたけど僕も同じく嫌だったんだ。だってそんなのは辛《つら》いと思うし、瑞穂さんならいくらでも自分で探せるでしょう。朱音さんに言わせれば子供の意見って感じだろうけどね」

「ふーん、本当にそれだけですか？　瑞穂さんだからじゃないんですか？」

祐人が瑞穂を持ち上げるようなことを言うとニイナがちょっとだけ頬《ほお》を膨《ふく》らませる。

「ち、違うよ。みんなでも同じだよ」

「じゃあ、私に同じことが起きたら堂杜さんは動いてくれるんですか？」

「え？」

祐人は驚《おどろ》いてニイナに顔を向けた。

ニイナはミレマーの国家元首の娘というとんでもない肩書《かたがき》を持っている少女だ。ひょっとするとニイナも同じ問題を抱《かか》えているのかと祐人は深刻な顔になった。

「もちろんだよ！　ニイナさんが嫌がっているなら絶対に協力するよ。何ができるかは分からないし、役に立つかも分からないけど少なくとも僕は全力でニイナさんの味方に……って、あれ？」

見れば祐人が眉《まゆ》を顰《ひそ》めた。
ニイナが抱えた両膝《りょうひざ》に顔を隠《かく》して小刻みに体を震《ふる》わせていたのだ。

「……ニイナさん、そうやって人を試《ため》すようなことを言うのは良くないよ」

「ふふふ、ごめんなさい、堂杜さん。はい、これは良くなかったです」

実は祐人の言葉が想像以上に自分の鼓動《こどう》をはねさせて、熱く火照《ほて》った顔とどうしても緩んでしまう頬を隠すために両膝に顔を埋《うず》めたとはニイナは言えなかった。

「堂杜さん、あの時も言いましたが、私は父に自分のパートナーは自分で探すことを了《りょう》承《しょう》してもらっています。だから大丈夫ですよ」

「あ、そうか。それは……」

「良かったですか？」

頭を傾《かたむ》けて髪《かみ》を横に垂らしたニイナに今度は祐人が赤面した。

ニイナの顔がわずかに上気しているのが月明りでも分かる。

また、その優《やさ》し気《げ》な笑《え》みは少女に似つかわしくない大人の色気を醸《かも》し出していた。

身近な女の子の滅多《めった》に見ない表情と雰囲気《ふんいき》が祐人を緊張《きんちょう》させ、思わず海の方向に顔を向ける。

「う、うん、良かった」

祐人の紅潮した横顔を見て不思議と満足感を覚えたニイナはクスッと笑う。

（父にハイスクールに通うのはどうか、と言われたとき、日本しかないって思った自分の勘《かん》を褒めたいです。私は普段《ふだん》、勘なんて信じたことがないのに）

するとニイナは以前から祐人に確認《かくにん》しておきたかったことを思い出した。

「そういえば堂杠さん」

「うん？」

「私は堂杠さんとミレマーで会っているんですよね？」

この質問に祐人が一瞬《いっしゅん》、慌てたのをニイナは見逃さなかった。

「うん、会っていたよ。ほんの短い時間だったからニイナさんもあんまり覚えてないのは仕方ないよ」

祐人がそう言うとニイナは違和感《いわかん》を覚える。

だが、たしかに自分は祐人を覚えていない。

そして、女学院で会ってすぐにこんなにも自分を惹《ひ》きつける少年の顔を見つめてしまう。

（私は本当に覚えていないの？　堂杠さんに会った時のあの感情の高ぶりは何だったの？

何かがおかしいです）

「そうですか……ほんの短い時間でも再会のはずなんですよね。私は失礼ですね、堂杠さんのこと忘れているなんて」

そう言うとニイナはこちらを見る祐人の顔にわずかな変化を見つけてしまう。

「堂杜さん？」

「何？」

「あ……」

ニイナはその後の言葉が出ずに祐人と見つめ合う。

気のせいかもしれない。

祐人はいつも通りだ。別段、変わりはない。

であるのに祐人がまるで自分を気遣《きづか》っているような表情をしていると感じるのは何故だろうか。一方的に祐人を忘れてしまったのは自分であるのに。

「ニイナさん、気にしないでいいよ。本当にちょっとだけ言葉を交《か》わしたくらいだから」

笑顔で言う祐人のこの言葉を聞いた途端《とたん》、ニイナは自分の中に沸《わ》き上がった胸の痛みに目を見開く。

普通に聞けば、何の変哲《へんてつ》もない会話のはずだ。

気にもとめない相手との短い会話など忘れていてもおかしくはない。

咄嗟《とっさ》にニイナは自分よりも背の高い祐人の頭に手を伸《の》ばし、自分の肩《かた》に引き寄せた。

祐人は突然《とつぜん》、鼻腔《びこう》を包みこむ良い匂《にお》いに吃驚《びっくり》するが、ニイナは構わずに祐人の頭に顔を埋める。

するとニイナはまるで母親が泣いている小さな息子《むすこ》を癒《いや》すように口を開いた。

「堂杜さん、ごめんなさいね。私は必ず堂杜さんと出会った時のことを思い出しますから。そのちょっとだけ交わしたっていう言葉も私らしい方法で思い出します」

ニイナは自分が何をしているのか、何を言っているのかも分からなかった。

この伝え方もどこかおかしいと思う。

ただ分かっていることは笑顔であるのに、とても大事なものを壊《こわ》さないように手放す、そういった優しさと寂しさを秘《ひ》めた瞳《ひとみ》を祐人に見たということだった。

(私は探すわ。何を？　とか、どうすれば？　じゃないの。私が、私自身で見つけたい。見つけなくちゃ駄目《だめ》なの)

波の音だけが辺りに響き、優しい海風が二人を撫でた。

なすがままの祐人は現状を理解することができなかった。自分を忘れているはずのニイナがどういうつもりでこんなことをしてきたのかも分からない。

ただ今は……目が潤《うる》むのを必死に抑《おさ》え込《こ》むのだった。

しばらくの間、二人はそうしているとニイナと祐人は極度に慌てだしていた。

（わわわわ、私は何をやっているの？　これはどうすればいいの？　ミレマーの淑女《しゅくじょ》がなんてことを）

（こここここ、これ、いつまで続くのかな。僕から頭を離していいの？　失礼じゃないかな）

二人は内心、羞恥《しゅうち》に悶《もだ》えるが想像以上の人肌《ひとはだ》の心地よさに戸惑《とまど》い動けないでいた。

（ど、どうしよう～）

祐人は触《ふ》れているニイナの肩と髪《かみ》の毛《け》の香りにボーっとしてしまい、ニイナは祐人の頭《とう》髪《はつ》に触れている頬が気持ちよく頭の中がふわっとしてしまう。

すると、背後からカシャ！　カシャ！　という音が二人の耳に入った。

二人の顔が青ざめる。

二人はゆっくりと後ろに振り返ると、そこでは一悟が高速でカメラのシャッターを切っている。

「こら、二人ともそのまま、そのまま！　次は見つめ合ってくれ！」

「い、一悟⁉」

「袴田《はかまだ》さん⁉」

すぐさま転がるように離れるニイナと祐人。

「おいおい、何だよ。ここからがいいところだろう。ほら、二人のひと夏の思い出は俺が

このカメラに収めておくから。俺なんか気にせずに！」

「できるか！　というか、いつからいたんだ⁉」

そう突っ込む祐人の脇《わき》でニイナが羞恥のあまりに硬直《こうちょく》している。

「は、袴田さーん！　それ消してください！」

「ええー、何で？」

「何で、じゃないです！　これには理由があるんです！　いやらしい想像はやめてください！」

「してないって。俺は若い男女の思い出の一ページを……うわ！」

小柄《こがら》なニイナが驚くほど俊敏《しゅんびん》な動きで一悟に襲《おそ》い掛《か》かる。

「消・し・て・ください！」

「わわわ、分かった！　分かったから！　やめて、カメラが壊れる！」

「壊れても構いません！　壊れたらもっといいものを私がプレゼントします！　それとも何ですか？　日本とミレマーに政治問題になる醜聞《しゅうぶん》をバラまきたいんですか？　その時はあなたも全力で巻き込みます！」

「ええ⁉　それはおかしい。俺はただの一般庶民《いっぱんしょみん》だぞ。何で国際問題みたいな扱《あつか》いになるんだよ！」

「いいから、消しなさーい！」

　すると瑞穂や茉莉たちが姿を現し、遠くから聞こえてきたニイナの大きな声に何があったのかと尋《たず》ねてきたが、必死に取り繕《つくろ》うニイナと祐人だった。

「ちぇー、よく撮れたんだけどなぁ。それにしてもあのニイナさんがねぇ、あんなに大胆とは……イッ」

　一悟は笑顔《えがお》のニイナにサンダルで足を踏《ふ》まれて飛び上がった。

　その後、大量に用意した花火を全員で楽しみ、旅行最後の夜を終えたのだった。

第3章 駆け巡る入家の大祭

四天寺《してんじ》家の催《もよお》す入家の大祭の情報は世界のその筋に駆け巡った。

四天寺が発信したその情報は世界能力者機関を媒介《ばいかい》し、機関所属の能力者たちにはすぐに伝わり、機関に所属していない能力者たちにもすぐに知れ渡《わた》ることにもなった。

「おい、聞いたか？」

「ああ、あの四天寺の入家の大祭だろう？　もうその話で持ちきりだな」

「なんでもすでに世界中から多くの名乗りが上がっているらしいぞ。中には結構な実力者たちも含《ふく》まれているらしい。まあ、四天寺家の一人娘《ひとりむすめ》の婿《むこ》に迎《むか》えられるって話だ。しかも、その娘は四天寺家の次期当主候補の筆頭格らしいからな、悪い話ではない」

「条件は未婚《みこん》男性なら、ということだ、お前らもどうだ？」

「アホか、内容を知らないのか？　聞けば参加者は互いに戦ってその実力を示すものらしいぞ。能力者同士が本気でバトルしたら死人だってでかねない。よく命をかけてまで婿に迎えられたいと思うよな」

「ははは、分かってないのはお前の方だな。それでも出てくるだろうよ。何故なら四天寺だからこそだ。もう世界の有名な家系では家の中から候補者を選抜《せんばつ》しているって話だ。それにこの話は機関に所属しない各国の能力者部隊からの参加も断ってはいない。そういった能力者部隊に所属する能力者は天涯孤独《てんがいこどく》の人間が多いからな。所属組織さえＯＫをだせば失うものなんてない奴《やつ》らはこぞって参加するだろう」

「俺の聞いた話では〝ＳＰＩＲＩＴ〟では参加しても良い、という話が出ているらしいぞ」

「ＳＰＩＲＩＴって？　アメリカの能力者部隊の？」

「まあ、もちろんアメリカも色々考えているんだろうよ。この調子じゃ他の国の能力者部隊にも影響《えいきょう》を与《あた》えるだろうな」

「だが、四天寺家は機関の中枢《ちゅうすう》にいる家系だぞ。敵対こそはしていないが自国所属の能力者を参加させていいのか？」

「世界能力者機関は能力者の自営を認めている。機関の理念に賛成し、それに反することをしないと誓《ちか》えるのであれば表立っては反対しない。それは機関の中枢を担《にな》う四天寺家にだって同じことがいえるだろう。それどころか機関に影響力《えいきょうりょく》大の四天寺家に自国所属の能力者が婿に迎えられるのなら、むしろ歓迎《かんげい》される。それに四天寺に認められて四天寺家にまで迎えられた能力者を抱えているというのは大きな戦力アピールにもなるだろうよ」

「なるほどな……能力者同士の離合集散《りごうしゅうさん》は歴史の常だしな。四天寺に近づき機関と仲良くすることも大きなメリットになる。なにも反目するだけが戦略というわけでもないだろうしな」

「そうなると見てみたいな、その婿を争う戦いを。一体どんなことになるんだ？　トーナメント戦なんだろ？」

「なら、参加するしかないな。当然だが参加者以外はそれを見ることはできない。入家の大祭は四天寺家伝統の秘事らしいからな」

「それにしても四天寺家は、これだけの……」

「ああ、これこそが世界における四天寺家なんだよ」

この入家の大祭の話題は各所で能力者たちを騒《さわ》がせたのだった。

◆

イギリス南西部の半島にある長閑《のどか》なコーンウォールの地の一軒家《いっけんや》。

その中庭でロッキングチェアにゆったりと座り、海を眺《なが》めている老人がパイプ煙草《たばこ》をふかし目を細めていた。

老人はかつての能力者大戦の敵側の残党と長きに亘《わた》り戦い、その際に負った傷で右脚《みぎあし》が不自由になり、その後、機関にも距離《きょり》を置いてこの地で静かに暮らしていた。

今は孫のジュリアンとともに、その余生を終えようと考えているばかりであった。

すると外出先から戻って来たジュリアンは血色の良い頬をニンマリとさせて祖父であり〝トリスタン〟の名を継《つ》いだ最後の勇士であるランダル・ナイトの前に立った。

「お爺《じい》ちゃん！　今日はね、面白い話を聞いてきたよ」

「そこをどけ、ジュリアン。海が見えん」

「いいから、これを見てくれる？　お爺ちゃん」

ジュリアンは一枚の紙をランダルに差し出した。

「四天寺か……懐《なつ》かしい名だな。入家の大祭……」

「どうやら四天寺が開催《かいさい》する祭りがあるみたいなんだ。僕《ぼく》はこれに参加しようと思うよ」

「馬鹿なことを！　ナイト家の跡継《あとつ》ぎが婿《むこ》入りなど……」

「大丈夫だよ、これはナイト家の復興に繋《つな》がると思うんだ。あの四天寺が催す大々的な祭りだよ？　おそらく世界中の能力者が名乗りを上げるよ。特にうちのように消えてなくなりそうな過去の威光《いこう》に縋《すが》っているような家はね」

「お、お前……何という罰当《ばちあ》たりな！　そのようなことを先祖の前で言えるのか！」

「ははは、だからだよ、お爺ちゃん。僕がこの祭りで勝ち抜《ぬ》いて四天寺の婿になればナイト家の名はまた輝《かがや》きを取り戻《もど》す！　跡取りなら平気だよ。沢山《たくさん》、子供を儲《もう》ければその中の一人をナイト家に戻せばいいんだから！　これが手っ取り早くナイト家の復興に繋がると思わないかい？」

「む……」

「だからさ、もう僕に頂戴《ちょうだい》よ！　トリスタンの名を継いだ者にのみ与えられる……」

ジュリアンは明るく両手を広げる。

「ダンシングソードを！」

不敵に笑うジュリアンは視界に広がる海の向こうを睨《にら》んだ。

「これで僕はナイト家を再び表舞台《おもてぶたい》に出してみせるから！　四天寺を使ってね」

ランダルはこの才気豊かな孫の顔を眩《まぶ》しくも、だが、心に湧《わ》き出す不可思議な不自然さを感じつつ見つめるのだった。

京都に広大な敷地《しきち》と雅《みやび》な邸宅《ていたく》を構える三千院《さんぜんいん》家。

その本宅に繋がる渡り廊下《ろうか》を走る少女がいた。

「お兄様！　ここにおられましたか！」

「何ですか、はしたない、琴音《ことね》」

三千院家の長男である水重《みずしげ》は浄土《じょうど》式庭園の流れを汲んだ中庭にたたずみ、落ち着いた様子で妹を窘《たしな》めた。

「も、申し訳ありません」

「何かあったのかい」

「はい、これを……」

琴音は右手に持っていた紙を水重に手渡《てわた》した。

「ほう……入家の大祭」

水重はその女性と見紛《みまが》うばかりの形の整った眉を寄せた。

「こんな失礼な話はないです！　かつて四天寺との間にお兄様と婚約直前にまでいった経緯《いきさつ》がありますのに、こんな形で婿を募集《ぼしゅう》するような真似《まね》をするなんて」

三千院家は四天寺家に並ぶ精霊使いの家として名を馳《は》せている家であり、日本の二大精霊使いの家としても有名であった。東の四天寺、西の三千院と称《しょう》され、世界能力者機関にも所属している。

この三千院家は四天寺家に並ぶ精霊使いの名家ではあるが、その家勢は徐々《じょじょ》に衰《おとろ》えているのが大方の世間の見方であった。

機関にSSランクを輩出《はいしゅつ》している四天寺家に対し、三千院家の現当主はAランクに留《とど》まっていることもその見方に拍車《はくしゃ》をかけた。

だが、それも三千院家の長男に生まれたこの水重の存在によって、今は風向きが変わってきている。

この水重は歴代の三千院家の精霊使いの中でも卓越《たくえつ》した精霊使いと目されており、三千院家の希望とまで言われていた。

そして水重は精霊の巫女《みこ》である朱音《あかね》をして「精霊を知る鬼才《きさい》」とまで称された。

ところが水重は世界能力者機関に興味を示さず機関からの再三の招聘《しょうへい》にも、また三千院家からの懇願《こんがん》にも頑《がん》として受け入れなかった変わり者でも知られている。

その水重が静かに笑みを見せる。

「あの四天寺瑞穂《みずほ》がこんな形で男たちの景品扱いですか。四天寺の巫女殿《どの》も何をお考えなのか。いや、これは……」

「お、お兄様?」

琴音は戸惑いを覚えた。

兄である水重のこのような皮肉めいた笑みを見るのは滅多になかったのだ。

「……面白い。琴音、これに私が参加する旨《むね》を伝えておくれ」

「え⁉　今、何と仰ったのですか⁉」

「私、水重は四天寺の入家の大祭に参加すると父に伝えてくれ」

「そ、そんな、お兄様」

「琴音、聞こえなかったのかい？　この水重が参加すると言っているんだ」

水重の静かな視線を受けると琴音は口を閉ざす。

「わ、分かりました。琴音はこれをお伝えして参ります」

「うむ、頼《たの》んだよ」

琴音は目を暗く落としつつ口に手を当てて水重に背を向けた。

水重は琴音が肩を震わせながら去っていくのを一瞥《いちべつ》すると、京都の空に切れ長の目を向ける。

「そうですね、もう日本に精霊使いの家系は二つもいらないでしょう。この水重が生まれた意味を知るには良い頃合《ころあ》いか。かつて四天を操《あやつ》った四天寺、その力を取り戻すのは、この四天寺に生を受けなかったこの水重によって成るのでしょう」

水重の目に底知れぬ光が宿ると三千院家中庭にある池の鯉《こい》たちが慌《あわ》ただしくその尾《お》を跳《は》ね上げた。

上海の中心部から内陸に位置した巨大《きょだい》な邸宅で黄英雄《こうひでお》は体を震わせていた。

「入家の大祭だと？　馬鹿な！　何故《なぜ》、このようなものを催す必要があるんだ！」

英雄は吐き捨てるように言い放つと周りの従者に当たり散らす。

「この黄英雄がいるというのに⁉」

「お、落ち着いてください。英雄様」

「これが落ち着いていられるか！　瑞穂さんが可哀《かわい》そうではないか！　これでは意にそぐわぬ男と……ああ、瑞穂さんは今どうしているんだ」

英雄は瑞穂が今、悲しんでいるに違《ちが》いないと言わんばかり。

それでいて、まるで自分が瑞穂の意中の男だとも匂わせる。

だが実は瑞穂とは新人試験のあとに一回、食事をしたのだが、連絡先《れんらくさき》を聞くこともできなかった英雄である。

「お兄ちゃん、何を怒《おこ》っているの？」

そこに愛らしい顔をしているが、どこか楽しんでいるような顔の少女が英雄のいる部屋に姿を現した。

「秋華《あきはな》には関係ない。勝手に俺《おれ》の部屋に入ってくるな」

妹の茶化《ちゃか》したような物言いに英雄は不愉快《ふゆかい》そうに応じる。

「ふふふ、知っているよ。四天寺の入家の大祭でしょう。お兄ちゃん、どうするの～？瑞穂さんて人のことが好きなんでしょう？」

「なな！」

「だったらお兄ちゃんも参加すればいいじゃない。それで認められれば瑞穂さんをゲットできるんだから」

「馬鹿を言うな。俺は黄家の嫡男《ちゃくなん》だ。それが他家の養子に入るなんてできるか！　まして や黄家の能力が他家に渡ることがあれば……」

「この家の事なら大丈夫《だいじょうぶ》だよ。もしお兄ちゃんが四天寺家に行ってもさ、結局何も変わらないから」

「……どういうことだ」

「だってさ、黄家の特有能力【憑依《ひょうい》される者】は黄家の人間にのみ宿る能力だよ。だから、お兄ちゃんが四天寺に婿入りしても、この能力はどこにも渡らないよ。それに婿が嫌なら、ぶち壊しちゃえばいいじゃない」

「お前、何を言って……そんなことできるわけがない」

「お兄ちゃんは頭が固いよ。私が言いたいのはお兄ちゃんが参加して優勝したら、そこで辞退しちゃえばいいんだよ」

秋華はニヤッと悪戯《いたずら》好きな表情を見せる。

「他の参加者をすべてお兄ちゃんが倒《たお》したら、四天寺には瑞穂さんに相応《ふさわ》しい婿がお兄ちゃんだと内外に認めさせることができるでしょう。それでお兄ちゃんが辞退したら四天寺家はどう思う？　その後は瑞穂さんの結婚《けっこん》相手を探すことなんてできなくなるよ。そうなれば……」

英雄はまだ妹の秋華の言っている意味が分からない。

「力を求める四天寺は結局、お兄ちゃんとの縁談《えんだん》を考えるでしょう。だって一度認めてしまったんだよ。それで他の男の人と瑞穂さんを結婚させるなんて無理だよ」

「だ、だが、それではお前、瑞穂さんや四天寺に恥《はじ》をかかせることになるぞ」

「何を言っているの？　お兄ちゃん。そこはお兄ちゃん次第《しだい》だよ」

「な、何だと？」

「分かってないなぁ、お兄ちゃんは。確かに、ただこの入家の大祭をぶち壊しただけなら瑞穂さんどころか四天寺家にも恥をかかせたことになって黄家と四天寺家は最悪な状況《じょうきょう》になるよ。でも、お兄ちゃんと瑞穂さんが恋仲《こいなか》だったら話はまったく変わってくると思わない？」

「え？」

「お互《たが》いの家の立場があるために、中々結婚にたどり着かない二人。そんなときに起きた入家の大祭で瑞穂さんはお兄ちゃんという愛する人がいるのに別の男と結婚させられてしまうの。でも、それを見ていられないお兄ちゃんは入家の大祭に参加して景品扱いされた瑞穂さんを助け出す」

「うう、それでは何の解決にもならないんじゃないか。結局、恥をかかせているのと一緒だ」

「ふふふ、お兄ちゃんは優勝した後に参加者全員の前で高らかに宣言するだけでいいのよ」

「な、なにを?」

「こう言うの。〝私は婿入りを辞退します！　ただ、ここにいる皆《みな》さんに聞いてほしい！私、黄英雄は瑞穂さんを愛しています！〟ってね」

「ななな な!」

さすがに英雄も妹の大胆《だいたん》な作戦に驚く。

さらに言えば内容が劇画のようで恥ずかしい。

「それで〝私はこんな形で瑞穂さんの婿に迎えられることに耐《た》えられない。私は瑞穂さんの、瑞穂さんを愛する一人の男として、瑞穂さんに結婚を申《もう》し込みます〟と。その上で黄家から正式に縁談を申し込めば四天寺は必ず折れると思うよ。しかも瑞穂さんもお兄ちゃんを好きだったとなれば確実に。秘事とはいえ内外にこの噂《うわさ》は絶対に流れるし、四天寺だってどうしようもなくなるでしょう」

「お、お前……よくそんなことが思いつくな」

「まだ四天寺の次期当主は決まっていないんだよ。瑞穂さんだって筆頭候補って言われているだけなんだから。もし難航したら駄目押《だめお》しに瑞穂さんが四天寺の当主になるのであれば、黄家の籍《せき》を外しても構わないと譲歩《じょうほ》するの。まあ、事実婚《じじつこん》っていう形？　私たちは能力者の家系なんだから一般《いっぱん》の人たちのルールに合わせる必要なんてないわ。ぶっちゃけ、いっぱい子供作ってくれれば何とでもなるよ。うちには私もいるんだから、私も子供をいっぱい作れば黄家の跡継ぎなんて何とかなるし。なんだかんだ言って、要はとにかく優秀《ゆうしゅう》な血が必要ってことなんでしょ？」

英雄は秋華の話に呆気《あっけ》にとられながらも段々、血色の良い表情に変わっていく。

「しかも……お兄ちゃん、これはうまくやれば美談にもなるよ。二人の名家の男女が織りなした現代の恋物語《こいものがたり》として！」

「……!?　お、おい！　行くぞ」

英雄は慌ただしく従者を連れて部屋を出ていく。

どうやら現当主、父親のところに向かったのだろうと秋華は頬を緩《ゆる》ませた。

「プププ！　面白《おもしろ》いなぁ、お兄ちゃんは」

秋華は子供が自分の悪戯が完遂《かんすい》されたことを喜ぶような表情で言葉を漏《も》らす。

「今の話の前提条件を分かっているのかな？　私は恋仲だったら、って言ったんだけどなぁ。携帯《けいたい》の連絡先も教えてもらえない恋仲ってあるのかねぇ？　しかも優勝できるとは決まってないし」

声を掛けられた秋華の女性の従者たちは顔を引き攣《つ》らせて返答に詰《つ》まったのだった。

◆

「朱音様、今回の大祭への参加者のエントリーが確定しました。エントリー条件は仰った通りに四十歳《さい》以下の未婚の男性で募集をしております」

「そう、あらあら、思ったよりも集まったわねぇ。うちの娘《むすめ》がこんなに人気があって嬉《うれ》しいわ。というより四天寺が、かしら？」

明良《あきら》は入家の大祭に申し込みのあった能力者たちの名簿《めいぼ》を朱音に手渡した。

「はい、こちらの予想以上です。百名近い人数が集まりまして、どのように選別していくか、現在、頭を悩《なや》ませているところです」

朱音は名簿に目を通し、いくつかの名に目が留まると眉を顰める。

「そうですね、日程にも限りがありますから、これらを16ブロックに分けて一気に十六名に絞《しぼ》りましょうか」

「と、言いますと初戦は六、七人による複数人によるバトルロイヤルということですか。分かりました。その線でルールを練ります。各ブロックの人選は如何《いかが》いたしましょうか。それと祐人《ひろと》君の位置づけは……」

明良が言っているのは祐人に有利にした方が良いか？　ということだ。

祐人には今回、朱音の依頼《いらい》によって四天寺に害を成そうとする怪《あや》しい人物を割り出し、それを排除《はいじょ》するという仕事がある。

そして明良の言っていることはそれだけではない。

それは朱音が祐人をいたく気に入っているのを分かっての発言でもあった。

ところがそれを聞くと朱音はニッコリと笑い、それは無用というように首を横に振《ふ》った。

「適当でいいわよ。余計な事をして参加者に変に勘繰《かんぐ》られることはあまり良くないわ。それに祐人君にその心配はいらないわよ。彼《かれ》が勝ち上がろうと意識する限りは……」

「はい、それは私も存じあげています」

明良も力強く頷《うなず》く。

明良は祐人の実力を目の前で見ている人間だ。

その意味では朱音よりも祐人のことを知っているつもりでもある。

そして他言はしていないが明良も祐人の婿入りを大いに賛成している人間でもある。

今回のような入家の大祭がなく瑞穂の伴侶《はんりょ》を選ぶ時が来たときは、真っ先にその名前を挙げるつもりでもいたのだ。

朱音はその明良の顔を見て微笑《びしょう》する。

「ふふふ、祐人君は人気者ね。やっぱり早めに手を打たないと。いろんなところに目をつけられる前に。ね、明良」

「はい」

「あなたは祐人君の仕事を手伝ってくださいな。こちらとの情報の共有は密にね。祐人君にだした今回の依頼の件は大峰《おおみね》、神前《かんざき》両家にも伝えておいてください」

「分かりました」

「そういえば毅《たけ》ちゃんは？」

毅ちゃんとは……現四天寺家当主、機関のランクSS四天寺毅成《たけなり》その人である。

「そ、それが、お声をかけても部屋から返事がなく」

朱音は嘆息《たんそく》し困った表情を見せる。

「困った人ねぇ。あの人は不貞腐《ふてくさ》れているのね。遅《おそ》かれ早《はや》かれ、いつかは娘も大人になるというのに」

世界能力者機関の最高ランクであり筆頭格の毅成は今回の件を聞き、というより直前まで誰《だれ》にも教えられなかったが話を聞くや否《いな》や、まだ早い！　と反対しかけたところ朱音に説得されたのだ。というより、頭を押《お》さえられた。

「分かったわ、そちらは私に任せて頂戴。もう、しようのない人。瑞穂の婿を迎えるのに当主が顔をださないわけにはいかないものね」

「申し訳ありません、よろしくお願いいたします。それでは大祭の準備がありますので」

明良が出て行くと朱音は再び参加者名簿に目を落とした。

「でも、こちらの予想外の強者、くせ者が集まりましたね」

朱音はその名簿の中に見つけたいくつかの名前に集中する。

「黄家を筆頭に中々の顔ぶれになりました。それとこのジュリアン・ナイト……かつてはアークライト家と双璧《そうへき》をなしたイングランドの雄《ゆう》と言われたナイト家の者かしら。他にもかつての名家と思われる家が目に付くわね。ロシアの【歩く要塞《ようさい》】バグラチオン家、ダグラス・ガンズは機関ニューヨーク支部の次期エースですね。他にも……うん？　この〝てんちゃん〟っていうのは日本人かしら？　こうして見ますと能力者もまだまだ奥《おく》が深いわねぇ」

実は参加に際して名前の登録は本人に任せている。

もちろん最後まで勝ち上がってきた際には本名と出自を打ち明けてもらうが、自分の通り名や二つ名で参加することを許容している。

これは一般常識で考えると理解しがたいところがあるが、能力者という特殊《とくしゅ》な環境《かんきょう》の人間たちではよく理解できるものであった。

中には死んでも他家の者には本名を伝えない家系も少なからずあり、また名前自体が術式に組《く》み込まれ、力の根源になっている能力者もいる。

これは能力者たちの特殊性《とくしゅせい》であり、それは四天寺も織《お》り込み済みである。

四天寺の入家の大祭は、これらのルールを緩めることで、より多くの能力者を募集するのである。中には隠れた達人がこの条件ならばと参加してくることもあるのだ。

間口を狭《せば》めることは優秀な能力者を募集する側にとって意味のあることではない。

また、ここで名を売るのが目的になっている能力者も多々いる。

家の名や自分の名を売りたい者、本名を避《さ》けて負けたときに恥をかかないための偽名《ぎめい》、もしくはその通り名や二つ名を売り込みたい者と、様々にはなるが、それによって優秀な能力者の参加の妨《さまた》げにはならないようにしているのである。

加えて今回に限って言えば、万が一、悪意のある参加者は偽名を使ってくる可能性が高い。

であれば怪しい参加者を絞ることもできる、という考えもあった。

朱音は名簿に目を通し、すると最後に記載《きさい》されている名に注目した。

——三千院水重。

「あらあら、とんでもない方の名前がありますね。まさか、あの三千院の『鬼才』が、このような集まりに参加してくるとは思いませんでした」

朱音は名簿から目を離《はな》し目を細め、顔が母親のものになる。

「祐人君、瑞穂をよろしくお願いしますね」

朱音のその独り言は四天寺家の中庭に走るそよ風に乗って消えていった。

◆

祐人は今、無駄《むだ》に広い自宅の居間でガストンにお茶を出した。

「ありがとうございます、旦那《だんな》」

「うん、仕事の調子はどう？」

「まあ、ぼちぼち、というところです。上顧客になりそうな人と何人か繋がりが出来ましたし、今年中には黒字になると見込《みこ》んでいるんです」

吸血鬼《きゅうけつき》であるガストンは現在、古美術商を営んでおり、少しずつ軌道《きどう》に乗ってきているようで祐人は笑《え》みをこぼした。

「それで、今日はなんですか。改まって」

「実はね、今回、依頼を受けたんだけど……」

祐人は朱音から受けた依頼の詳細《しょうさい》を説明した。

「ほほう、つまり私も旦那と一緒《いっしょ》に調査をすればいいんですね？」

「うん、頼めるかな。もちろん報酬《ほうしゅう》は山分けにするから」

「あはは、旦那ぁ、そんなのいらないですよ。まあ、私の家賃代わりにでもしておいてください」

「そうはいかないよ。ガストンにだって仕事があるのに、こちらが無理を言うんだからさ。それに資金はあった方がいいでしょう？　仕事の運用にも、ね」

「まあ、その辺は後で。分かりました。私も色々と調べてみましょう。まずは参加者名簿をもらってからですね」

「ありがとう、ガストン。頼《たよ》りにしてるよ。参加者名簿はもう明良さんからもらったから、コピーを渡すね。でも気をつけてね、ガストンは無理をするところがあるから」

ガストンは嬉しそうに「はい」と答えるとお茶に口をつけた。

「それにしても旦那、参加を決めたのはその依頼があったからですか？」

「え？　そ、それは、そうだけど？」

「ふーん」

「な、なんだよ」

「いやね、旦那のことだから、どちらにしろ参加するつもりだったんじゃないかってね。旦那は優《やさ》しいから、友人の悲しむところは見たくないと思ったでしょう。だから偽名や変装でもして参加するつもりだった。それで最後にあの黒髪《くろかみ》のお嬢《じょう》さんが力を測って決められるように誘導《ゆうどう》したんじゃないですか？」

「……む」

「はあ～、やっぱりね。でもそれは相手のお母さんの思うつぼなんじゃないですか？　まんまと乗せられていると思いますがね」

「え？　何それ、何でそんなことになるんだよ。今回は朱音さんの依頼を受けての参加だよ。何か企《たくら》む理由も僕を乗せる理由もないでしょうが」

「あ～あ、これだから旦那は……。それは旦那の参加を確実にするための方便ですよ。時折、思うんですが旦那はアホなのか優秀なのか分からなくなりますねぇ。嘆《なげ》かわしい限りです」

「え？　え？　どういうこと？　意味が分からないんだけど」

「まあ、いいです。それが旦那らしいといえば旦那らしいですし。で、その入家の大祭はいつ開催《かいさい》されるんですか？」

「来週からだよ」

「そうですか。分かりました。では早速《さっそく》、調べられるところから調べてみます」

「え？　もう行くの？　もう少しゆっくりしていきなよ」

「いえいえ、これは私たちにとっても重大なことですから」

「な、何が？」

「はあ～」

ガストンは残念そうに大きくため息を吐《つ》く。

「何でもないです……では！」

（まったく旦那は……自分の力は等身大で理解していますが、自分の〝価値〟になるとよく分かっていないんですよねぇ。何はともあれ、旦那の伴侶になる人は私たちにとっても重要です。なんてったって私たちの女将《おかみ》さんになるんですからね。まあ別に一人じゃなく

ても問題ないですが)

「もう、何なんだよ！　ガストン」

さらに溜息《ためいき》をつくガストンは忽然《こつぜん》と姿を消した。

「あ！　もう……」

祐人がそう言うと家の中庭から一悟《いちご》の声が聞こえてくる。

「おーい、祐人！　来たぞぉ」

「あれ？　もう来た！　ちょっと待って、今行くから」

今日は入家の大祭についての作戦を練ろうと一悟たちが祐人の家に集まるということになっていたのだ。

祐人の家になったのは、どうしても瑞穂とマリオン、ニイナが祐人の家で、と言うのでそうなったのだった。

◆

「ここが祐人さんの家ですか。思っていたのと全然違いました」

マリオンが物珍《ものめずら》しそうに天井《てんじょう》や壁《かべ》を見渡《みわた》す。

「そうですね、こんなに広い敷地と大きな家屋とは想像していなかったです。ここに一人で暮らしているんですか？　堂杜《どうもり》さんは」

「でも……よく見ると所々がボロボロね。雨露《あめつゆ》は防げているの？　祐人」

ニイナも瑞穂も興味津々《きょうみしんしん》な表情で畳《たたみ》敷きの居間を眺めている。

「いやいや、これはすごい綺麗《きれい》になってるぞ。前に来たときはとても中には入れる状態じゃなかったからな。ちょっと見ない間に修復したんだろう。よくそんなお金があったたな」

「そうね、前はテントだったし」

「あれはあれで楽しかったよね！」

祐人が七人分のお茶を持ってくるとみんなの前に置いて行った。

湯呑はすべて百円ショップで揃《そろ》えたものである。

「あんまし見なくていいから。これはね、玄《げん》と傲光《ごうこう》が修復してくれたんだよ」

「マジか！　あの二人にそんな器用なことが」

「うん、お風呂《ふろ》も大きく作り直してくれて、僕もびっくりだったよ」

「へー、あとで見せてくれよ、祐人。そうだ！　今度、泊《と》まらせてくれよ。一日中ゲームでもして……ってテレビがねーな。それにエアコンもないしなぁ」

「あはは、それは今度の報酬で考える予定で……。それよりも冷蔵庫とか洗濯機《せんたくき》とかライフラインの方が重要だったから、そこまで手が回ってないんだよね」

「うーん、それじゃあ、お前んちに泊まっても面白くねーな。ゲームは持ってきてやるからせめてテレビを頼むわ。しかしこの真夏に扇風機《せんぷうき》だけってのもなぁ、なんとかならんのか？　暑くてかなわんわ」

「もう、一悟は文句ばっかりだね。だからうちで話し合うのはあんまり、って言ったのに。でもそのうち何とかやりくりを考えて……だなぁ」

「おお、そしたら泊まりに来てやる！」

「どこから目線だよ、そりゃ」

「「「……」」」

この男同士の気兼《きが》ねない会話に茉莉《まつり》や瑞穂、マリオンやニイナはもどかしそうに見つめていた。どこか羨《うらや》ましそうでもある。

だが今日はその話をしに来たのではない。

「じゃあ、早速ですけど堂杜さん、今度の入家の大祭の作戦を練りましょう」

ニイナが音頭《おんど》をとり持参したカバンからノートパソコンを取り出した。

「おお、ニイナさん、本格的だねぇ。自分のノートパソコンを持っているなんて羨ましいな。俺は今度、買ってもらえる予定なんだけどな。親を説得するのに苦労したもんだ」

パソコンに疎《うと》い、というよりも縁遠《えんどお》い祐人も普通《ふつう》にパソコンを操るニイナを見てカッコいいと思ってしまう。

「別に大したことを入力するわけじゃないですけど、とりあえず参加者の名簿を見せてください。表にしてそれぞれの情報を打ちこんでいきます。情報項目《こうもく》は……みんなで出し合いましょうか」

「分かった。これだよ」

「そこに置いてください。思ったより参加者が多いですね。そんなに瑞穂さんと結婚したいのかしら、この人たちは」

「違うわよ、どうせ四天寺の名に釣《つ》られてきただけの人たち。私のことなんて噂程度でしか知るはずもないわ」

不愉快そうに瑞穂は顔をそむけた。

「ふむ、じゃあ、なおさら阻止《そし》しないといけませんね！　私もこんな人たちと瑞穂さんが結婚するところなんて見たくないです。大体、瑞穂さんと結婚したいなら、正面から来なさいって思います。乙女《おとめ》の心を奪《うば》う気概《きがい》があるなら、まず顔を見に来いって言いたいですし」

「ニ、ニイナさん」

「そうだよね！　力がなきゃいけないんだったら、それも含《ふく》めて見せに来いって思うよ！　私は女性を代表して文句を言いたい！」

「水戸《みと》さんが女性代表って……庶民《しょみん》代表なら分かるけどな」

「何ですと！　袴田《はかまだ》君だって骨の髄《ずい》まで庶民でしょうが！　あ、笑ってるけど、茉莉だって四天寺さんを前にしたら似たようなもんだからね」

「似たようなもんって」

静香《しずか》たちのやりとりに皆、笑みがこぼれ瑞穂も表情を柔《やわ》らかくした。

「そういえば瑞穂さん、参加者名簿は見たの？」

祐人が聞くと瑞穂は嘆息するように答える。

「いえ、見てないわ。正直、見る気も起きなかったし」

「見る必要もないわ！　こんなもの！」

「なんか、水戸さん、張り切っていますね」

「マリオンさん、静香は昔からこういうの嫌《きら》いなのよね。前に観《み》た映画で登場人物が意にそぐわない結婚を強制されたシーンがあって、その時、「ふざけるなぁ！」って声を張り上げたこともあったの、映画館で」

「うわ、それは恥《は》ずかしいな！　今時、スクリーンに声を上げるって、下町でもねーぞ」

「あ、あれは！　私がアクション映画を観たいって言ったのに茉莉がこっちがいいって無理やりみせるのが悪いんだよ！」

「いつも静香に付き合ってSFやアクション映画ばっかりみせられているのはこっちよ！　それ以外は探偵《たんてい》ものばかりだし、密室殺人とか」

「いいじゃない！　楽しいじゃない！」

　ガヤガヤ騒《さわ》いでいるとニイナがパソコン画面から顔を上げた。

「入力完了《かんりょう》。じゃあ、できる限りの情報を入力して少しでも調べる相手を絞っていきましょうか。そうですね、まずはどうやって怪しい人物を絞っていくかを考えましょう」

「ニイナさん、入力、速！」

　こうして、まず全員で大まかな作戦を話し合うことになった。

「え――！　変なの！　何で偽名とかOKなの？　そんなの怪しい奴《やつ》を呼び込《こ》んでるようなもんじゃない！」

「本当にそうね、能力者たちの常識がよく分からないわ」

　一般人《いっぱんじん》を代表し静香と茉莉は入家の大祭の参加登録に通り名や二つ名、さらに言えば偽名まで問題にしていないと聞いて文句をつける。

「まあ、一般的《いっぱんてき》にいえばそうなんですが、能力者の世界って特殊なところがあるんです」

「でも、マリオンさんたちは本名でしょう？」

「私たちはそうですが、あんまり本名を教えられない家系の能力者もいますし」

「う〜ん、私も驚《おどろ》きましたけど主催者《しゅさいしゃ》がいいって言っているのでしたら仕方ないですね。でも逆に考えて、本名ではない人間をピックアップしていくのがいいと思います」

「おお、なるほど、ニイナさん頭いい！」

「本名ではない人は後で明良さんに聞くとして、所属というか、そういったものがはっきりしない人も要注意です。あとは今まで敵対的だったはずの人たち、過去の名家、有力者だったという人たちも、念のためリストアップしましょうか」

「え？　ニイナさん、敵対的だった人たちをリストアップするのは分かるけど過去の名家とかは何でなの？」

茉莉の疑問に皆も一様に頷くが祐人は「あ……」と顔を上げた。

「まさか、利用されやすい、ってこと？」

「そうです、堂杜さん。よく気がつきましたね。堂杜さんは政治家に向いているかもしれません。いえ、政治家の家に入るのも将来的にはいいかもしれませんよ」

「え？　僕《ぼく》が政治家？」

ニイナが首を傾《かし》げる祐人を見ながらニッと笑う。

「ちょっと、ニイナさん、祐人には政治家は無理よ！　騙《だま》されやすいんだから」

「そうです！　祐人さんは政治家に向かないです！」

途端《とたん》に茉莉とマリオンがすぐに割って入った。

「むむ」

「ニイナさん、それで利用されやすいというのは、どういうこと？」

「はい、瑞穂さん。名家と一度でも呼ばれた人たちというのは大体、思考回路が似通っているんです。それは簡単に言えばお家再興を、ってやつですね。これはどこの国でも同じです。それでいてこれに対する執着心《しゅうちゃくしん》は強いことがほとんど。そこにそのチャンスが転がってきたらどうなるか？」

「ああ、なるほど」

「そうです。そそのかされ易《やす》いと思いませんか？　四天寺家に敵対する人たちは表立って動くことは難しい。だったらそれ以外の人たちを使って誘導した方がいいです。それで囁《ささや》くんですよ。これでかつての名声を取り戻《もど》す絶好の機会になるって」

茉莉たちもニイナの言うことに合点《がてん》がいく。

「ははあ、それでそそのかした連中はそれに紛《まぎ》れて侵入《しんにゅう》しやすい。その家の縁者《えんじゃ》、もしくは従者という肩書《かたがき》を借りて。あ、参加してもいいですね」

「そうです。ミレマーでもあった政争でよくあるケースでした。表立って動かずに裏から糸を引く。良からぬことを考える連中にありがちな、それでいて王道ともいえる手段ですね」

この時、瑞穂は表情を消し、ニイナの話を聞いていた。

今、瑞穂は感情が消えかかっていた。

分かってはいたことだ。

分かってはいたことだが、出てくるのはすべて状況の話。

四天寺に入れる、四天寺に認められる、四天寺を使って名を売る、お家再興……すべて、それが中心に回っている。

そこにあるのは四天寺家であり自分ではない。

この入家の大祭の果てには自分と生涯《しょうがい》のパートナーになるにもかかわらずだ。

瑞穂はそんな考えが浮《う》かんでくると一人、意地の悪い笑みを見せた。

その笑みは誰かに向けたものではない。自分自身に向けての笑みだった。

自分の胸の奥底《おくそこ》でほんの僅《わず》かにだけ顔を見せた、くだらない、価値のない、幻想《げんそう》を笑ったのだ。

自分は四天寺瑞穂である前に四天寺家の人間だったと再確認《かくにん》した。

「じゃあ、名簿を確認しましょうか。現状で気になる人物にチェックを入れていきましょう。これは私たちでは分からないので、瑞穂さんとマリオンさん、見て頂けますか？」

「分かったわ」

「あ、はい」

ニイナがそう言うと瑞穂とマリオンは名簿の名前に目を落とした。

二人が名簿の上から確認し、分かる人物をピックアップしていく。

祐人も能力者であるが他の能力者についてはほぼ無知であるため、この作業は瑞穂とマリオンに任せるしかなかった。

作業中、瑞穂はふと一番下にある名前に目が吸い寄せられた。

そして、愕然《がくぜん》とする。体が硬直《こうちょく》し、顔も強張《こわば》ってしまう。

祐人はその二人の様子を見つめながら、挙げられる能力者の名前や特徴《とくちょう》を頭に叩《たた》き込んでいくが……ふと、瑞穂の表情に眉《まゆ》を顰《ひそ》める。

「瑞穂さん？」

「……」

「瑞穂さん」

「え？　な、何？　祐人」

祐人に呼びかけられていることに気づき、瑞穂はようやく顔を上げた。

「いや、少し疲《つか》れているようだったから……名簿に気になる名前があったの？」

「別に何ともないわ」

「そう……ならいいんだけど」

祐人はそう言いながらも顔色が優《すぐ》れないように見える瑞穂を心配そうに見つめる。

瑞穂は再び、名簿に目を落とした。

その瑞穂の視線の先にあるのは……。

――三千院水重

瑞穂は無意識にテーブルの下にある手を握《にぎ》りしめた。

「あ！　瑞穂さん、これを見てください！」

突然《とつぜん》、マリオンが驚きの声を上げた。

「ここに黄家の英雄さんの名前が！」

「え？　あ、あいつ……性懲《しょうこ》りもなく」

祐人もマリオンの言う聞いたことのある名に首を傾げた。

「黄家の英雄？　うーん？　ああ！　あいつか！」

「いや、機関の新人ランク試験の時に会ったんだけどさ。これがまた強烈《きょうれつ》な個性の持ち主でね」

「何、何？　誰なの？　祐人」

「はい、私たちを助けたと嘘《うそ》をついて、それで瑞穂さんは強引《ごういん》に食事に付き合わされたことがありました」

「何それ？　そんなことがあったの？　瑞穂さん」

祐人もそれは初耳で驚くと瑞穂は嫌《いや》な記憶《きおく》を思い出させないで、と言わんばかりに顔を不愉快そうにする。

「ちょっと、マリオン！　せっかく忘れていたのに！」

「嘘をついて四天寺さんと食事？　なんだそりゃ？　どんな奴なんだ？　祐人」

一悟が気になり質問してくる。

「ああ、何ていうのかな？　とりあえず、あまり関わりたくないような人柄《ひとがら》？」

「ふーむ、なんか残念そうな奴だな。そいつって強いの？　マリオンさん」

「はい、能力者の家系では有名な家の人です。その試験で私と瑞穂さんと同じランクAを取得した人です」

「え？　じゃあ、すごいんじゃないの？　俺《おれ》にはよく分からんけど」

「はい、名家である黄家でも数十年ぶりの逸材《いつざい》と言われている人ですから。でも、まさか参加してくるとは思いませんでした。それに今、ざっと目を通しましたが、それ以外にも名の通った実力者たちが結構います。私が知っているくらいですから相当、有名な人たちです」

「おいおい、大丈夫《だいじょうぶ》か？　思ったよりヤバい奴が多そうじゃん。そんな連中に勝てんのかよ、祐人」

「うーん、やってみないと分からないけど、もちろん全部倒すつもりだよ、僕は」

（え？）

瑞穂が顔を上げる。今、祐人の言っていることの意味が分からない。

だが、一悟や茉莉たちは当たり前のように頷く。

「おお、頼《たの》むぜ！」

「そうよ、祐人。頑張《がんば》ってね」

「分かってる」

「ちょっと待って！　一体、何の話をしてるの？　祐人が全部倒《たお》すって……」

瑞穂が思わず声を上げると、むしろそこにいる全員の方が瑞穂に何を言っているのか？という表情をする。

「は？　何って、祐人が全部ぶっ倒して、このふざけた祭りを終わりにするって話だろ？四天寺さん」

「……！」

一悟の話にうんうん、と全員が頷いた。

呆気にとられたように瑞穂はこちらに顔を向けてくる面々を見返した。

「で、でも、祐人は怪しい奴を見つけたら排除するようにって依頼を受けただけで……」

「そうだよ。だからさぁ、俺たちにしてみれば……」

一悟はニヤッと笑い、祐人たちに顔を向けると皆もそれぞれの表情で声を合わせる。

「「「「全員、怪しい！」」」」

「……!?」

するとニイナは驚く瑞穂に優し気《げ》な表情で説明する。

「正直、誰が怪しいなんて完璧《かんぺき》には分からないですよ、瑞穂さん。今、しているのは、なるべく危険な可能性の高い人物の選別だけです。それに私たちが一番心配しているのはその怪しい人物の狙《ねら》いが瑞穂さんの場合です」

「え？」

「だって四天寺家に恥《はじ》をかかせるのに一番いいのは今回の主役でもある瑞穂さんに危害を加えることだと思います。ましてや元々、次期四天寺家当主の筆頭格である瑞穂さんをどうにかしたいっていう人たちが集まってくるんですから、なおさらです」

「そ、それはそうだけど」

「それに最後は瑞穂さんが自ら相手を測るんでしょう？　ということは最後まで大人しくしていて瑞穂さんとの最終戦に牙《きば》を剥《む》いたらどうするんですか。もちろん、そうなればすぐに堂杜さんやマリオンさんにも介入《かいにゅう》してもらいますけど、初撃で命を狙ってこられたら間に合わない場合だってあります。だったら……」

ニイナの説明に祐人が大きく頷く。

「僕が参加者を全部、倒した方が早い。だから、今はそれ以外の時に何かしようとする連中がいないかに気をつけないとね。朱音さんやそれ以外の四天寺の人たちを巻き込もうとするかもしれないし」

祐人がそう言うと、

「そうね」

「そうだよ！　瑞穂さん」

茉莉も静香も当たり前という顔。

「あ、あなたたちは、いつの間にそんなことまで考えて……」

瑞穂がそう言うとニイナがウインクをした。

「実は、事前に瑞穂さん抜《ぬ》きで話し合ってたんです。ほら、瑞穂さんは当事者だから色々と悩んでいるだろうし。こんな話し合いを長時間していたら瑞穂さんの精神衛生上よくないと思って、私からみんなに提案しちゃいました」

「ニイナさん……」

「と、いうのもあるけど！」

そこに怒《いか》れる庶民代表の少女が震《ふる》える声で言い放つ。

「やっぱり許せんよ！　こんなふざけた催《もよお》しで結婚《けっこん》相手を見つけろだぁ？　アホか――!!　名家だか能力者だか知らないけど乙女の価値も分からぬ連中は全員、叩きつぶされろぉ！」

静香は立ち上がるとテーブルに足を乗せる。

「し、静香、お、落ち着いて」

「黙《だま》らっしゃい、茉莉！　これが落ち着いていられるか！　大体ね、四天寺の名前だけに引き寄せられたこのハエどもにも目にもの見せないと気が済まんのよ！」

この静香の言葉に瑞穂が目を丸くする。

「ハエって、あなた」

「水戸さん、すげー剣幕《けんまく》だな。本当に嫌いなんだな、こういうの」

「ですね」

「四天寺だからってなんぼのもんじゃい！　大事なのは瑞穂さんを正面から落としに来いってことなのよ！　四天寺なんか知るか！　男なら瑞穂さんの心を奪いに来いやぁ！」

「静香、良いこと言っているけど四天寺家に失礼だから。でも、その通りね！」

瑞穂は自分以上に不機嫌《ふきげん》そうな皆《みな》の顔を見つめてしまう。

するとと自分の中に温かい気持ちが広がるのを感じ、不思議と自信と勇気が湧《わ》いてくる。

瑞穂は今まで友人と呼べる人間はいなかった。

だが今は瑞穂自身を見てくれている多くの友人たちを前にテーブルの下で握っていた拳《こぶし》を緩《ゆる》めたのだった。

「堂杜君！」

「はい！」

「いい？　徹底的《てっていてき》にやりなさい！　こんなクズどもにやられたら……」

「わわ、分かった！　もちろん、全力でいくよ！　元々、そのつもりだったし！」

「「「え？　元々？」」」

祐人の〝元々〟という言葉に強く引っかかる四人の少女。

「元々？　祐人、それって、どういう……」

瑞穂が珍《めずら》しく上目遣《うわめづか》いで探《さぐ》るように祐人のその発言の真意を聞いてくる。

ちなみに他の三人は若干《じゃっかん》、目が吊《つ》り上がっている。

「え？　あ、あれ？」

あんなに応援《おうえん》してくれていた皆の雰囲気《ふんいき》が一変し、しかも一部の女性陣《じょせいじん》から黒いオーラが噴《ふ》き出している、ように見える。

「祐人、あなた、元々何を考えていたのかしら？」

「それはどういう意味ですか？　祐人さん」

茉莉とマリオンは笑みを浮かべているが瞳《ひとみ》に光が……ない。

「まさか、これをチャンスに四天寺家に取り入ろうとか思ってないですよね、堂杜さん」

検事のように詰問《きつもん》してくるニイナ。

「ちょっ、違《ちが》うよ！　そんなこと考えてないって！」

「堂杜君！　すべてを倒しなさい！　すべてを！　灰燼《かいじん》に帰すまで！」

「水戸さんは怖《こわ》いよ！　いや、みんなも怖い！」

一悟はいつもの風景なのでこれを無視し何事もないように瑞穂に顔を向ける。

「んで、入家の大祭は来週だよね、四天寺さん。この大祭って何日くらい？」

「え？　そ、そうね、この人数だと一週間くらいはかかるでしょうね」

「え、マジで？　そりゃ予想外な……日程が被《かぶ》っちゃうかも」

「うん？　何と被るの、袴田君？」

茉莉が首を傾げて聞いてくる。

「あ！　何でもない！　何でもないよ！　ヤベーな、どうしよう……今更《いまさら》、日程変更《へんこう》は感じが悪い」

この時、瑞穂はわいわいやっているメンバーを見つめるが、名簿《めいぼ》にあった一人の名前を思い出し再び表情に影《かげ》を帯びた。

以前に自分との縁談《えんだん》がまとまる直前にまでいった人物。

その人物は四天寺家の名には興味のないはずの人物だ。それどころか何物にも心を動かされるような人物ではない。もちろん自分にも。

(何故《なぜ》、三千院水重が……)

瑞穂は顔と瞳を曇《くも》らせ息苦しそうに自分の胸を掴《つか》んだ。

◆

大祭当日。

「ほへー、こりゃあ、スゲーなんて言葉じゃ表せねーな。どんだけ広いんだこの敷地《しきち》は」

「本当だね……さすがに凄《すご》すぎるよ」

四天寺家の実家を前に驚きを飛び越《こ》して呆《あき》れるような庶民代表格の一悟と静香がつぶやくと、明良が苦笑いする。

「では皆さんは本邸《ほんてい》に案内いたしますので、こちらに。祐人君は参加者ですから、こちらの者が案内します」

「あ、分かりました。じゃあ、みんな、あとでね」

祐人は数度、四天寺家には足を踏《ふ》み入れたことがあるので皆ほどは驚かず、いつも通りの声色《こわいろ》で友人たちに声をかけた。

「堂杜さん、始まる前に必ず連絡《れんらく》をくださいね。それと動くときは相談してください」

「分かってる、ニイナさん」

祐人はそう答えると四天寺の従者に連れられて大祭の参加者たちが集められる別宅の方へ向かった。

四天寺家の広大な敷地内《しきちない》には本邸の他に別宅が数件存在する。大峰家や神崎家の人間たちが使う大峰邸《てい》や神前邸《てい》とは別に相当数の客人を招いても問題のない屋敷《やしき》が数邸あり、今回の入家の大祭の参加者は従者も含めてそちらに案内をされている。

今回の参加者は見届け人としての役割もあり、本人たちが望めば大祭での選定に漏《も》れたとしてもギャラリーとしてならば最後までの参加が許されていた。

ただし、選定から漏れた人たちは、その時点で大祭の部外者でもあるので四天寺家によって厳しく監視《かんし》されるという旨《むね》が伝えられている。

また、候補者は十六名まで絞《しぼ》られたところで、さらにそのメンバーは別に用意されている本邸近くの屋敷に移される予定である。

遠ざかっていく祐人の後ろ姿を茉莉は心配そうに見つめた。

「祐人、一人で大丈夫かしら」

「祐人さんなら大丈夫ですよ、茉莉さん。祐人さんは強いですから。それを私は何度も間近で見てきました。それは、どんなことがあっても切り抜けていける……って信じられるほどのものです。だから、今回も私は心配していません。祐人さんがいる限り、きっと何とかなるって思います」

「……マリオンさん」

茉莉は自分と同じく、小さくなっていく祐人の姿を見つめているマリオンに目を移す。

「うん、私にも分かる。祐人は強いんだって」

「……え？」

「何故？　って言われると説明が難しいんだけど……でも、分かるの。不思議と女学院に通ってから自分でも不思議な確信のようなものがあるから。変でしょ？　私はそこまで祐人の戦いを見てはいないのに」

マリオンは自嘲《じちょう》気味に笑う茉莉を見てしまう。

確かに普通に聞いていれば何を言っているのか？　という話に聞こえる。

だがマリオンにはそうは聞こえなかった。

茉莉は祐人の存在を正しく理解していると思える。

そう思える何かが茉莉の声の中にはあった。

その威厳《いげん》すらある声色はまるで他人事《ひとごと》のようでそうではなく、第三者が俯瞰《ふかん》しているだけのようで当事者のような、茉莉という存在の境界が薄《うす》れていくように見える。

（何……？　茉莉さんがいつもの感じじゃない）

「祐人のことは大丈夫だと思う。でもそれは祐人が祐人のことだけを考えていればなの。けれど祐人はきっと背負ってしまう。皆の心を汲《く》み取ってしまうわ。その時、私たちは……」

「茉莉さん？」

マリオンは今、茉莉が……茉莉の存在が変わっていくように感じられて眉を顰めた。

「祐人を一人にしては駄目《だめ》」

「茉莉さん、何を言って」

「祐人に……祐人が独りであることを決意させては駄目なの。そうしたら私は！　私たちは二度と祐人と一緒《いっしょ》にいることができなくなる！」

もう茉莉のその視線はこの場に向けられておらず、遠くを見つめ、涙《なみだ》すら浮かべている。

その茉莉の姿にマリオンは驚き、咄嗟《とっさ》に茉莉の肩《かた》を掴む。

「茉莉さん！」

マリオンに軽く揺《ゆ》さぶられ、茉莉の左右の目の視点が徐々《じょじょ》に間近のマリオンの顔に集まった。

「……あ、マリオンさん？　私、今、何を言って……」

「茉莉さん、あなたは……」

マリオンは目を見開いて茉莉を確認する。

（こ、これは霊力《れいりょく》？　微弱《びじゃく》だけど今、確かに茉莉さんは霊力を……⁉）

茉莉は意識がはっきりしてくると頭に手を当てて苦し気に眉を寄せた。

「茉莉さん、大丈夫？」

「どうしたの？　え？　茉莉！　調子が悪いの？」

前を歩いていた静香が異変に気付いて戻ってくると茉莉の腕《うで》に手を添《そ》える。

明良も振《ふ》り返り一悟もニイナも驚いて近寄って来た。

「あ、あれ？　静香、ううん、大丈夫よ、ちょっと頭痛がしただけだから」

一悟はこの茉莉の状況《じょうきょう》を見て何かを思い出したように見つめた。

「こ、これって……確か、女学院でもあったやつだ」

「袴田さん、何か知ってるんですか⁉　教えてください、何でもいいですので！」

マリオンの血相に一悟は狼狽《うろた》えるがすぐに頷《うなず》き、以前に茉莉が嬌子《きょうこ》とサリーに介抱《かいほう》された時のことを説明した。

マリオンは一悟の話を聞いていくうちに驚きの表情に染まっていく。

横で聞いている明良や静香、ニイナも同様だ。

「ええ⁉　な、何で早く言わないのよ！　このBLが！」

静香が一悟に文句を言う。

「グハ！　BL言うな！　色々とありすぎて忘れてたんだよ！　それに言いふらしていいものかも分からなかったし！　祐人のこともあったから」

「ＢＬって何ですか？　って、それどころじゃないですね」

「では白澤《しろさわ》さんはその時に覚醒《かくせい》して……確かに突然の覚醒はあり得ないことではありませんが」

一緒にいた明良も思いもよらない事実に絶句しているようだった。

まだ気分が悪そうな茉莉を支えながらマリオンは目を細める。

「じゃあ、茉莉さんは……」

「ああ、俺にはよく分からないけどその時、嬌子さんは言ってた。白澤さんは物事の本質を見抜《みぬ》くことに長《た》けた……」

茉莉を心配そうに見つめていた一悟は顔を上げてマリオンたちに顔を向ける。

「能力者だって」

「な……！」

（まさか、そんなことが。じゃあ、さっきの白澤さんの言葉は一体、何のことを言って……）

「とりあえず、部屋の方に行きましょう。まだ、気分も優れないようですし」

明良はそう言うと本邸に用意された瑞穂の客人用の部屋に案内を急いだ。

◆

祐人が四天寺家の従者に案内された大きな屋敷にはすでに数多くの今回の入家の大祭にエントリーしたと思われる人間たちで溢《あふ》れていた。

この屋敷は洋風の建築様式で、玄関《げんかん》の前に広がる芝生《しばふ》で覆《おお》われた中庭が開放されていた。

どうやらここを参加者の待合としているらしく、中庭には等間隔《とうかんかく》で丸テーブルが設置され飲み物や軽食が用意されている。

(もう、驚かないけどね)

四天寺家の派手さに若干引き気味の祐人は案内人にこの場所でしばらくお待ちください、と言われ、一人、待合会場の端《はし》の方に移動した。

(見たところ参加者の従者たちも含めて優に二百人以上はいるな。この中から怪《あや》しい奴を探すとなると大変だ。やっぱりある程度、入家の大祭で勝ち上がってからじゃないと、こっちで目星をつけるのはきついな。ガストンの連絡を待ってからでも遅《おそ》くはないし)

会場にいる大勢の人たちを見渡《みわた》すと祐人はため息をついた。

（しっかし、参加者は百人程度かぁ、これだけの人数をどうやって絞っていくんだろう。うん？　あ！　来たよ……気をつけよ）

会場がざわつき、たった今、入場してきた一団に祐人は視線を移す。

そこには新人試験でも会い、忘れようのない少年がいる。

いつも通り意気揚々《いきようよう》とし、態度が大きいためか無用に目立つ。

「黄家が参加とは……しかも、嫡男《ちゃくなん》自らの参加らしいぞ」

「ああ、少年とはいえ大変な実力の持ち主だそうだ。今年の新人試験で起きた吸血鬼乱入《きゅうけつきらんにゅう》事件を知っているか？　その乱入した吸血鬼を撃退《げきたい》したと聞いているぞ」

「あの若さでそれほどの実力を？　クッ……初戦では当たりたくないな、手の内を見せてもらわないと対策も立てられん」

「その通りだな。問題はこの大祭の選定の仕方による。この人数を数日で一人に絞り込むんだからな、ただのトーナメント方式ではないだろうよ」

祐人は周りの参加者の様子を窺《うかが》いながら顔には苦手意識が前面に出ている。

（黄英雄、絶対に目を合わせないでおこうっと。向こうはこっちのこと覚えてはいないだろうけど、関われば面倒《めんどう》くさいし）

祐人はそう決心していると英雄自身は周りの自分への反応に満足そうにニッと笑う。

「ふふふ、お兄ちゃん、大分、警戒《けいかい》されてるね！」

「おい……秋華、何でお前まで来るんだ」

「だって面白《おもしろ》そうなんだもん！」

「あのな、俺は遊びで来てるんじゃないんだ。こんなくだらない祭りから瑞穂さんを……」

「いいじゃない、別に。邪魔《じゃま》はしないし。それに今回、お兄ちゃんの背中を私が押《お》さなかったら参加もしてないかもしれないでしょ」

「……クッ」

「うわ～、これは結構な人数だねぇ。それにしても一人の女の子にこんなに男が群がるなんて、すごいなぁ。私の結婚相手もこうやって決めようかな？」

「なな！　お前、それは駄目だぞ！　お前の相手は兄である俺が認めた……」

英雄が秋華の物言いに声を荒《あら》らげるが、秋華は華麗《かれい》にスルーして好奇《こうき》心旺盛《しんおうせい》な目で周囲を見回している。

「年齢層《ねんれいそう》もバラバラだね、いい歳《とし》したおじさんもいるし……うん？　あ！　あそこにお兄ちゃんぐらいの年齢《ねんれい》の人もいるよ！」

秋華は会場の端の方で一人たたずむように いる少年を指さした。

「あん？　ふん、大した実力もないのに馬鹿な夢を見ている低能力者だろう。どうせ、そういう雑魚《ざこ》はすぐに消える。相手にする価値もない」

「私、話しかけてくるね！」

「あ、こら！　秋華！」

秋華は英雄の制止を気にもとめずに行ってしまう。

（ふーむ、見た限り従者も連れずにいるのは半数ぐらいかな。どうだろう、もし騒ぎを起こすなら従者や付き添いという形で複数人で乗り込んでくると考えた方が自然か。いや、四天寺相手に仕掛《しか》けてくるなら相当な実力者か、変則的な能力者かもしれない。あまり決めつけない方がいいな）

祐人はそう考えながら屋敷周辺も確認しておくかと考える。

「ねえ、あなた！　この大祭の参加者？」

「……え？」

祐人は突然話しかけられ声の主に振り返る。

そこにはこちらを興味深そうに見ているチャイナ服を着た女の子がいた。

見た目からは自分より年下のように見える。

「あ、うん、そうだけど……君は？」

「へー、やっぱり参加者なんだ！　一人で参加？　すごいね！　そんなに四天寺に婿入《むこい》りしたいんだぁ。あなたは機関所属？　ランクは何？　名前は？　うちのお兄ちゃんは知ってるかな？」

祐人の質問を完全に無視して自分の聞きたいことだけをマシンガンのようにぶつけてくる少女に祐人は狼狽える。

「ちょ……ちょっと」

(何なの、この子は。うん？　うーん？　チャイナ服……ま、まさか)

祐人は嫌な予感がして英雄の方に目をやると英雄がこちらを睨《にら》みつけながら近づいて来るのが見えた。

「ひ！　ききき、君はまさか黄家の関係者か、何か？」

「そうだよー、今回、参加する黄英雄の妹だよ。ねえ、ねえ、それで教えてよ、名前とランクは？　それとも内緒《ないしょ》なの？」

「い、妹ぉぉ？　ご、ごめん！　ちょっと用事を思い出したから！」

「ああ！　待ってよ！」

祐人が慌《あわ》てて逃《に》げ出そうとすると秋華は祐人の腕を掴んだ。

「何よ、逃げることないじゃない！」

「うわ、ちょっと、君！　お願い放して！　来ちゃうから、面倒くさいの来ちゃうから！」

「君じゃないよ、秋華だよ！　そっちも名前ぐらい教えてよ、ねぇー！」

「分かったから！　僕は堂杜祐人！　じゃあ、ここで！　って、うおい！　放してってば！」

秋華は嫌がる祐人に構わずに今度は両手で祐人の腕を抱《だ》きかかえる。

この妹の行動を見た英雄は両目を大きく開けた。

「ランクはぁ？」

「D！　ランクはDだから！　もう勘弁《かんべん》して、秋華さん！　さっきよりあなたのお兄さんの面倒オーラが増してるの！」

「ふーん……Dかぁ、普通《ふつう》だね。それでよく参加する気になったよねぇ、で、いつとったの？」

祐人の視界に英雄がもう間近まで来ているのが見える。しかもその顔は完全に怒っている。今、英雄に関わればこの上なく面倒なことになるのが嫌でも分かる。

「今年の新人試験！」

「え？　じゃあ、お兄ちゃんと一緒じゃない」

「そう！　同期だから！　これでいいでしょ、ね！」

英雄の同期と聞いて秋華は驚《おどろ》くと祐人はこの隙《すき》に腕を抜いた。

「あ！」

秋華が声を上げると同時に英雄の怒声《どせい》が聞こえてくる。

「おい、貴様ぁ！　俺の妹に何をしている！」

この状況を見て妹の方が何かをされていると考える思考回路に英雄らしさを感じるが、ここは全力で離脱《りだつ》が大事。祐人は即座《そくざ》にその場から一目散に逃げた。

秋華は逃げた祐人を感心するように見つめる。

「行っちゃった……。ふーん、私の手から逃げるなんて意外とやるじゃない。お兄ちゃんだったら絶対に抜けられないのに」

「秋華！　大丈夫か！　あいつ、今度会ったら」

「お兄ちゃん、さっきの人、知らない？　お兄ちゃんと同期って言ってたよ」

「は？　何だと……」

「うん、今年の新人試験でランクDを取得したって」

「はん、知らん。ランクD程度の劣等《れっとう》能力者なんか覚える必要もないしな。現に俺はあんな不愉快《ふゆかい》な面《つら》をしている奴《やつ》なんぞ記憶にない。それに確かランクDといったら俺の代での最低ランクだったな」

「へー、そうなんだ。ということは瑞穂さんとも同期だね」

「まあ……そうだな」

「ああ、ということはあれだ。あの人も瑞穂さんに惚《ほ》れてるんだよ。うんうん、だから参加したんだね、ランクDでも勇気を振り絞ったんだよ、きっと」

「ぬ！」

秋華の言葉に不愉快そうに英雄は顔を歪《ゆが》ませた。

「うん？　それともあれかな？　四天寺に迎《むか》えられたいのかな？　堂杜なんて家、聞いたことないもんね」

「堂杜と言っていたのか？　やはり聞いたことはないな、そんな家も名前も。おそらく四天寺の名に引き寄せられて身《み》の程《ほど》をわきまえない夢でも見ているんだろう、下賤《げせん》な奴の考えそうなことだ」

「まあねぇ、ランクDじゃねぇ。それじゃあ、さすがに参加するだけ無駄《むだ》じゃないかな。確かに、ちょっとお馬鹿さんすぎるね」

そう言うと秋華はクスッと笑った。

「でも、お兄ちゃん、あの人はお兄ちゃんのことをよく知っていたみたいよ」

「フッ、それはそうだろう。この黄英雄を一度見た奴が忘れられるわけがないからな」

「うん、お兄ちゃんのこと面倒くさい人間だって言ってた。よく知っているみたいだねえ！」

「……は？」

ピクッと英雄は固まると今度は徐々に震えだす。

「あ、あの低能力者ぁ、次に会ったら、ぶち殺してやる！」

「ぷぷぷ……おもしろーい。お兄ちゃんと同期かぁ、すぐに消えないといいけどね、ちょっとチェックしておこうっと！　でも勝ち抜くのは無理かなぁ」

「英雄様、もうすぐ大祭の概要《がいよう》の説明がされるようです」

怒る英雄と瞳を爛々《らんらん》と輝《かがや》かせる秋華の背後で二人に嘆息《たんそく》する黄家の従者たちがいたのだった。

「一番関わりたくない家の人たちに絡《から》まれたよ……。まあ、あの人たちはまず四天寺家に悪さすることは考えられないから二度と近寄るのはよそう、うん」

祐人は黄兄妹《きょうだい》から逃《のが》れると中庭にでて参加者たちの間を抜けながらそう誓《ちか》った。

だが、そう独り言を漏らしながらも祐人は周囲の観察を怠《おこた》っていない。

黄家の一団と離《はな》れたところで改めて参加者たちを見渡した。

（対峙《たいじ》してみないと分からないけど中にはただものじゃない雰囲気の者もいるな。あそこ

……それとあそこも挙動に隙がないな。相当な修練を重ねているんだろう。ただ、さすがにこれだけじゃ怪しいか分からないか）

祐人は視線を移しながらそれぞれ目に留まった能力者の様子を監視する。

筋肉がはち切れんばかりな巨躯《きょく》に彫《ほ》りの深い目をした男、周囲の人間とフレンドリーに会話を楽しむ男、と祐人の目からは手ごわい相手を前にした時のピリピリ感を覚える。

また、楽し気にキョロキョロしながら周囲を見ている自分と同世代と思われる少年。

その少年は腰《こし》に古びた鞘《さや》に納められた長剣《ちょうけん》を携《たずさ》えている。

（そういえば能力者の中には武器や防具、アイテムによって能力を飛躍《ひやくてき》的にアップさせる者もいる。見た目だけでは測りきれないけど、何だ、あの剣は。鞘から出ている鎖《くさり》で柄《つか》をがんじがらめにするなんて……う！）

その気になる長剣を携えた少年と目が合ったように感じ祐人は慌てて目を逸《そ》らした。

（僕《ぼく》の視線に気づいた？　まさかね）

祐人は内心、ヒヤッとしながらも他方面にも目を配った。

すると、こちらから見て庭の反対側に四天寺が用意した軽食を食べ散らかしている小柄《こがら》な人物が目に入った。

（うわぁ、なんだ？　下品な食べ方だな。しかも何もここであんなに食べなくても……そ

れに何だよ、あのマスクは）

頭全体を覆うメキシコのプロレスラーのようなマスクをし、その人物は周りに目もくれずに信じられない量のサンドイッチや洋菓子《ようがし》を口に運んでいた。

（周りもドン引きしているよ。うへー、ありゃないな。怪しいって言えば怪しいけど別の意味になりそうだ。余計なお世話だけど、どんな育ちをしてんだろう）

「君」

祐人は横から声をかけられた。

途端《とたん》に祐人は瞬時《しゅんじ》にその場から跳《と》び退き、無意識にどのような場合にも対処できるように身構えてしまう。

祐人の顔からは余裕《よゆう》は消え、表情を強張《こわば》らせている。

庭の端でのことで祐人のこの行動は誰《だれ》にも気づかれていないが、声を掛《か》けてきた主の後ろに控《ひか》える和装の少女は軽く目を広げて祐人を見つめていた。

「ほう……」

今、祐人の目の前にいる美しい女性のような顔立ちをした青年が感嘆《かんたん》するように小さな声を漏らした。

祐人も自分の行動に驚き、すぐに構えを解くと恥《は》ずかし気に慌てふためいた。

「あ、すみません！　思わず驚いてしまいました！」

祐人は頭を下げるとその青年はフッと笑《え》みを見せる。

「いや、こちらこそ驚かせて申し訳ない」

その青年は澄《す》ました顔で淡々《たんたん》と話すが、後ろに控えていた和装の少女は対照的に大きな声を上げげた。

「いえ！　お兄様が謝《あやま》ることはありません。この人はちょっと声をかけられたぐらいで、こちらに戦意を向けました。臆病《おくびょう》なのを差し引いたとしても、とても失礼な人間のすることです！」

その少女は祐人に目もくれず兄と呼んだ青年に顔を向ける。

「琴音、やめなさい。こちらが突然《とつぜん》、話しかけたのです。あなたの物言いこそ失礼じゃないですか。この方に謝りなさい」

「……!?」

琴音は兄に窘《たしな》められとひどく気落ちしたように俯《うつむ》き丁寧《ていねい》に頭を下げた。

「申し訳ありませんでした……」

琴音に頭を下げられると祐人も気まずい空気を感じてしまう。

先ほどの自分の態度も良いものとはいえない。

「あ！　いえ、こちらこそすみませんでした。思わず驚いてしまって、つい。確かに僕は臆病なところがあるので」

「そうですか、それは申し訳ない」

「あ、あの……何でしょうか？」

「私は三千院水重と言います。この入家の大祭にエントリーした者ですが君もこの大祭の参加者になるのですか？」

「はい、そうです。堂杜祐人と言います」

「いや、何ということではなかったのだが、君が参加者を値踏《ねぶ》みしている姿が目に入ったのでね、老婆心《ろうばしん》ながら声をかけたくなった」

「……え？」

「周りが気になるのは仕方ないが、あまり露骨《ろこつ》にしているのは感心しない。気づかない者がほとんどだろうが一部の者には逆に君が警戒されてしまう。それだけ言いたくてね」

祐人が水重に驚きの目を向けると水重は静かに笑い、軽く手を上げて体を翻《ひるがえ》す。

琴音は無言で祐人を見つめると軽く会釈《えしやく》をして水重のあとを追った。

祐人は去っていく水重の背中を見つめると自分の手に汗《あせ》がにじんでいることに気づく。

(三千院水重さん、か。この感覚はまるでアルフレッドさんや止水《しすい》と対峙した時のような

感覚だった）

祐人は真剣《しんけん》な顔で自分の右手に目を移し、広げてみせた。

そして偶然《ぐうぜん》か、数名の参加者がそれぞれの場所でこの祐人たちの姿を見ていたのだった。

琴音は兄である水重の背中を見つめ眉《まゆ》を顰《ひそ》めていた。

何故、兄があのような者に声をかけたのか分からない。

琴音の知っている水重は家族にすら興味を持っていないのではないかと思われるぐらい他人に興味を示したことはない。

もちろん……妹である自分にも。

常に気高く、そして、孤高《ここう》。

三千院に現れた歴代最高の精霊《せいれい》使い。

それ故《ゆえ》か誰も水重の考えを推《お》し量《はか》ることなど出来なかった。

だが琴音はそれが水重なのであろう、と思っていた。

いや、確信していたという方が近いかもしれない。

兄の見ている世界は自分たちと違うのだ、と。

だからこそ今回の水重の行動には理解ができなかった。

「お兄様……何故、あのような人に声をかけたのですか」

それは兄にとって余計な事を聞いていると琴音は分かってはいた。

だが、どうしても聞いてみたかった。

「琴音、先ほどの彼《かれ》の動きを見ただろう。どう思ったんだい？」

「え？　はい、失礼でとても臆病な人だと思いました」

「それだけかい？」

「はい」

「ふむ……」

しばし無言になった兄と妹の間には目に見えている以上の距離《きょり》と重苦しさがあり、それを感じ取っている琴音は聞くのではなかった、と後悔《こうかい》した。

このようなことは昔から兄妹の間でよくあることで、その度に水重は何も言わずに自分の目の前から消えてしまう。

それはまるで話しても無駄だと言うかのように。

だが、この時の水重は違った。

「彼……堂杜君と言ったか」

琴音は顔を上げて驚いた。

それは兄が自分との会話を続けようと言葉を発したことばかりではない。その兄の声に久しく聞いていない感情のようなものが籠《こも》っていることに気づいたからだ。

「彼が咄嗟にとった私との距離を思い出してごらん」

「はい……？」

「分からないかい？　あれは私が常時、精霊を掌握《しょうあく》している領域からほんの僅《わず》かに外側だった」

「ま、まさか……では、先ほどの者はそれを理解して？　いえ、お兄様、それは偶然です！　精霊と常時交信している人間はお兄様を除けば精霊の巫女《みこ》ぐらいです！　彼はたまたまその距離に着地しただけです」

「そうだね……偶然かもしれない」

「そうです！」

「だがね、精霊たちは彼に興味を持ったみたいだ」

（……え？）

この時、琴音は水重の声に心なしか喜色めいたものが混じっているように感じて驚く。

琴音の心の中に羨望《せんぼう》や嫉妬《しっと》に近いネガティブな感情が湧《わ》きあがる。

自分の兄にこのような反応をさせた少年……。

長く一緒にいるはずの自分がこの兄の反応すら引き出すことはないのに、あの少年は偶然だったとしても、この僅かな時間で兄に興味を持たせたことが信じられない。

そして、それが許せなかった。

水重の後ろにいる琴音は今、水重がどんな表情なのか気になってくる。

琴音は兄の表情が見える位置まで移動しようとした時、この待合の会場に四天寺の人間たちが姿を現した。

どうやらついに入家の大祭が始まったようだった。

今、四天寺の人間たちが大祭についての細かなルールを説明している。

だが今の琴音にはそれがまったく耳に入ってこなかった。

何故なら……、
右後ろからの角度で兄の顔は見えなかったが、兄の口角が僅かに上がっていることに気づいたからだ。

琴音は怒《いか》りで体を震《ふる》わせるように俯く。

(あの人……堂杜という人。お兄様の足元にも及《およ》ばないに違いないのに！　何故、あんな人が兄に)

琴音の心の中に堂杜祐人という許せざる存在が刻まれた瞬間《しゅんかん》でもあった。

第4章　大祭スタート

「この度は四天寺《してんじ》の神事、〝入家の大祭〟にご参加をたまわり誠《まこと》にありがとうございます。早速《さっそく》ではございますが、今後の段取りと大祭の概要をご説明いたします」

主催《しゅさい》する四天寺の人間が説明を始めると参加者たちは表情を引き締《し》めて耳を傾《かたむ》けた。

祐人《ひろと》も同様に説明を聞く。

大体のことは聞いていたが瑞穂《みずほ》の婿《むこ》に選ばれるその方法については当日に説明があるとのことだったので祐人もその選定方法は聞いていないのだ。

「皆様《みなさま》もご存じの通り、四天寺はより強者、より優秀《ゆうしゅう》な方を招きたいと考えております。ということから、この入家の大祭の選定は単純です。お互《たが》いに戦っていただき、その優秀性を見せて頂くことになっております」

ここまでは事前に聞いていた内容だ。他のエントリーした者たちも静かに聞いている。

「ですが、参加者が約百名となっております。非常に多くの方にお越しいただき、ありがたいのですが、大祭の期間は一週間となっております。そのため単純にトーナメント戦では時間的に余裕がありません。それで初戦は16グループの六～七人に分かれてバトルロイヤル形式を実施《じっし》いたします」

会場がざわついた。

祐人も想像はしていた内容ではあったが目を細める。

バトルロイヤルの場合、能力次第《しだい》では得手不得手があり、また、互いに漁夫の利を狙《ねら》う人間も出てくる可能性もあることから戦い方が難しい。

「その後、各グループを勝ち抜《ぬ》いた十六人で決勝トーナメントを行い、最終的に勝ち残った者が四天寺瑞穂様と対峙してもらいます。それでその力を認められた一人が四天寺に迎え入れられることになります」

「なんと！」

「最後は瑞穂嬢《じょう》とも相対するのか？」

「自分の妻にするものとも戦わせるとは……これが四天寺か」

これには参加者から驚きの声が上がる。

「それでは、早速ではありますが、抽選《ちゅうせん》はこちらで既《すで》に行なっております。皆様方《みなさまがた》、準備はよろしいですか？」

「え……!?」

「準備って、まさか」

「今から始めるのか⁉」

前方にある屋敷《やしき》の二階から巨大《きょだい》なスクリーンが下ろされる。

そこにはいつの間にかグループ分けされた参加者の名前が記載《きさい》されていた。

祐人もまさかこれからすぐに始まるとは思っていなかったので驚きつつもスクリーンを確認《かくにん》すると、自分の名がグループ16に表示されているのが分かった。

「このグループに分かれて頂きます。今から各グループの番号が記載されたバッジをお配りするので申し訳ありませんが前にとりに来てください。バトル会場はこの四天寺家敷地《しきち》内《ない》の西側です。そこを戦闘《せんとう》区域として十六に分けております。バッジと一緒に地図をお渡《わた》しいたしますので、バッジを受け取ったと同時に自分の会場に向かってください」

四天寺家の広大な敷地《しきち》の西側には自然豊かな林や整備された道があり、その場所をバトルロイヤル会場にするつもりらしかった。

参加者たちはあまりの拙速《せっそく》な方法に狼狽えるが四天寺の司会は淡々と話を進めていく。

「勝ち抜きの条件はより多くのバッジを他者から奪《うば》い、持ち帰った方になります。制限時間は本日の夜七時です。その段階で最も多くのバッジを持っていた者が勝ち抜きとなります。また、七時の時点でバッジの最高数の取得者が複数いた場合、そのグループの人間は全員失格といたします。スタートはバッジを受け取り、自分の戦闘区域に入ったその時からといたします。では、皆《みな》さま、バッジを受け取りに来てください」

説明が終わり、ルールを理解した参加者たちに一瞬《いっしゅん》の静寂《せいじゃく》が起きる。

すると、全員が一斉《いっせい》にバッジを受け取りに殺到《さっとう》した。

我先にとバッジと地図を受け取ろうとし、受け取った者はすぐにその場から姿を消す。

(うわ、えぐいなぁ)

これが説明を聞き終えた祐人の感想だった。

今、参加者たちが我先にとバッジと地図を受け取りに行く理由がよく分かる。

それは一番初めに戦闘区域に入った方が断然有利といえるからだ。

僅かな時間でも先に戦闘場所を見ておいた方が良い。それに自分の能力の種類によっては、たった今から待《ま》ち伏《ぶ》せするという戦術もとれる。

決まった戦場に先に到着《とうちゃく》するということはそれだけでもメリットが大きいのだ。

祐人はこのルールを決めたであろう朱音《あかね》の顔を思《おも》い浮《う》かべて溜息《ためいき》をついた。

(バトルロイヤルって時間短縮のために、という説明だけど違《ちが》うんだろうなぁ。四天寺の歴史は戦いの歴史でもあるようなことも言ってたし。能力が高いだけの人間はいらないってことなんだろうな)

バトルロイヤルの勝敗は運にも左右されることが多々ある。

また、戦いが多角的になるので、ただ強ければ良いものではない。実力が伯仲《はくちゅう》した者同士がその場に放《ほう》り込《こ》まれた場合、機転や鋭《するど》い戦術眼が必要になる。

これは実戦さながらの強さが要求されるのだ。

さらに言えば勝ち抜いたとしてもグループを勝ち抜いた者同士でトーナメント戦になると言っている。ここで余力も残しておくことができるかも考えなければならない。

(でも、悪い考えではないな。もし四天寺に悪さをしようと考えている連中も、これでは余裕がだいぶなくなるよね。そこまで考えているなら、喰《く》えない人だよな)

そう考えながら祐人はバッジを受け取るためにできた四列の最後方に並んだ。

すると同じく最後方に並ぶ面々が祐人の目に入ってきた。

「うわ、みんなやる気だね。戦闘区域に入ったら先に入った連中の奇襲《きしゅう》に気をつけないとね!」

祐人は自分の横でにこやかに声を上げているブロンドの髪《かみ》をした少年と目が合った。

「ふふん……みんなの考えなんてそんなもんでしょう。君も気づいていたんじゃないの?」

その少年は腰から柄を鎖に巻かれた長剣をひっさげている。

先ほど、祐人が周囲を確認した時に目に入った少年だった。

「あ……いや」

「あはは、そんなに警戒しなくても大丈夫《だいじょうぶ》。僕は君のグループじゃないよ。まあ、気持ちは分かるけどね。お互い、決勝トーナメントっていうのかな？　そこで会えるといいね」

妙《みょう》に明るく緊張感《きんちょうかん》のない口調に祐人も戸惑《とまど》うが、考えてみればこの大祭の参加者であるだけで敵というわけではない。

「そうですね、頑張《がんば》ってみます」

「僕はジュリアン・ナイト。歳も近そうだし、勝ち上がったらあとで話そうね」

「堂杜《どうもり》祐人です。よろしく」

祐人はジュリアンが伸《の》ばしてきた手を握《にぎ》り返す。

二人はそのまま列に並び、互いのバッジを受け取った。

すると、ジュリアンは祐人に軽く手を上げる。

「僕たちのグループにはさほど目に付く人はいなかったよ。安心しな、じゃ！」

「……え？」

ジュリアンはそう言うと祐人に背を向けて移動した。

祐人は長剣を腰からさげている少年の背を見つめる。

（そういえば、あのジュリアンって人、どうして僕のグループが自分と違うって分かっていたんだ?)

祐人は眉を顰めると自分の会場に向かいつつ、気を引き締めた。

(僕が値踏みされていたのか。ランク的にいえば僕のことなんて警戒されないはずと思い込《こ》み過ぎていたかもしれないな)

祐人は気持ちを戦闘モードに切り替《か》え、どのように戦うか思案した。

◆

四天寺家の本邸《ほんてい》の一室。

朱音は四天寺当主である毅成《たけなり》と今回の主役の瑞穂、そして大峰《おおみね》、神前《かんざき》の両当主を交えて座《すわ》っていた。三十畳《じょう》はあろう和室に作られた即席《そくせき》の主催者《しゅさいしゃ》会場である。

四天寺家と分家である大峰、神前の重鎮《じゅうちん》たちは設置されているモニターに顔を向けた。

「始まります、朱音様」

「そう、では観戦しましょう。うん、モニターは順調ね」

明良《あきら》に報告を受けると上機嫌《じょうきげん》に朱音は応じた。

すべての戦闘区域に小型カメラが多数設置されており、それぞれの戦況《せんきょう》がこの場で確認できるようになっている。

「えっと……祐人君のグループは16だったわね？」

「はい」

「ああ、ワクワクするわぁ。ほら、皆さんもこちらに、見やすいように。あなた、いつまで不貞腐《ふてくさ》れているの。娘《むすめ》の婿候補たちがこんなに集まっているのよ」

「ふん、まだ瑞穂には早いというのに……お前が」

「もう……しようのない人ね」

朱音が嘆息すると大峰、神前の両当主が朱音の傍《そば》に寄ってきた。

大峰家の当主、大峰早雲《そううん》と神前家の当主、神前左馬之助《さまのすけ》は互いに視線を交《か》わすと早雲が前にでる。

「朱音様が推す少年は堂杜祐人君と申しましたか」

「そうよ、最有力候補よ」

「しかし聞き及んだところでは、かの少年はランクはDとのこと。いくら朱音様のお目にかなったとはいえ、我々は四天寺のために考え、働くのが本分です。特定の人間を贔屓目《ひいきめ》で見ることはできません」

「ふふふ、分かっているわ。だから入家の大祭を催《もよお》したのでしょう。これで一切《いっさい》のズルは出来ないのは分かりますでしょう」

「はい、確かにそうではございますが」

「それにね、気に入っているのは私だけではありませんよ。ね、瑞穂」

「ちょっ、お母さん！　私はそんなこと一言も言ってないわ」

「でも、認めてはいるのでしょう？　祐人君の実力を」

「そ、それは……そうだけど」

「え……なんと！」

瑞穂が渋々《しぶしぶ》認めるとその瑞穂の言動に大峰と神前の人間たちが目を大きくする。

当然、大峰、神前の人間たちは瑞穂を幼少のころから知っている。

その才能も実力も良く分かっており、それ故に瑞穂の配偶者《はいぐうしゃ》選びには心を砕《くだ》いていた。

それは四天寺でも自他認める天才と謳《うた》われた瑞穂だからである。

また瑞穂の気性《きしょう》も相まって瑞穂に見合う相手を見つけることの困難さを痛感していた。

こちらが候補を立てても瑞穂の突《つ》き抜けた才能はどの候補者も釣《つ》り合わないのだ。

今まで何度も用意したお見合いが失敗したことも大峰、神前の重鎮たちは頭を悩《なや》ませており、現状ではこの件に関して手詰《てづ》まり感は否《いな》めなかった。

ところが、その瑞穂がである。

相手を認めるような発言をしたのだ。

ざわつく大峰家と神前家の人間たちは互いに顔を見合わせるが、冷静な表情を取り戻《もど》す。

左馬之助は蓄《たくわ》えた白髭《しらひげ》を触《さわ》りつつ、瑞穂に目をやると朱音に声をかける。

「瑞穂様もお年頃《としごろ》です。自分よりも見劣《みおと》りしてしまう相手に気を許してしまうこともあるでしょう。ですがやはり、ランクDでは……」

「左馬爺《じい》！　気を許してなんてないわよ！　ただ戦闘となったら私より強いだけで」

「は？　今、なんと仰《おつしや》いました、瑞穂様」

「え？　だ、だから私よりも強いって……」

「まさか！　いや、瑞穂様、この爺にそんな嘘《うそ》は通じませんぞ。ちょっと惚れたからといって男を持ち上げても何の意味もありません」

「だから！　惚れてないって言っているでしょう、左馬爺！　それに別に嘘なんて……」

「ほら、始まるわよ。実力はこれで測ればいいじゃないですか。グループ16を見ていなさい」

朱音がそう言うと大峰や神崎の人間たちも少なからずの懐疑《かいぎ》心《しん》と興味を持ってモニターに視線を集中させたのだった。

◆

「はい、堂杜様ですね。こちらがグループ16のバッジと地図になります。今から十五分以内に会場に来られない場合、失格になりますのでご注意ください。では、ご武運を」

祐人はバッジを受け取ると地図を広げ、四天寺家の敷地内の西側に歩を進める。

地図はいたって簡単なものだ。広大な日本庭園内の歩道が分かりやすく描《か》かれており、それぞれの会場が割り当てられたものだった。

「えーと、こっちか」

祐人のグループ16の会場は敷地の最も奥《おく》に位置していた。また今、向かっている道の左右に広がる庭園の奥は他のグループの戦闘会場になっている。

祐人は頭の中で何通りもの戦いのイメージを浮かべながら自身の会場に向かう。

その途中《とちゅう》、祐人はピクッと片眉を上げ、目を周囲に配った。

(すでに始まっているな。あの右の林の向こう、こちらの左の池の向こうでも。嫌《いや》な気配だな……殺気を隠《かく》していない人が多い)

戦闘会場といっても特別に手は入れられてはいない。

どうやら単純に敷地を割っただけのようだった。

そのため雑木林のような場所もあれば大きな池や小さな山のような地形もある。

戦いに際して能力によってそれぞれを利用する者もいるだろう。

（それにしても……）

と祐人は思う。

というのも、どこの方向からも複数の強い殺気がさらに増えているのだ。

（みんな真剣、というより真剣すぎるよ。四天寺に迎えられることにここまで……）

あまりに殺伐《さつばつ》とした気配は祐人にかつての魔界《まかい》での戦場を思い出させる。

（これじゃあ、誰が四天寺に仇《あだ》をなそうとするのか分からないよ）

「む？」

祐人は突如《とつじょ》、左後ろに顔を向けた。

「こ、これは！　すごい、誰だ？」

祐人は顔色を変えて思わず言葉を漏《も》らしてしまう。

「派手に暴れている人がいるね。霊圧《れいあつ》を抑《おさ》えずに、まるで自分の存在を誇示《こじ》しているみたいだ。逃げも隠れもしないっていう意思表示か」

（他のグループの様子も見たい。僕も急ごう）

祐人は眉根《まゆね》を寄せ、表情を引き締めると自分の会場グループ16に到着する。

祐人は庭園の遊歩道から逸れ、眼前にある竹林を見定めると、その次の瞬間、姿を消した。

そして、先ほど祐人が顔を向けた方向にはグループ7の会場があった。

祐人が自身の戦闘会場に入る十数分後にグループ7は【歩く要塞《ようさい》】ヴィクトル・バクラチオンが参加者全員を戦闘不能に追い込み、勝ち抜けを早々に決めた。


四天寺家の本邸では各グループの戦況の様子が映し出されている。

大峰、神前家の重鎮たちも真剣に観戦し、その参加者たちの実力を窺《うかが》っていた。

そしてたった今、勝ち抜けを決めたヴィクトル・バクラチオンに感嘆の息が漏れる。

「なんという圧倒的《あっとうてき》な戦い方。すべての相手と正面からぶつかるとは……」

「まさに要塞ですな。バクラチオン家の名は伊達《だて》ではないということですか」

ロシアからきたヴィクトル・バクラチオンは筋肉隆々《りゅうりゅう》の体と彫が深い顔で堂々と会場を後にした。そのブルーの眼光と髭《ひげ》を蓄えた顔は自信に満ち溢《あふ》れている。

バクラチオン家は機関でも有数の名家として知られている。今回の大祭に参加を表明した際は黄《こう》家の英雄《ひでお》と共に驚きを持って参加者たちを緊張させた。

「ふふふ、これだけの差を見せつけているにも拘《かか》わらず、手の内は全く見せていない様子だな。さすがはバクラチオン」

左馬之助が唸《うな》る。

ヴィクトルの戦い方はある意味シンプルともいえる。

始まったばかりで参加者たちが互いにけん制し合っているところに堂々と自分の身を晒《さら》し、出会う能力者から問答無用で潰《つぶ》しにかかった。

この迷いのない戦い方に対処が遅《おく》れた二人の参加者があっという間にヴィクトルの餌食《えじき》になってしまった。

残った能力者たちはヴィクトルのバッジの所持数が三つになった時点で主導権を完全に握られてしまう。

何故《なぜ》ならルールでは各グループで最もバッジの多い者が次の戦いに進出するのだ。

そしてグループ7の人数は六人。バッジの保持数が同じ人間がいて、それが最大保持数であった場合は全員失格となる。

ということは、もうヴィクトルとの戦いは絶対に避《さ》けることはできない。

これを認識《にんしき》している残った参加者たちはまるで以前から互いに話し合っていたように一斉にヴィクトルに攻撃を仕掛《しか》けた。

彼らは明らかにヴィクトルの実力が群を抜いていると理解し、自分が勝ちぬく可能性は皆で力を合わせてヴィクトルを潰す必要があると考えたのだ。

これがまさにバトルロイヤルで起き得る行動であり、実力があっても一筋縄ではいかない理由でもある。

一人は上空から一人は地中から、もう一人は池の中から、それぞれが得意とする体術、特殊《とくしゅ》な鎖による緊縛術《きんばくじゅつ》、水の鎧《よろい》を武器に変えて襲《おそ》いかかる。

これに対しヴィクトルは眦《まなじり》を決すると霊力《れいりょく》が噴出《ふんしゅつ》し攻撃《こうげき》を仕掛けてきた三人の能力者は吹《ふ》き飛んだ。三人は驚愕《きょうがく》の表情を見せながら大地に体を打ちつけ、ゴロゴロと長い距離を転び意識をなくした。

それらを睥睨《へいげい》しニヤッと笑うヴィクトルは一歩もその場から動いてはいなかった。

ヴィクトルの勝ち抜けを境に他のグループでも段々と動きを見せ、各グループでの優劣《ゆうれつ》が見え始めてきた。

グループ3ではジュリアン・ナイトが敵を追い回し一人ずつ確実に倒《たお》していく。

「ふふん、無駄だよ。そこに隠れているね」

そう言うとジュリアンは鎖で縛《しば》りつけられて鞘から抜けない剣を眼前に立てて見つめる。

その剣は小さく振動《しんどう》し若干《じゃっかん》の光を放ったように見える。

「その後ろにも一人、左にもこちらをうかがっているのがいる。あはは、そうだよね。僕の奪ったバッジはこのグループの半数を超《こ》える。僕を狙うしかないね。いいよ、隠れるなんてしょぼいことはしないで最後まで相手をしてあげるよ！」

相手のいかなる隠密《おんみつ》スキルもジュリアン・ナイトには何故か通用しない。

ジュリアン・ナイトは常に笑顔《えがお》のまま、ただ敵を見つけ、ただ敵を倒す。

周囲からはそうとしか見えない。

だがジュリアンのやっていることはさらに高度だ。

ジュリアンを倒す以外にグループ突破《とっぱ》がなくなった参加者たちは互いに協力し、ジュリアンに仕掛けようとタイミングを計る。

途端にその機先を制すようにジュリアンは連係攻撃の先陣《せんじん》だろう能力者にしかけ、しかも一度ジュリアンにターゲティングされた能力者は最後、鞘に納まったままの剣の超連撃を受け、反撃《はんげき》もできずに倒れていく。

終始この調子でジュリアンの進む後には全身打撲《だぼく》で息絶え絶えになった参加者が転がるのみであった。

これらの状況《じょうきょう》を四天寺家本邸ではつぶさに観察していた。

「面白《おもしろ》い能力の持ち主だな。種は分からんが相手の居場所を的確に掴《つか》んでおる。それにしても大した身のこなしだ。見た目は若いな、名前はジュリアン・ナイト……瑞穂様と歳《とし》も一つしか変わらんか」

「はい、しかもそれだけではありません。このジュリアン・ナイトという者は相手の動き出しすらも読んでいるように見えます。能力か経験か……どちらにせよ、恐《おそ》ろしい実力ですね」

「ふむ……うん？　他のグループでも動きがでてきたか」

「意外にどのグループも思ったより早く勝敗がつきそうですね」

「うむ、明日も大祭は続く。長引かせる理由はないしな。実力のある者ならそう考えよう」

四天寺家の重鎮たちは品定めをするように各グループの有力な参加者に注目する。

「グループ5もほぼ勝敗は決しました。勝ち抜いたのはダグラス・ガンズです。機関のUS支部所属の者ですね」

そう言われるとグループ5のモニターが大画面に映し出された。

「こちらも早いな。どんな戦いをしていたのだ？」

「よくは分かりませんが中距離攻撃型《ちゅうきょりこうげきがた》の能力者のようですね。モニターでは一度も他の能力者との対峙《たいじ》がありませんでした。どうやら銃《じゅう》を武器として操《あやつ》っているようでした。実弾《じつだん》ではなく霊力を弾丸《だんがん》に変質させて射撃《しゃげき》するようです」

「それは珍《めずら》しい能力だな。恐らく天然能力者か、ここ数代の能力者家系かもしれん。しかし、たいした実力だ。それに考えようによっては恐ろしい能力だな」

「はい、US支部の次期エースと言われているようですが、噂《うわさ》に違《たが》わぬかなりの手練《てだ》れのようですね。ハイレベルの能力者は手の内も中々見せないです」

画面には陽気に口笛を吹く優男《やさおとこ》がライフル銃を肩《かた》に担《かつ》ぎ、参加者たちのバッジを上空に投げながら会場を後にしている。

ダグラス・ガンズは機関の定めるランクAの能力者であり、現在、US支部で名の知られだした人物である。

機関の資料によれば彼の分かっている能力は二つ。

一つは実際の銃を扱《あつか》い、己《おのれ》の霊力で作製した霊力弾を射出する霊力射撃。

もう一つは外界から己の気配を完全に消す遮断《しゃだん》結界である。

この二つの能力は互いに相性《あいしょう》が抜群《ばつぐん》で相手に感づかれることなく、対象に霊力射撃が可能となっている。

さらにダグラス・ガンズの霊力弾の射出速度は現代の拳銃《けんじゅう》、ライフルとほぼ遜色《そんしょく》はなくその初速は秒速250メートルから800メートルと記録されている。また、霊力弾はある程度、ダグラスの意の通りに動き、速度が遅《おそ》ければ遅いほど軌道《きどう》を変えられる。

実際、このバトルロイヤルでもその能力を遺憾《いかん》なく発揮し、木々や岩の後ろに身を隠しても攻撃を受け、参加者の中にはいつやられたのかも認識できていない者も数人いた。

まさに恐ろしい能力だと言っても過言ではない。

「それにしてもUS支部の長《おさ》、ハンナ・キーズ嬢《じょう》がよく参加を許したな、早雲」

「本当にそう思います。聞いたところではハンナ・キーズ様はこのダグラス・ガンズを相当、買っているようでした」

「ほう、あの【制圧者】がな。それは楽しみなことだ」

機関US支部支部長でありランクSでもあるハンナ・キーズの二つ名は【制圧者】。

この二つ名の由来は能力の特徴《とくちょう》ではなく、ハンナ・キーズが戦った後の状況から付いたものと言われている。

「ふむ、他の注目株は？　そういえば三千院《さんぜんいん》のご倅《せがれ》がおったろう。どうなっておる」

「はい、たしか三千院水重《みずしげ》様はグループ1でしたが……」

この瞬間、四天寺家本邸に集まる精霊使いたちは顔を硬直《こうちょく》させる。

「……!?」

「何だ？　これは精霊が……」

「まさか、これほどの感応力を！」

この場にいる明良もハッとしたように顔を上げる。

精霊使いだからこそ分かる自分たち以外の精霊使いの存在。

朱音は目を細め、瑞穂は唇《くちびる》をギュッと閉めた。

モニターにグループ1の状況が映し出されると参加者全員が何かから逃《に》げ出そうと必死な形相を見せている。

それぞれの参加者が四方に散るように走るが前には進まず、むしろ引きずり込まれるように後方へ転がっていく。

そしてまさにその方向に三千院水重が無表情に立っていた。

「ひい!」

参加者たちから悲鳴が上がる。

数秒後——水重の周囲には戦闘不能に追い込まれた参加者たちが倒れており、水重はそれを見下ろしているのみ。

その姿はまるで凄《すさ》まじい支配力で精霊たちを使役《しえき》する絶対の王者のようであった。

四天寺、大峰、神前の精霊使いたちは呆然《ぼうぜん》とモニターを見つめる。

「な、何という……」

モニターの中の水重は表情もなく何事もなかったように、そして、どこか退屈《たいくつ》しているようにすら見える。

しばらくすると水重はすっと目を瞑《つぶ》り、モニターから姿を消した。

それらすべての挙動に四天寺の重鎮たちは硬《かた》い表情で釘付《くぎづ》けになる。

しかし、そのような中、一人瑞穂だけは他のモニターに集中していた。

（祐人……）

それは祐人のいるはずのグループ16を追いかけているモニターだ。

グループ16を映し出しているモニターに今、祐人は映っていない。

グループ16に配された数人の能力者の戦闘は映っているが、肝心《かんじん》の祐人の姿が見えなかった。

「あらあら、瑞穂。祐人君がいないわね」

瑞穂の横から朱音が声を上げると瑞穂は心配そうにしていた表情を慌《あわ》てて変え、目に力を込める。

「まったく、こんな時も目立たないんだから祐人は！」

クスッと朱音は笑うと顎《あご》に手をやる。

「ふんふん……目立たない、ね。ということは、瑞穂」

「何よ、お母さん」

「うん、喜びなさい！」

「な、何が？」

「祐人君は結構本気で参加してくれているわよ。あなたのために」

「え？」

瑞穂が顔を上げて朱音に顔を向けるとそこには楽し気にしている母親の顔が目に入る。

「うん？　あ！　グループ16も決まったようです！」

「!?」

モニターを操作している者が声を上げ、瑞穂はその知らせを聞くと慌ててモニターに目を戻した。

そこには見知った少年が頭を掻《か》きながら息をついていた。

「こ、これは堂杜祐人様ですね」

「おお、それは朱音様ご推薦《すいせん》の少年か！　いつの間に？　どこから出てきた？」

「いえ、この角度の映像ではまったく……」

四天寺家の重鎮たちは顔を見合わせつつ、モニターに映る祐人を確認する。

「この少年ですか。頼《たよ》りなさそうに見えますが、実力はあるようですね」

「そうでなくては朱音様に推《お》されることもない、か」

「しかし、どのような能力の持ち主なのでしょうか。この一瞬で何をしたのでしょう」

そう言う大峰家当主の早雲がチラッと朱音と瑞穂に視線を移す。

朱音は相も変わらずニコニコし、瑞穂は別段変わりなく驚《おどろ》くこともしていない。

(当たり前、ということでしょうか。結果から見ればこの若さでバトルロイヤル形式の戦いを無傷で突破しています。朱音様推薦のこの少年は一体、何者なのでしょうか)

「うむ、早雲。あとでそれも分析《ぶんせき》する。おいおい分かるだろう。まだ終わっていない他のグループも確認するぞ」

先ほど祐人に疑問を呈《てい》していた左馬之助がそう言うと早雲もモニターに目を戻した。

実を言えば左馬之助も早雲と同じことを考えた。

しかし四天寺家の重鎮たちは徹底《てってい》した実力主義者である。

起きた結果は正当に評価した。

瑞穂は内心ホッとしながらも笑顔は絶対に見せないように眉間《みけん》に力を入れる。

何故なら瑞穂は自分が思っている以上にくせ者ぞろいの参加者が集まったと感じていた。

そして、どの参加者も自分など見ていない。

それはいい。もう承知している。

しかし——ただ一人だけ、

自分の……この四天寺瑞穂のために参加している少年がいる。

そう思うだけで瑞穂は自分でも分からないほどの無防備な笑顔が出そうで怖《こわ》かったのだ。


ちなみに瑞穂のために戦っているのは一人ではない。

というより、ためになっていると信じている少年がもう一人いる。

新人にしてランクAを取得した注目株の黄英雄である。

英雄は自信か、または性分《しょうぶん》なのか、逃げも隠れもせずに己の姿をさらし相手の居場所を悠々《ゆうゆう》と探すように歩く。

その姿は当然、他の参加者に捉《とら》えられ標的となった。

英雄の周囲の草木が揺《ゆ》れる。

「やっと出てきたか。俺《おれ》は隠れた奴《やつ》を捜《さが》したり、身を隠したりとまどろっこしい戦い方は苦手なんだ。俺は黄英雄だ！　倒されたい奴から出て来い！」

英雄のこの宣言は普通《ふつう》に考えて悪手だった。

英雄のグループ9は実戦慣れした先輩《せんぱい》能力者が多くいた。そして黄家を名乗ったことから警戒心《けいかいしん》を無用に刺激《しげき》し、他の参加者たちを協力させる理由を与《あた》えてしまう。

「む！」

突如、木々の間から二人の能力者が飛び出し、左右から英雄に襲い掛《か》かる。

一人は木々を蛇《へび》のように操り英雄を捕縛《ほばく》せんとし、もう一人は典型的な近接戦闘型で手足を灼熱《しゃくねつ》の塊《かたまり》とし赤く染め上げている。

さらには英雄の立つ地面にサークル状に光り、精神系に干渉《かんしょう》し能力発動を妨《さまた》げる術が発動する。

英雄は一瞬、焦《あせ》るかのような表情を見せた。

その表情を見て樹木を操る能力者が鼻で笑う。

これは自らの迂闊《うかつ》さと傲慢《ごうまん》さが招いた危機である。

黄家が名実ともに有力な家系であることを知らぬ者はいない、そして英雄が若かろうともランクAの所持者であることも知っている。

であればバトルロイヤルの特徴を活《い》かし、まず先に排除《はいじょ》する。

(ランク試験には反映されづらい実戦経験量の違いを教えてやる!)

だが……すぐに英雄の焦る表情は変わった。

いや、変わったどころではない。もはや先ほどの黄英雄ではない何かが其処《そこ》にいる。

その英雄だった何か、は姿を消した。

「何!?」

初めて会った戦場で見事な連携《れんけい》を見せた経験豊かな能力者たちが全員、英雄を見失った。

(どこだ⁉　あの姿はまるで獣《けもの》だ。まさかあれが【憑依《ひょうい》される者】)

直後、ほぼ三人が同時に後頭部に強い衝撃《しょうげき》を受け気を失い膝《ひざ》から倒れた。

今、英雄は獣の特徴を持った人間……まるで獣人のような姿をしている
「ふん、雑魚《ざこ》どもが。あと三人か。場所はもう分かっているな」

〝ああ、分かっているニャ、黄家の坊《ぼう》や〟

「じゃあ、行くぞ」

〝はあ〜、面倒《めんどう》だニャ、忙《いそが》しいニャ。猫《ねこ》の手も借りたいとはこのことだニャ〟

この直後、圧倒的な英雄はグループ９の突破を決めた。

妹の秋華《あきはな》は兄のグループを観戦していたがすぐに美容のためにと席を立ち、昼寝《ひるね》をしに四天寺家の者に一室貸してもらったのだった。

◆

「う……」

「あ！　目を覚ましたよ！」

「静香《しずか》、わ、私は……？」

茉莉《まつり》は明良に用意してもらった和室の客室で頭を押《お》さえながら目を覚ました。

「茉莉さん、大丈夫ですか？」

「……ニイナさん」

「茉莉さん、無理しないでいいですよ。気分はどうですか？」

マリオンは起き上がる茉莉の上半身を支える。

「あ、大丈夫です。でも私、どうして」

自分自身に何が起きているのか理解していない感じの茉莉を見つめると静香たちは互《たが》いに顔を見合わせた。

「茉莉はさっき調子を崩《くず》して倒れたんだよ」

「え？　私が？　何で？　私、そんなに調子が悪くなんかなかったんだけど」

茉莉を見つめていたそこにいる全員はマリオンに目を移すとマリオンは静かに頷《うなず》く。

その様子に気づいた茉莉は怪訝《けげん》そうな顔で友人たちを見つめた。

「茉莉さん、驚かないでね」

「な、何？　どうしたの？　マリオンさん」

「茉莉さんの不調の原因なのだけど……」

「うん……」

「茉莉さんはね」

そこで障子が開き、電話をしに部屋の外に出ていた一悟《いちご》が戻って来た。

「お、白澤《しろさわ》さん！　目を覚ましたの？」

「ちょっと！　大事なところなんだから空気を読みなさいよ、袴田君《はかまだ》！」

「な、何だよ、水戸《みと》さん、それに大事なところって……あ、白澤さんが能力者って話？」

「え？」

一悟の言葉に茉莉は目を広げる。

「能力者？　な、何、その話。ちょっと、冗談《じょうだん》なら後にして……」

「あちゃー、この馬鹿ＢＬ！」

「グハ！　ＢＬ言うな！　な、何だよ、何だよ、痛！」

「本当に駄目《だめ》な人ですね、袴田君は。あ、ＢＬってどういう意味ですか？　どんな略なんです？」

騒《さわ》がしくしている静香たちを横目にマリオンは狼狽《うろた》える茉莉に真剣《しんけん》な顔を向けた。

「茉莉さん。茉莉さんはね、能力者よ。間違《まちが》いなくね」

「……!?　マ、マリオンさんまで何を」

「私は茉莉さんが調子を崩すとき霊力が出ているのを感じたの。それと袴田さんは知っていたみたいなんです。茉莉さんが能力者であること」

「え、袴田君が？　それはどういう……私はいたって普通の」

「まあまあ、落ち着いて茉莉。一から説明するから。ほら、袴田君！　説明して、嬌子《きょうこ》さんたちから聞いた話」

「う、うん……わ、分かった。実はな、女学院にいたときなんだが……」

一悟が女学院での出来事と、嬌子たちの言っていた話を説明しだし、茉莉は徐々《じょじょ》に顔を驚きの顔に変化させていった。


日も暮れて夕日の沈《しず》むころ、四天寺家の本邸では各グループを勝ち抜《ぬ》き、出そろった十六名の参加者たちを確認《かくにん》していた。

朱音や瑞穂たちは既《すで》に席を外しており、この場にいるのは大峰家と神前家の重鎮たちと四天寺家の筆頭従者たちである。

「今、参加者たちはどうしているのだ。明良」

「はい、お爺様《じいさま》。敗退者も含《ふく》め、現在夕食を振舞《ふるま》っているところです。また、勝ち抜いた方々には滞在《たいざい》の間の部屋を用意しました」

「ふむ、失礼のないようにな」

「はい。また、時間にも限りがありますので明日には早速《さっそく》トーナメント戦方式で大祭を続ける予定ですとお伝えしております」

「そうか。で、勝ち抜いた者たちだが……四天寺に相応《ふさわ》しい実力を持っている者はおったかの、早雲」

「どうでしょうか。中々の者たちが集まったとは思いますが、これだけでは何とも言えないですね。まあ、この程度で測られてしまうのであれば底が知れてしまうとも考えられますから、これで良いとも思いますが。ただ、気になりますのは……」

「三千院のこ倅か」

「はい、あの時、一瞬《いっしゅん》だけみせた精霊《せいれい》との感応力には驚きました」

「ふむ、そうだな。わしの想像だが、あ奴はその実力の片鱗《へんりん》すら見せてはおらんだろう」

「以前、目にした時にはここまでの存在感は感じませんでした。それよりもその時は十代そこそこで、まるで世捨て人のような雰囲気《ふんいき》に一体、何を考えているのか、と気味の悪さを感じたのを覚えています」

「わしはあの時、水重がその若さに見合わぬ相当な実力を秘《ひ》めていると分かっていた。だからお嬢との見合いもセッティングをしたのだ」

「では、何故、見合いをやめたのですか。たしかあの時、最終的にこの縁談《えんだん》を破談に持ち込《こ》んだのは左馬之助様だったと記憶《きおく》していますが」

「当初、わしは実力を最重要視し、水重は四天寺に相応しい実力があると考えた。それは四天寺として当然のこと。今でもその考えに変化はない」

「では、何故？」

「実はな、わしはもっと早い段階でこの縁談をやめようとしたのだ。あのこ倅は四天寺に興味を持っていないどころか、自身の家である三千院にも、いや、何物にも心を動かすことがないように見えた。わしはそれが引っかかってな。いくら実力が卓越《たくえつ》していたとしても、この者は四天寺の人間にはならないと感じたのだ」

「ほう……」

「しかし、これもある種の天才と言われる者たちの特徴かとも思った。そして我らが至宝のお嬢も天才と言って差し支《つか》えがないだろう。だが、それ故《ゆえ》に孤独《こどく》も内包してしまうこともある。何故なら、自分と同じ歩調で歩む者がいないのだ。それは若き日には苦しかろう。そういう意味で言えば天才という人種はライバルや仲間と切磋《せっさ》琢磨《たくま》をするという利点を受けづらいのだ」

左馬之助は当時のことを思い出すように目を細めた。

当時の瑞穂は今ほど男嫌《ぎら》いでもなく、気は強いが心優《こころやさ》しい女の子であった。

寂《さび》し気《げ》な時もあったが、修行《しゅぎょう》には文句を言わずに黙々《もくもく》と取り組む。

ただ、他の精霊使いと違《ちが》ったのはその成長スピードが尋常《じんじょう》ではないほど早かったため、同世代の精霊使いとは別に修行を行っていたという点だ。

「その時、わしは悩んだ。そして結局、お嬢と水重を引き合わすことに決めた。天才同士、わしらには感じることのない何かを互いに得るかもしれないと思っての」

「そのように考えておられたのですか、あの時の左馬之助様は」

「だが、結果としてこれは大きな失敗だった。わしはお嬢の方の心根を見誤っていたのだ。天才だから、という妙《みょう》な考えでお嬢を普通の人とは違うと決めつけ過ぎていた」

「それは……?」

「お嬢はわしが考えておるよりはるかに優しく、人に対してその心を汲《く》み取ろうとするところが強かった。天才にしては随分《ずいぶん》、気質がな、そう、実はごく普通の女の子だったのだ」

「それの何が悪かったのです」

「悪くはない。悪いのは水重と引き合わせたこのわしや強《し》いて言えば四天寺の大人たちだ。お嬢はわしら仕える者たちの苦労や心も汲み取っていた。つまり、わしらの努力を無駄《むだ》にせぬよう縁談を受け入れようとお嬢自身も努力してくれていたのだ。そんな優しいお嬢に……わしは水重が特別で特殊な人物と感づいていたのにお嬢と引き合わせてしまった」

「それでどうなったのですか」

「互いに精霊使いの名家出身で天才同士。そういう共通点や水重の美しい外見も含めて当初はお嬢が興味を持ったようだった。そして会話をしていく内にお嬢は水重の内面に気づいた」

左馬之助は眉《まゆ》を寄せて腕《うで》を組む。

「汲み取る心が無かったのだ、三千院のこ倅にはな。同じ天才でも情の深いお嬢と情を持たぬ人間を引き合わせるべきではなかった。いや、引き合わせるとしても、もっとお嬢が大人になってからでも良かったと後悔《こうかい》している」

「瑞穂様……」

大峰家の当主である早雲は瑞穂を想《おも》い、気遣《きづか》うような表情を見せた。

「結果、わしはいらぬ心の傷をお嬢に負わせてしまった。わしはすぐに三千院にこの縁談はまとまらぬと伝えた」

明良は自分の祖父でもある左馬之助の話を黙《だま》って聞いていた。すべてではないが三千院家との縁談の話は聞いてはいたが、詳《くわ》しい内情までは知らなかった。

それは左馬之助や瑞穂がこのことを決して口にはしなかったということもあり、明良としては空気を読んだところもある。

「そんなことがあったのですか。瑞穂様の相手の心を汲み取ろうとする心が逆に自分を傷つけていたのですね。瑞穂様は四天寺という立場を完全にご理解しているのに縁談だけは頑《かたく》なに拒否《きょひ》反応を示していましたのはそういうことですか」

「まあ、このせいかは分からぬが……その後の縁談が上手《うま》くいったことがなかった。また、才能はあっても馬鹿な見合い相手もいてな。陰《かげ》でお嬢に心無い言葉を吐《は》いて、それをお嬢が聞いてしまったこともあった。それからは男嫌いになってしまった」

左馬之助は自分を責めるように辛《つら》そうな表情になる。

「これはわしのせいかもしれんな。相手を見ようとし、相手に見てもらおうとするお嬢の本質に気づいてからは縁談が上手くいかなくとも何も言わなかった。いや、言えなかった」

「そうですね。完全にお爺様の責任でしょう」

突然《とつぜん》、辛そうな祖父に追い打ちをかけるように明良が口を開いた。

「お、おい……明良」

「ですが、結果オーライです。お爺様」

「は？　どういう意味だ」

「そのおかげで瑞穂様は祐人君に……いえ、良い出会いをなさり、良き友人にも巡《めぐ》り合えたということです。いや、グッジョブです、左馬之助。四天寺にとってもグッジョブです。朱音様も喜んでいます」

「それはどういう……というより何だ！　わしに対してその態度は！　グッジョブ？」

明良は祖父であり神前家当主を前にして大きく頷いていたのだった。

その頃《ころ》、瑞穂はマリオンたちがいる部屋に赴《おもむ》いて茉莉が能力者だったことを知り、大いに驚いていた。

「え――!?　茉莉さんが能力者ぁぁ？　どういうことなのよ、茉莉さん、今まで隠していたの!?」

「瑞穂さん、違うわよ！　私も今初めて知ったの！」

「なんかずるいですよね。幼馴染《おさななじみ》でもあるのに能力者とか。属性がインフレを起こしています。これで瑞穂さんとマリオンさんの能力者繋《つな》がりは大したものではなくなりましたね、うんうん」

「「ハッ!?」」

ニイナの分析に驚愕する瑞穂とマリオン。

「ニイナさんが何を言っているのか分からないわ！　というより一番混乱しているのは、

わ・た・し！」

「ププ……茉莉、良かったね、プッ。能力者の属性ゲットおめでとう」

「ちょっと静香！　袴田君、もう一度、さっきの瑞穂さんに説明してあげて」

「ええー？　面倒くさいな……」

「ちょっとぉぉ⁉　袴田君！」

瑞穂は友人たちと盛り上がっていた。

◆

「明日からのスケジュールはどうなっているのか。明良」

「はい、予定通りトーナメント制で一対一の対戦になります。朝食後、参加者たちにくじ引きをしてもらいます。会場は今回と同じく西側の敷地《しきち》を用意しました。各参加者の吟味《ぎんみ》も本格的にしていくつもりですので対戦会場が見渡《みわた》せる西館三階のベランダに主催者《しゅさいしゃ》席を用意しています。また、今日の反省も含めましてモニターも三倍に数を増やしました」

「ふむ、これからは実力者たちの戦いになる。その能力も見逃《みのが》したくはないしな」

「はい」

瑞穂や朱音が席を外した後も左馬之助や早雲、そして明良たちは今後の大祭の進行を確認していた。

「それと、やはり魔力《まりょく》系能力者は少ないな」

「はい……そこはやはり四天寺ですから」

これは四天寺にまつわる有名な話で四天寺家及《およ》び四天寺の分家である大峰、神前でも同じことが言えるが、これら四天寺ゆかりの家では霊力系能力者しか生まれない。

数代離《はな》れた者たちはそうでもないが、これらの家の者と婚《くな》いで生まれた子たちはすべて霊力系の能力を得る。

通常、霊力系能力者と魔力系能力者との間に子が生まれた場合、その引き継《つ》ぐ系統はランダムと言われている。だが、四天寺ではその統計からは異常と呼べるほど霊力系能力者しか生まれず、かつ精霊との感応力の高い人間が生まれるのだ。

これは解明されてはいないが四天寺家そのものに何かしらの加護、もしくは精霊との契《けい》約《やく》がなされているとも言われている。

ここで言われているのは魔力系能力者たちにしてみれば自分の子が必ず霊力系能力者として生まれてくるために自身の能力やスキルの継承《けいしょう》が難しくなる、ということだ。

そういったところから抵抗《ていこう》感が出てくる可能性は高い。

しかし、霊力系能力者と魔力系能力者はすべて違う職種やスタイルを持っているわけではない。

霊力と魔力のその関係は激しく互いに反発することは知られているが、その力の特性に関していえば等質と言っていい。

つまり、霊力系にしかできない職業というのはない。

魔力系精霊使いも魔力系司祭もいる。

だが、系統が変わってしまうと手取り足取り教えづらいということが言える。

能力者たちの修行は口で言って分かるものは少ないこともあり、己の磨《みが》いてきたスキルがその代で終わってしまう可能性が高いのだ。

「それにしても面白い、と言っては不謹慎《ふきんしん》ですが、今回勝《か》ち抜いた能力者をとってみても実に興味深いです」

「何がだ、早雲」

「先ほどのバトルロイヤルを勝ち抜くのは大したものです。相手の能力が分からず、しかも周りは全員敵という状況。実力もそうですが神経も相当遣《つか》います」

「そうだな、だがそれがどうかしたのか」

「いえ、そのような過酷《かこく》な状況を勝ち抜いた者たちであれば普通に考えて名のある者たちが多かろうと思っていました。ところが実際は聞き及んだことのない者たちが多くいます」

「……ふむ」

左馬之助は早雲にそう言われ、今回勝ち抜いた参加者の名簿《めいぼ》を確認する。

「確かにそうだな。しかも三千院の小倅《こせがれ》を筆頭に機関に所属していない能力者も多数いる」

「はい、特に私が驚くのは先のバトルロイヤルで勝ち抜いていながら、その手の内も大して見せていない連中です。余裕《よゆう》なのか、もしくはそういった能力なのか。まるでモニターの場所を確認しながら戦っていると思われる者たちすらいます。中々、出来ることではありません。そう考えれば期待以上の実力者たちが集まっていると思いますね」

「なるほど」

左馬之助は改めてその勝ち抜いてきた者たちの名簿を確認した。

「早雲が特に気にしているのは誰《だれ》だ」

「そうですね……以下の七名でしょうか」

・グループ１　三千院水重
・グループ３　ジュリアン・ナイト
・グループ５　ダグラス・ガンズ
・グループ７　ヴィクトル・バクラチオン

・グループ9　黄英雄
・グループ10　てんちゃん
・グループ16　堂杜祐人
　早雲は名を一人ずつ挙げる。

「これらのメンバーはまだ底が知れないと感じました」

「うむ、三千院、ジュリアン・ナイト、ヴィクトル・バクラチオン、黄英雄以外はモニターにもほぼ映ってないな。機関の所属がない者もこの中では三千院の他にジュリアン・ナイト、てんちゃん、か。ジュリアン・ナイトはあのナイト家の系譜《けいふ》だとは想像つくが、このてんちゃんという者は一体どういう者なのか皆目《かいもく》見当もつかん。明良は知っているか？」

「いえ、私にもまったく分かりません」

「どんな勝ち抜き方だったのだ」

「報告によると、このてんちゃんなる参加者は全グループの最後に勝ち抜いてきました。試合前の待合で食べ過ぎてしまい、ずっと会場のどこかで寝《ね》ていたようです。時間ギリギリになり、慌てて起きまして膠着《こうちゃく》していた戦いの中に入り勝利した。と、すべて本人が自《じ》慢《まん》げに語ってきたとのことです」

「まあ、世の中は広い、ということだな。我々の知らない能力者もまだまだいる。機関の目指すところはまだまだ遠い」

「はい」

左馬之助が腕を組み、早雲に目をやる。

「これらの者たちはまだまだ何かある、と感じます。ああ、それと朱音様が推しておられた堂杜祐人という参加者も底が知れないです。何はともあれ明日からの大祭が楽しみです」

「ふむ、朱音様ご推薦の堂杜祐人も底が知れぬ、か。たしかにランクDで勝ち抜いてくるとは驚きだ。だが早雲のそれは朱音様の巫女《みこ》としての眼力を信じてのものか」

「いえ、違います、左馬之助様。ランクDだからです」

「……？」

「このバトルロイヤルをランクDで勝ち抜けるというのは普通に考えて難しいはずでしょう。たとえば相当な実戦経験があり、戦術眼に秀《ひい》でているというのであればまだ分かります。ですが彼《かれ》は瑞穂様と同い年で同期の少年です。にもかかわらず勝ち抜いてきた」

「む……」

「もちろん、あの朱音様が推薦してきたのです。何かある、もしくはその潜在《せんざい》能力を見抜《みぬ》いて、将来性を買っているのかとも思いましたが私はそうではないと感じました。明良君、ちょっとグループ16のモニターを流してくれるかい？」

「はい、分かりました」

何故《なぜ》か、ちょっとだけ嬉《うれ》しそうな表情を見せた明良がグループ16の記録映像をメイン画面に映し出した。

「見てください。彼はずっと不自然とも思えるくらいモニターに映っていません。映っていたのは会場に入ってきたところだけです。それで……」

映像はグループ16の祐人以外の参加者の戦闘《せんとう》を映しだしている。それぞれに自分の特徴に沿った戦いを繰《く》り広《ひろ》げており乱戦のようになっていた。

するとその時、一人の参加者が倒《たお》れ、全体の戦闘の均衡《きんこう》が破れる。

「ここです」

早雲が指摘《してき》すると同時に祐人がモニターの前に忽然《こつぜん》と姿を現した。

そして気づけば参加者が全員、祐人を中心にして再起不能に追い込まれている。

「おい、どこから出てきた？」

「分かりません。ただ一人目が倒れ、全員がその者のバッジを手中にしようと動いた瞬間《しゅんかん》にこのようになっています。実際、私たちも他の会場に気をとられていて、あっという間に決まっていたため、グループ16の様子にまったく気づきませんでした。堂杜祐人……いや、堂杜君がもしこれを狙《ねら》っていたのだとすれば……」

「まさか……と、言いたいところだが早雲はそう感じたのだな」

「はい、恐《おそ》ろしい少年だと思います。もちろん、私の勘《かん》ではありますが」

「むう」

この重鎮《じゅうちん》二人の横で明良は目を細めニンマリとした表情でこの話を聞いている。

その姿に早雲は気づくと苦笑いをした。

「明良君、随分、嬉しそうだね。まるで何かを知っているかのようだ」

「いえいえ」

「明良、お前、何を知っている？　言ってみろ。そういえばお前もこの少年を推している風にも見えたな」

「いや、この映像がすべてですよ。これが堂杜君です」

「何？」

「あはは、そんなに睨《にら》まないでください。そうですね、先日、瑞穂様が闇夜《あんや》之豹《のひょう》とやり合ったのは覚えておられますか？」

「うん？　ああ、我々も数人派遣《はけん》して軽く懲《こ》らしめてやったやつか。まったく、お嬢《じょう》も色々と厄介《やっかい》ごとに巻き込まれるもんだと思ったが」

「その闇夜之豹が壊滅《かいめつ》したのはご存じですよね」

「はん⁉」

「それは本当ですか⁉」

明良の話に左馬之助は組んでいた腕をほどき、早雲は珍《めずら》しく表情を大きく動かす。

「あ、申し訳ありません、伝えておりませんでした。瑞穂様がうるさいからと言うので……ではなくて、お二方もお忙しそうでしたので伝えていなかったことを忘れてました。申し訳ありません」

「ちょっと待て！　まま、まさか、お嬢が一人でやったのか？　何故、止めなかった！　知っておれば神前も総出で！　いや、本当に一人でやったのか？」

「四天寺にちょっかいを出してきたというので朱音様の要請《ようせい》に応じて私も数名、大峰の者を送りましたが……」

「いえ、一人ではありません。瑞穂様を含めて三人です。三人で闇夜之豹を完膚《かんぷ》なきまで叩《たた》きのめしました。中国に乗り込んで数日で壊滅させたようです」

「壊滅だと⁉」

「何という！」

言葉を失う神前、大峰の両当主を前に笑いを堪《こら》えるように明良は顔を下に向けた。

明良のその様子を見て、いつもの冷静な表情に戻《もど》した早雲が問いかける。

「それで明良君、瑞穂様以外の二人は誰ですか？　一人は恐らく客人のマリオンさんですか。ではまさか、もう一人というのは……」

「はい、それが堂杜祐人君です。その時の闇夜之豹を壊滅させたときの布陣《ふじん》では前衛に堂杜君を配置して、その補佐にマリオンさん。そしてその後方から瑞穂様が強力な援護《えんご》をしたようです」

「なんと⁉」

「ちなみに闇夜之豹を直接、打ち倒していったのはほとんどが堂杜君だそうです」

「ちょっと待て、それは本当か⁉」

明良がもう一度、笑いを堪えるような仕草をした。

さすがにその態度に不愉快《ふゆかい》そうな表情をした大峰、神前の両当主。

「ふん、そうはいえどもお嬢がほとんど敵の戦力を削《けず》ったのであろう」

「あ、言うのを忘れていました。闇夜之豹はこの時、死鳥の止水《しすい》を雇《やと》っておりました」

「はん、誰だそれは……死鳥だと？」

「死鳥の止水⁉　あの若き日の天衣無縫《てんいむほう》に傷を負わせた止水ですか！」

「はい、堂杜君はあの死鳥の止水と一騎打《いっきう》ちの果てにこれを破っています」

「「！？！？」」

不愉快さを忘れ、顔を強張《こわば》らせた大峰、神前の両当主は完全に言葉を失い、それ以上、次の言葉が出てくるまで長い時間を要したのだった。

第5章　調査

「さてと、どうしたものかな」

祐人《ひろと》は大祭の予選に勝ち抜いた者だけに与えられる部屋の中で思案していた。

入家の大祭に参加してから朱音《あかね》に言われている怪《あや》しいと思われる人物がいないか観察していたが今のところそういった人物は特定できていない。

今は四天寺《してんじ》家が部屋に用意してくれた夕食をとり、入家の大祭については明日の朝まで特に予定はない。

だが祐人は朱音から依頼《いらい》を受けている身である。

このまま部屋に閉じこもり翌朝まで休んではいられない。

「見回りにいくか。良からぬことを考えている連中がいれば今日にも何か仕掛《しか》けてくる可能性もあるし直接的でなくとも罠《わな》の設置やスキル発動の準備をしてくるかもしれない」

祐人はそう決め、事前にもらった四天寺家の敷地内《しきちない》の地図をバックから取り出して広げた。今、自分のいる別邸《べってい》には他の勝ち抜いた参加者たちとその付《つ》き添《そ》いがいる。

（うーん、他の参加者に僕《ぼく》が怪しまれたら本末転倒《ほんまつてんとう》だからな、慎重《しんちょう》に行動しよう。今のところ怪しいと確証の持てる連中はいなかった。まあ、そう簡単にしっぽを掴《つか》ませるような奴らなら大した連中じゃない。それなら四天寺の人たちに処理されるだろう。とすれば僕が探す相手は厄介な奴と想定して動くべきだね）

祐人は気を引き締めて朱音からの依頼の内容を思い出す。

「四天寺に対する私怨《しえん》だけに囚《とら》われないでいこう。でも、そうなるとこれは結構……」

（思った以上に厄介だな。もしかすると最悪、現行犯で押さえるしかないか。いや、それじゃ後手に回る可能性もある。となると見回りだけじゃなく、他の参加者と接触《せっしょく》してみる必要があるな。ちょっとリスクがあるけど、それぞれを探《さぐ》っていくか）

こう考えて祐人は携帯《けいたい》を取り出して一悟《いちご》に連絡《れんらく》を入れる。

〝もしもし祐人か？　おお、どうだ、状況《じょうきょう》は〟

「うん、これから色々と調査していくつもりなんだけどそちらで何か情報はない？　勝ち抜いた参加者たちの情報だけでもいいんだけど」

〝ああ、分かった。ちょっと待ってろ。えーと、ちょうど今、ニイナさんがまとめた勝ち抜いた参加者のプロフィールとマリオンさんや明良《あきら》さんが知っている限りの情報を入れ込んだ資料があるから、コピペしてお前にメールするわ〟

「おお、ありがとう」

〝まあ、これが実際どこまで役に立つか分からないけどな。素人《しろうと》の俺《おれ》が言うのもなんだが表の情報しかない感じだった。中にはまったく情報のない奴《やつ》もいたし〟

「それは仕方ないよ。でも、何もないよりいいから助かる」

〝そうか、とりあえず出来る限りの情報は逐次《ちくじ》メールするわ。あ、今、リストを送ったぞ〟

「分かった、読んでおくよ」

〝それとな……ちょっといいか？〟

突然、一悟の声色《こわいろ》が真剣なものに変わる。

「うん？　何？」

〝実はな、ちょっとこちらも色々あってな。お前にも言っておかなくちゃならんことが……あ、こら！〟

話の途中《とちゅう》、電話の向こうでバタバタする音が聞こえて祐人も驚《おどろ》く。

「一悟！　どうしたの？　何かあったの？」

〝祐人、何でもないわ！　あなたはいいから依頼を続けて！〟

「え？　あれ？　茉莉《まつり》ちゃん？」

〝何でもないから！　あとでまとめて話をするから気にしないでいいわ〟

「う、うん、分かった」

〝まったく……じゃあ祐人、また連絡するわ〟

「分かった」

〝それと祐人、メールをよく読んでおけ！　よーく、な。大事なことを送っているんだからな！〟

「え？　分かってるよ」

言われなくとも当然、確認するつもりだったが、やたら一悟が念を押してくるので祐人は首を傾《かし》げつつも返事をする。

〝じゃあな、また連絡をくれ！〟

慌《あわ》ただしく電話が切れる。

「何なんだ？」

そう言いつつも祐人は早速メールを確認しようとメール欄《らん》を開けると一悟から二通のメールが来ている。しかも、二通目は件名には【超重要《ちようじゆうよう》】と記されている。

「うん？」

祐人は思わず二通目のメールから開けた。

「おおお！　こ、これは⁉」

そこには……、

『合コンの日時と場所のお知らせ』という文章から始まる案内状が書かれていた。

「袴田《はかまだ》君」

「うん？　何、水戸《みと》さん」

「さっき、妙にメールを確認しろと強調しすぎるくらいに強調してなかった？」

「し、してねーよ！　こちらでせっかく作った資料を絶対に確認しろっていう意味だよ」

「ふーん……ならいいけど」

「と、当然だろ。あ、とりあえず俺は部屋に戻るわ。何かあったら連絡くれよ」

一悟はいつも通りの声色を作り、そそくさと立ち上がると皆《みな》のいる部屋から出て行った。

その様子をジト目で見つめる静香《しずか》は顎《あご》に手を当てながら暗い目でニヤリと笑うのだった。

◆

祐人はとりあえず予選を勝ち抜いた者たちが宿泊《しゅくはく》をする屋敷《やしき》の周囲を見回ることにした。

既に日は落ちて辺りは暗く、屋敷から漏《も》れる明かりだけが視界を照らしている。

（今は怪しい奴がいないか見回って、この後、用意されているラウンジの方に顔をだしてみるか）

屋敷内には今回の参加者のために四天寺家がアルコールや軽食を用意しているラウンジがあり、深夜まで利用できると各参加者に説明されていた。

未成年の祐人はこういった必要をまったく感じていなかったが、他の参加者と接触するにはちょうど良いと考えた。

（夕食直後だし、ラウンジにはまだ人は来ないだろう。とりあえずこの屋敷の周りを見回ったら、念のため明日の会場と本邸《ほんてい》の方も確認するべきかな）

祐人は参加者及びその付き添いたちが宿泊する屋敷の周りを歩き出した。

この屋敷には建屋を一周する砂利道《じゃりみち》が整備されている。その道を祐人は気配を消しながら注意深く周囲を確認しながら移動する。

すると不思議なことに砂利の上を歩く祐人の足音は消え、祐人の姿は周囲に溶《と》け込むように肉眼では視認《しにん》できなくなった。

（ふう、異常は感じられないな。屋敷内にいる人の気配も気になる点はない）

しばらくして祐人は鋭《するど》い視線を左右に動かしながらそう考える。

（異常がないことは歓迎《かんげい》すべきことだけど……いや、考えてみれば朱音さんの依頼は可能性の話でもあったからね。でも四天寺の顔に泥《どろ》を塗《ぬ》るということを考えるなら、まだ参加者の多い今日の可能性が高いとも思ったんだけど。うーん、何か仕掛けるなら四天寺家の本邸や四天寺家の人間が集まる会場の方が本命か）

祐人は他の場所に移動をしようと決め、再び軽快な足取りでその場を蹴《け》った。

本邸の近くに到着《とうちゃく》すると祐人は周囲に氣をめぐらし異常がないかを探るが不謹慎にも一悟からの二通目のメールの内容を思い出してしまった。

（それにしても一悟。本当に合コンを開催《かいさい》してくれるんだ）

それは祐人が部屋を出る前。

「うわぁ、合コンって初めてだから緊張《きんちょう》するなぁ。でも、正直言うと、ちょっと楽しみ。一体、どんな感じなんだろう？　僕はよく分かっていないけど大丈夫《だいじょうぶ》かな？　いや、その辺は一悟に任せておけばいいか！」

祐人は人生初めての合コンを想像したがどうにも実感が湧《わ》かない。

そして案内状を読み続けていくと最後に一悟からの『合コン初心者のための禁忌事項《きんきじこう》』が書いてあった。

そこには……、

〝決して口外しないこと！　特に女の子に教えるのは愚《ぐ》の骨頂！〟

と書かれていた。

「え？　そうなの？　まあ、こちらから言うことでもないけど、何で？」

一悟が述べるに女の子に合コンに行ったのではないか？　と気取られてもいけないらしい。

何故なら女の子はたとえこちらに関心がなくとも目の前の男性が合コンに行った話を良いとは思わない、とのことなのだ。

そして一悟はさらに熱のこもった文章を綴《つづ》っている。

〝ましてや日常からよく一緒《いっしょ》にいる女の子は特にその傾向《けいこう》がある！　表面上、何とも思わない顔をしていたとしても好感度を落とすと胸に刻め！〟

「そういうものなのだろうか？　別に迷惑《めいわく》をかけているわけでもないのに？」

祐人は首を傾げて読み続けていく。

〝お前、今、首を傾げただろう。この大馬鹿者が！　その傾げた首がもげても知らねーぞ〟

「何と⁉」

〝いいか、よーく覚えておけ、祐人。女の子の思考回路を理屈《りくつ》で捉《とら》えようとしてはならない。女の子たちはたとえ自分に迷惑がかかっていなかろうとも、また、好きというわけではない、友人程度の男だったとしても、その男が頻繁《ひんぱん》に合コンに顔をだしていると知った途端《とたん》に不愉快！　と思うところがあるのだ。中には一回でも駄目《だめ》な女の子もいる〟

「え？　本当に……？」

〝まだ疑っている、そしてここまで教えてやっている俺の優しさが分からない『草むしりの人』よ。俺が言っていることは真実だ。この点に関して脇《わき》の甘《あま》い男が青春を棒に振《ふ》った例は後を絶たない。そのために合コンを合コンという名で決して呼ばない者たちもいるのだ。たとえば「たまたま出会って合流した」「昔の仲間で遊んだ」などと言ったり、時には自分だけを守るために「無理やり連れていかれた」などと言う男気のない者もいる！〟

「一体……合コンって何なんだ？」

〝いい質問だ、祐人〟

「うおい！　僕の心を読んで書いてるのか！　このメールは⁉」

〝ここまでの危険を冒《おか》しても俺たち男たちを惹《ひ》きつけて止《や》まない魔性《ましょう》の会合。それが……合コンだ？〟

「ご、合コンって……」

〝とにかく女性陣《じょせいじん》には決してバレては駄目だ。分かったな。特に白澤《しろさわ》さん、四天寺さん、マリオンさん、ニイナさん、あと水戸さんも駄目だ。もし、これが彼女《かのじょ》たちの知ることになれば俺たちは……〟

「ゴクリ」

〝死あるのみ〟

「死⁉　死ぬの⁉」

〝だが、これを面倒《めんどう》と思ってはならない。むしろこれは男のたしなみなのだ！　いいか、このことを絶対に忘れるなよ。合コンは女の子たちとの出会いの場という意味だけではない。合コンは男同士の友情が試《ため》される場でもあり、成功に導けば輝《かがや》かしい未来をゲットできる修練の場でもあるのだ。合コンとは言うなれば「超《ちょう》ハイリスク、リターンは俺たち次《し》第《だい》」にもかかわらず行ってみたくて仕方がない！　というのが合コンの真実の姿なのだ！〟

「マ、マジですか。合コン、恐るべし」

〝やっと分かってくれたか、祐人。そこでだ。今回の合コンで一つだけ大きな問題がある〟

「だから心を読むな！　え？　まだ何かあんの？」

〝それは開催日時なんだが、今週末の土曜日午後一時に決定した〟

「今週末の土曜……？　ああ！　大祭の最終日じゃないか！　い、いや、最終日の婿入《むこい》り決定戦は瑞穂《みずほ》さんとの試合だ。そこまで僕が参加しているかは分からないし、それに確かスケジュールだと午前中から始まるから、万が一、僕が残ったとしてもわざと負ければいいだけだから午後には間に合う……はずだと思うけど」

〝祐人、合コンには決して遅《おく》れてはならない。分かったな〟

祐人は脳内で一悟のメールの内容を反芻《はんすう》するとこの上なく気を引き締めた。

まだ完璧《かんぺき》ではないが、合コンなるものが、どんなものか感じとることはできた。

そのためにも、

（何としても、怪しい奴がいれば事前におさえなくちゃ！）

祐人は感覚を研《と》ぎ澄《す》まし見回りに本気の力がこもった。

◆

祐人は広大な四天寺の敷地の中を颯爽《さっそう》と移動し、明日の大祭の会場から四天寺本邸の周囲を何度も調べる。

四天寺本邸の周りには厳重な警備の目があり、祐人は自分自身が感知されぬように細心の注意を払《はら》った。四天寺の織りなす精霊《せいれい》使いの結界は祐人の目から見てもそう簡単に潜《くぐ》り抜《ぬ》けられる代物《しろもの》には見えない。

（これは、さすがは四天寺家といったところだね。この結界の中で何かを仕掛けるのは至

難の業だ。よほどの術者か特殊《とくしゅ》スキルの持ち主でなければ奇襲《きしゅう》は難しいんじゃないかな）

祐人は四天寺家本邸を望める木々の上から見下ろして顎に手を当てた。

（僕が思いつくところでは鞍馬《くらま》と筑波《つくば》のような存在……もしくは、ガストンの持つ【ポジショニング】のようなスキルでもないと潜入《せんにゅう》すら出来ない。あとは僕を上回る隠密《おんみつ》スキルの持ち主か……いや、自分で言うのも何だけど、そんな能力者は滅多《めった》にいないはず）

祐人はここまで考えると今回の自分の役割に疑問が湧いてきた。

（今回のこの依頼……必要があるのかな？）

祐人は思わず考《かんが》え込《こ》む。

（うーん、元々、念のためなのかな。朱音さんのあの話も自分の大事な娘《むすめ》のことを考えて、万が一がないようにとも聞こえるし）

色々と考えを巡らすが祐人は真面目な性分《しょうぶん》である。これで気を緩《ゆる》めることはしない。

（いや、こういった小細工を嫌う連中なのかもしれない。そうなると四天寺家の重鎮たちが顔を出すトーナメント戦の時に正面から、という可能性もある）

祐人はその場から離れると確認《かくにん》できるところは再度、確認し、自分の部屋のある屋敷の正面に戻って来た。

（ふむ、今のところ異常はない、かな）

大きな玄関《げんかん》の前で祐人は腕《うで》を組む。

深夜にもう一度、見回るつもりではいる。

分かってはいたが自分一人でこの広大な敷地をカバーすることは非常に難しい。

四天寺家の重鎮たちのいるところは四天寺家の者たちで厳重に警備されていることを加味し、祐人は考え方を切り替《か》えた。

場所を見張ることは最小限にして人を警戒《けいかい》することに力を傾《かたむ》けることにする。

「うん、とりあえずシャワーを浴びてラウンジの方に行ってみるか」

祐人は自室に戻ろうと屋敷内に入った。

◆

「どうかされましたか、お兄様」

「いや、何でもない」

大祭の参加者である三千院水重《さんぜんいんみずしげ》が窓の外を無言で眺《なが》めているのを不審《ふしん》に思い、妹の琴音《ことね》はその背中に声をかけた。

琴音は水重のたった一人の従者として部屋を一つあてがわれていたが、先ほどまでこの兄の部屋で一緒に食事をとり、いつも通り盛り上がらぬ兄妹《きょうだい》の会話を交《か》わすといたたまれない気持ちになり結局、無言で水重の姿を目で追うだけになっていた。

水重は感情の動きを滅多に見せない。

それは血を分けた妹である自分といたとしても同様だ。

（お兄様は何故、このようなことに参加されようとしたのでしょうか。四天寺の家？　それとも瑞穂様？）

今更《いまさら》ながら琴音は今回の水重の行動の意図が読めない。

何が水重をこの大祭に参加すると決めさせたのか。

この日本において四天寺家と並《なら》び称《しょう》される精霊使いの名家、三千院家の長男として生まれ、その才気は天を貫《つらぬ》かんばかりと三千院の現当主であり実父でもある頼重《よりしげ》を大いに喜ばせた。

それは四天寺家と並ぶ名家と言われながら実際は四天寺家にその実力、勢力ともに水をあけられて長く、約八十年前に世界能力者機関が発足《ほっそく》してからも明らかにその下風に立たされていたことがあった。

三千院家にしてみれば水重はかつての家勢を取り戻す救世主になるはずの次期当主であるのだ。

ところが水重は世界能力者機関から再三の招聘《しょうへい》にも、当主であり実父でもある頼重の説得にも終《つい》ぞ耳を貸さず、まるで世に出ることを拒《こば》むように三千院の家に引き籠《こも》った。

その水重が今回の四天寺家の入家の大祭に参加すると決めた時には三千院家全体がひっくり返るような騒《さわ》ぎになった。もちろん琴音も同様に驚いた。

しかし、今の三千院家に水重を問いただしたり、参加を止めるような力も気概《きがい》もなかった。

それは水重の測りがたい精霊使いとしての力の片鱗《へんりん》……そして水重の周りに与《あた》える独特な緊張感があった。

それは水重が成長するにつれてさらに強くなり、今ではまるで三千院の重鎮たちでもコントロール不能な化け物を家の中に飼っているかのような扱《あつか》いになった。

現在、三千院家において水重にコンタクトをとろうとするのは妹である琴音だけである。

そのため、水重に何かを伝えたり水重の話を聞くのはすべて琴音に任せるというのが暗黙の了解《りょうかい》となっていた。

(お父様たちは誰もお兄様に触《ふ》れようともしない。今回の件だって理由ぐらいは聞き出して欲《ほ》しかったのに)

琴音はまるで手の届かないところを飛んでいる鳥を眺めるように水重を見つめた。

(私には分かる。お兄様は何か考えを持っている。それは私たちには分からない、お兄様だけが見えているもの。お兄様は何も語らない。でも、お兄様がいる頂きからしか見えない何かを見ている。たったお一人で……)

琴音は軽く目を落とす。

(私もその頂きに辿《たど》り着けばお兄様は私に語ってくれるのでしょうか。同じ風景を見ることができる実力を持つ能力者、精霊使いになれば私に笑いかけてくれる……)

「……フッ」

「!?」

琴音は驚愕《きょうがく》した。

何故なら窓辺で下方を見下ろしている水重が肩《かた》を僅《わず》かに揺《ゆ》らしたのだ。

そして、この一瞬《いっしゅん》の兄の機微《きび》を琴音は見逃《みのが》さなかった。

(今、お兄様が笑った?)

琴音は咄嗟《とっさ》に水重の横に歩み寄り、窓の外に目を向ける。

するとそこには……祐人が屋敷の中に入ろうとする姿があった。

(あれは今日、お兄様に無礼を働いた人! 一体、何をして? ううん、それよりもあの人を見てお兄様が笑ったの?)

今朝、大祭が始まる前にもこんなことがあった。

あの時も兄は感情を僅かに見せたのだ。

次第に琴音は表情を険しいものにする。

「あ、あの方はたしか堂杜《どうもり》という方ですよね。外で何をしていたのでしょうか。まさか、何か良からぬことを企《たくら》んでいるのでは！　お兄様」

琴音は声を大きくし兄に目を向けた。

その妹に対し水重は静かに答える。

「さて、ね。だが、何かしらの意図はあるのだろう。この入家の大祭に参加する者たちはそれぞれにそれぞれの考えがあるのだろう。それだけにくせ者も多い」

「くせ者ですか」

「四天寺の名を欲しがる理由はそれぞれにあるということだよ。逆にいえば四天寺の名にそれだけの価値を見出《みいだ》しているのだろう輩《やから》が多いともいえる」

「それはお兄様もですか？」

「琴音、私は四天寺の名には興味はない」

「それでは瑞穂様ですか？」

「ふむ、私はただ知りたいだけなのだよ。精霊たちの真の役割を」

「真の……役割」

言葉少ないが珍しく水重が語る。

「この大祭で、それが測れる好敵手がいればよいのだがね」

「お兄様に好敵手なんていません！」

「だとすれば退屈《たいくつ》なことだ」

そう言うと水重は口を閉ざし、夜空の方へ目を移した。

（お兄様）

正直、琴音には水重の言うことが分からない。

ただ今は、いつになく水重の口が流暢《りゅうちょう》に感じて琴音は複雑な気持ちになった。

そのきっかけは今朝と同様、堂杜とかいう不愉快な参加者だと琴音は感じ取る。

琴音は拳《こぶし》を作り、強く握《にぎ》りしめると体を翻《ひるがえ》した。

「どこに行くんだい？　琴音」

「私、あの怪しい動きをしていた堂杜とかいう人を問いただしてきます！　絶対に何か企んでいます！」

そう言い放つと琴音は水重の部屋を飛び出して行った。

祐人は自分の部屋に戻るとすぐにラウンジへ向かった。

「参加者たちは集まっているかな？」

ラウンジの扉《とびら》には四天寺の人間が立っており、祐人の姿を確認すると「堂杜様ですね、どうぞ」と扉を開けてくれた。

中に入ると想像よりも広く、薄暗《うすぐら》い照明とカウンターとソファー席が数か所に亘《わた》って設置されていた。祐人は経験したことはないがイメージとしてはシティーホテルにあるバーのような装《よそお》いに見えた。

とりあえず祐人はゆっくりと中に進み、すでにラウンジを利用している参加者たちやその従者と思《おぼ》しき人たちを確認した。

(思っていたよりも利用者が多いな。とりあえず様子を見ながら接触していこうか)

祐人は何方向からの強い視線を感じながらカウンターに向かい、このラウンジのマスターらしき人に飲み物を頼《たの》むとそのままカウンターの席についた。

「すみません、僕でもなにか飲めるものありますか？」

「はい、お好みはありますか？　甘いものか、すっきりしたものか」

「じゃあ、すっきりしたものを。あ、アルコールは抜きでお願いします」

「ふふふ、承知いたしました」

カウンター越《ご》しにいる蝶《ちょう》ネクタイをした初老のマスターがテンポよく応じてくれる。

祐人はさりげなくラウンジにいる人間たちに目を配る。

すると数人と目が合い、中には真剣《しんけん》な顔でこちらを睨む者やニヤニヤとしている者もおり少々居心地《いごこち》の悪さを感じる。

ラウンジ内では既《すで》に参加者同士で会話をしている者たちや従者とアルコールを交わしている者、また、祐人と同じく一人で来ている者もいた。

分かっていたことであるが今回の勝ち抜いた参加者のほとんどが大人であり、こういったラウンジの雰囲気《ふんいき》にもなじんでいるように見える。

(う、これじゃ、さりげなく接触しにくいよ。しかも、ちょっと注目されているような)

一介《いっかい》の高校生でもある祐人にとって、このような大人の雰囲気たっぷりの場がどうにも落ち着かない。

するとマスターからライムの刺《さ》さったグラスが差し出される。

「どうぞ」

「あ……ありがとうございます」

緊張気味に祐人は差し出されたグラスを手に取り、すぐに口に運んだ。

「やあ、たしか堂杜君でしょ？　君も勝ち抜いたんだね」

「え？」

意外にも自分が声をかけられて振り向くと、そこにはニコニコしているブロンド髪《がみ》をした少年が立っていた。

「君はたしか……」

「僕はジュリアン・ナイトだよ」

「ああ！」

祐人は予選直前に数言だけ言葉を交わした少年だと思い出した。

そして、勝ち抜いた参加者たちの名簿《めいぼ》にその名があったことも確認していた。

他の参加者を探るという意味でいえば、この少年もその一人である。

「一人で来たんでしょう？　せっかくだから向こうで話をしようよ。僕も退屈していたからさ」

「う、うん、そうだね。そうしようかな」

周りを憚《はばか》らないテンションのジュリアンに主導権を握られた感じで祐人は思わず頷《うなず》く。

ジュリアンは空いているソファー席を指さし、祐人を促《うなが》した。

（まずは話しやすそうなところから探っていくのも悪くはないよね。何か情報を持っているかもしれないし）

祐人はそう考えジュリアンのあとに従った。

「それにしても君がここに来るとは思わなかったよ。あんまり慣れた感じじゃなかったからね。実際、少し浮《う》いているし。背伸《せの》びしなくてもいいのに堂杜君！　あはは」

「ははは……そ、そうかな」

同世代と思われるジュリアンが無邪気《むじゃき》にそう言われると乾《かわ》いた笑いをする祐人。

するとラウンジ内で自分たちに注目が集まっていくのを感じ、居心地がさらに悪くなり苦笑いに移行する。

ジュリアンは機嫌《きげん》良さそうにソファーに腰《こし》をかけると、あ、分かった！　と言わんばかりに大きな声を上げた。

「ああ、なるほど！　堂杜君！」

「な、なに？」

「もしかして君も参加者たちがどんな連中か探ろうとここに来たんだね！　じゃあ僕と一緒だ！　まあ、ここにいる他の人たちも似たようなもんだろうけど」

「うえ⁉　い、いや、僕は……！」

祐人はいきなり自分の目的を言い当てられ、しかも大きな声で指摘《してき》されて狼狽《うろた》える。

「あはは、隠《かく》さなくてもいいよ！」

楽しそうに腹を押さえながら笑うジュリアン。

大きな声が響《ひび》き、不穏《ふおん》な視線を一身に浴びる羽目になった祐人は冷《ひ》や汗《あせ》をかきながら視線から逃《のが》れるようにソファーに腰を下ろした。

「ジュリアンさん、僕はそんなつもりはないから。それに声が大きいよ」

「うんうん、探りにきたのは参加者の素性《すじょう》？　それとも実力かな？　それなら大丈夫だよ！　ここにいるほとんどは僕らの相手にはならないから。心配しないでいいって！」

「いい⁉　ちょっと！」

失礼なことを平気で、しかも無邪気に言い放つジュリアン。

祐人は慌てて周囲に顔を向けるが、明らかに険悪な空気がラウンジ内を覆《おお》っているのが見てとれる。

（もう、なんなの？　この人！）

祐人はとにかく話題を変えようとジュリアンに口を開こうとした時、ジュリアンに手で制止される。

「ほら、釣《つ》れたよ、堂杜君」

「え……？」

「おい、小僧《こぞう》ども、楽しそうにしてるな。俺たちも交ぜろや」

ドスの利《き》いた低音の声が背後から聞こえ、祐人が恐《おそ》る恐る振り向くとそこには今回の参加者たち数人が肩を上げて立っている。

「色々と俺たちのことを知りたいんだろう？　だったら一緒に飲む方が早いだろ。お互《たが》いにな」

「そうだね、さっきの君たちの発言も気になることだしね。ご一緒させてもらおうかな」

ニヤリと笑う先輩《せんぱい》能力者たちを見上げて祐人は引き攣《つ》った笑顔《えがお》で応じた。

「あ、はい。どうぞ」

「あはは、良かったね、堂杜君！　これでいろいろと聞けるねぇ！　僕としてはもう一人の気になる人がいなくて残念だけどね」

「え？」

ジュリアンの呟《つぶや》きに祐人は反応するがジュリアンはどこ吹《ふ》く風《かぜ》でグラスを傾けている。

こうして結果的に他の参加者たちとの接触には成功した祐人であった。

この時、マスクを被《かぶ》った小柄《こがら》の参加者が入室しカウンターに座《すわ》るとラウンジ内の剣呑《けんのん》な雰囲気には我関せずとばかり陽気な声でビールを注文していた。

「マスター！　とりあえずビールを五杯《はい》ほど頼む！　それとつまみもな！　ぬふふ、いやー、中々良いものを見た。最近の娘は育ちがいいのう……ぐふふ」

「承知いたしました」

祐人はしばらく他の参加者たちと無言でドリンクを飲む。

（き、気まずい……）

今、祐人のいるソファー席にはジュリアンと祐人を含《ふく》め五人が向かい合い座っている。

先ほどのジュリアンの発言もあってか、この席に交ざって来たこの大祭の参加者たちのピリピリした空気が伝わってくるようだった。

祐人はグラスを両手で持ちながらここにいる人間たちをさりげなく観察する。

祐人の横にはジュリアンが座り、コの字型に配置されているソファー右側の一人席にはやや赤茶色をした長髪《ちょうはつ》の男が楽しそうに座り、正面には右から黒髪短髪《くろかみたんぱつ》の目つきの鋭い男とその隣《となり》にまるで焦《こ》げたようなぼさぼさ髪をした二人の男がこちらを値踏《ねぶ》みするように視線を送りつつウイスキーをストレートで呷《あお》っている。

（この状況で何をどう切り出せばいいんだよ）

祐人は溜息《ためいき》をついて、このような状況を作ったジュリアンに目を向けるとジュリアンはニヤッと笑い、無邪気な声を上げた。

「まあ、こうしてても始まらないから自己紹介《しょうかい》でもしましょうか。僕はジュリアン・ナイト。機関には所属していないけど、まあまあ強いと思うよ。それでお兄さんたちは？」

ジュリアンが突然《とつぜん》、元気な声で切り出すと正面に座る目つきの鋭い男がジロリとジュリアンを見つめる。

「チッ……まあいい。俺はアルバロだ。機関ではスペイン支部所属だ」

「へー、聞いたことがあるよ。カタルーニャの【闘牛士《とうぎゅうし》】じゃない」

「ふん……知っていやがったか」

「そりゃあ、ね。それで横の方は？」

「私はバガトルで覚えておいてもらう」

「ふーん、機関には所属してんの？」

「以前はな。今はフリーだ」

ジュリアンが音頭《おんど》をとって始まったこの自己紹介を祐人はそれとなく観察していた。

（それぞれに実戦経験は深そうだね。でも、ここに来た目的を確認しないと……単純に四天寺の名なのか）

「ああ、俺の番かな。俺はダグラス・ガンズだ。今は機関のUS支部に世話になっているよ。よろしく、少年たち！　いいねぇ、若いってのは。あ、言っておくが俺も若いぞ」

突然、ザワっとしたように視線がダグラスに集中した。

この席に来ていない参加者たちもこちらに集中したように祐人は感じた。

（うん？　みんなの雰囲気が……。あ、そう言えば確かこの人がランクAの！）

祐人は事前に勝ち抜いた参加者たちの名前とニイナたちから聞いた簡単な情報を思い出す。アルバロとバガトルについての情報はほぼなかったが、ダグラス・ガンズについてはそれなりに情報がまとめられていたのだ。

（それだけ大物ってことか）

「うわ、あんたがランクAの。こちらこそよろしくお願いしますよ、ダグラスさん」

「ハハハ、ここに来てしまえばランクも何もないさ。あるのは花嫁《はなよめ》を奪《うば》いに来た男たちってことだけだろ。いやあ、俺もそろそろ身を固めようと思っててさ、そうしたらこの四天寺の祭りの話を聞いてね。しかもあの美少女が結婚《けっこん》相手だって言うじゃないか。これは男として参加しない手はないだろう。いいねえ、黒髪《くろかみ》美少女の花嫁！　ありゃあ将来も楽しみないい女になるぞ、うんうん。十年経《た》っても二十代半ば！　素晴《すば》らしいね。あ、少年たちには分からないか、同世代のようだし」

いかにも陽気で社交的なアメリカ人といったダグラスは顔をにやけさせながらグラスを傾ける。

「ふふん、ダグラスさん、おもしろいね。もしかして、単純に結婚を？」

「おお、そうだ！　俺《おれ》は婚活《こんかつ》中なんだ！　ハッハハッハー！」

笑い声を上げるが誰《だれ》も応じる者はいない。

ダグラスは全員の反応に驚《おどろ》いた顔で祐人やアルバロたちにも目を向けてくる。

「……え？　君らもそうだろ？　まさか、違《ちが》うの？　あんな美少女だぞ？」

（ああ、こういう人もいるんだ。そりゃ色々な人が来ているとは思っていたけど）

祐人は愕然《がくぜん》としているダグラスを半目で見つめる。

だが悪い印象ではない。むしろ目的としてはある意味、真っ当ともいえる。

しかし、祐人以外の反応は冷めたものだった。

「ふふん、ロリコンだねえ、お兄さん」

「あのダグラスがこんな野郎《やろう》だったとはな」

「くだらん。本音なら……もっと笑えん」

「あ、あら〜？　アハハ……おかしいな。何も変なことは言っていないつもりなんだが。おかしいかな？　少年」

「え？　あ、おかしくはないと思います」

祐人は力なく問いかけられて愛想《あいそ》笑《わら》いを作り返答するとダグラスは凹《へこ》んだように肩を落としてマスターにバーボンのおかわりを注文した。

「で、お前は？　さっき随分《ずいぶん》と大言を吐《は》いていたな。ここにいる奴《やつ》らで自分に敵《かな》う奴はいない、とな」

アルバロが鋭い視線で祐人を射貫《いぬ》く。

「ええ⁉　それは僕《ぼく》が言ったんじゃ……」

「早く名乗れ、俺たちのことを探《さぐ》りに来たんだろ？」

「あ、はい。僕は堂杜……」

するとそこに新たな客がラウンジに慌《あわ》ただしく入ってきた。

そのまだあどけなさの残る風貌《ふうぼう》の少女はラウンジ内を素早《すばや》く確認すると祐人のいる方向でその顔を固定する。

「堂杜祐人さん！　ここに身を潜《ひそ》めていましたか！」

「へ？」

自己紹介中に突然、大きな声で呼ばれ、祐人は驚いてその声の主へ顔を向ける。

そこには肩まで伸《の》ばした黒髪に普段《ふだん》は優《やさ》しげだろう目を吊《つ》り上げた少女が自分を見下ろしている。

ちなみに誰も気づかなかったが、この少女の発した「堂杜祐人」という言葉にカウンターにいるマスクを被った参加者が飛び上がって驚いていた。

ダグラスは突然現れた息の荒《あら》いその少女を確認するとヒューと口を鳴らして笑顔を作る。

「あなたに聞きたいことがあります！」

「えっと……き、君は？」

「覚えていないんですか⁉　どれだけ失礼なんですか、あなたは！」

「ええ⁉　本当に知らない……うん？　あ、確か三千院水重さんのところにいた……」

「琴音です！　三千院水重は私の兄です！　あなたという人は私を馬鹿にしてるんですか！」

　三千院の名が出るとジュリアンは目を細め、アルバロとバガトルはジロリとこの少女に目をやる。

「ちょ、ちょっと、待って！　名前までは聞いてなかったよ！」

「あの時、お兄様が私の名を呼びました！　ああ、お兄様の話を聞いてなかったんですか？　あなたという人はどれだけ！　お兄様のお言葉を聞いてないなんて！」

　ワナワナと拳を握る琴音に何故《なぜ》、ここまで怒《おこ》られているのかも理解できない祐人。

　すると満面の笑《え》みでダグラスが間に入る。

「まあまあ、落ち着いて。琴音ちゃんでいいかな？　とりあえずここに座りなよ。話があるんだろ？　この……堂杜君だったっけ？」

「あなたは誰です？」

「俺はダグラス・ガンズ。ダグラスでいいよ。あ、呼びづらかったらダグちゃんでも……」

「邪魔《じゃま》です！」

「あら！」

琴音は祐人に近づいてくると祐人の顔の前で指をさす。

「あなたは怪《あや》しいです！」

「怪しい？　僕が？」

「あなたが外から帰って来たのをお兄様が気づいたんです！」

「あ……」

（屋敷《やしき》に入るところを見られたのか。でも、それだけでこの扱いは一体……）

祐人にしてみればそれ以外の行動については誰にも気取られたとは思っていない。

それだけ注意して行動していたのだ。

「えっと、水重さんが怪しいと言っていたんですか？」

「言ってません！」

「へ？」

「でも、じゃあ、さっきまで外でウロウロと何をしていたんですか？　何か良からぬことを企んでいるんじゃないですか？」

「ええ――!?」

（あああ……僕が誰か良からぬことを考えていないか見回りしてたんだけどな）

「全人類を騙《だま》せても、お兄様の目は誤魔化《ごまか》せません！」

「そ、それを水重さんが？」

「そこまで言ってません！」

（こ、これはどういう状況《じょうきょう》？　ただ入ってくるところを見られただけだよな）

「ちょっと待って、琴音さん。僕は何も怪しいことはしてないから！　ちょっと外の空気を吸ってきただけだよ」

「じゃあ、お兄様が勘違《かんちが》いしたと言うんですか？　あなたは何ていう……！」

「ああ、なんかもう噛《か》み合わないよ～」

琴音の剣幕《けんまく》に一瞬の静寂《せいじゃく》が起きるとジュリアンが噴《ふ》き出すように笑いだした。

「あはは！　面白《おもしろ》いね、堂杜君は！」

しばらくして琴音は祐人の横に座っている。

「落ち着いたかい？」

「……はい」

笑顔のダグラスに飲み物を差し出されて琴音は自嘲《じちょう》気味に頷いた。

今、琴音は祐人の横で体を小さくしていた。

あのあと話しているうちに琴音も冷静になっていき、ようやく自分のしていることが非常識であったと理解したようで途中《とちゅう》から狼狽え始めたのをダグラスが上手《うま》く助け船をだしたのだ。

当初から陽気で軽い感じのダグラスだがこの辺はコミュニケーション能力が長《た》けており、相手を必要以上に追い詰《つ》めずに会話をしていく。

祐人も横で感心しながらダグラスを見つめ、どこか大人の余裕《よゆう》のようなものも感じ取った。

(ただのロリコンかもしれないけど……ってそれは失礼か)

「あの……すみませんでした」

「気にしない気にしない。そりゃ応援《おうえん》しているお兄さんの心配がちょっと暴走しただけだろ？　そういうことは時にはあるもんだよ。それに堂杜君も気にしていないって、な！　堂杜君」

「あ、はい。全然、気にしてないです」

祐人もダグラスに合わせて笑顔を作るが琴音は祐人に対しては厳しい視線を送り、だが、何も言わずに前を向いた。

「あはは……」

(何故だか、えらい嫌《きら》われているような気がする)

アルバロは小声で「ガキどもが……」と唸《うな》り、バガトルは琴音の顔へ舐《な》めるような視線を送っている。

「ま、いいじゃない。三千院の家の人間まで来てくれるなんて良い交流になるよ。ちょうど良かった。色々とお兄さんのことも聞きたいしね」

ジュリアンは嬉《うれ》しそうに声を上げて琴音に対して体を向ける。

琴音は警戒するようにジュリアンに目を向けた。

「お兄様の情報を得ようと思っているのなら無駄《むだ》です。私が話すことは何もないです。それに知ったところでお兄様に敵う人間はいませんから」

「へー、そんなに強いんだぁ、三千院水重は。僕も噂《うわさ》でしか知らないけど」

ジュリアンが楽し気に応じるがアルバロは不愉快《ふゆかい》そうに一笑《いっしょう》に付す。

「けっ！　くだらねー！　ガキの身内贔屓《びいき》の話なんぞ。聞いたところじゃ機関にも属さず家からまったく出ねーという話じゃねーか。まあ、予選の雑魚《ざこ》どもを倒《たお》して調子に乗ってるんか」

「ククク……引きこもりの兄か」

水重に対し小馬鹿にしたような態度を見てとると琴音は静かに笑った。

「ふん、あなたたち程度ではお兄様を測ることはできないでしょうね」

「あん？」

琴音の仕草に頭に血を上らせたアルバロが殺気立つとジュリアンが呆《あき》れたように間に入る。

「まあまあ、いちいち反応しないでよ。話が前に進まないから。あんたもいい歳《とし》なんだからさぁ。それじゃあ、あんたの言う雑魚を倒して調子に乗ってる人間そのままだけど？」

「て、てめー、ここで再起不能にしてやってもいいんだぞ」

「結構。やれるもんならね。でもそれじゃ大祭の参加資格が失われるけどね。それでもいいなら相手になるよ。僕は正当防衛ってことでね」

「……っ！」

ジュリアンはアルバロを流し目に鼻で笑うと琴音に顔を向ける。

「でもさぁ、そのすごいお兄様の噂は聞くんだけど実績については何も聞いたことないんだよね。そう、武勇譚《たん》みたいのとかね。まあ、僕もその点については一緒《いっしょ》かぁ、僕も機関には所属してないからランクも持っていないし。とりあえず明日からのトーナメント戦でよく見せてもらうよ、君が言うお兄さんの実力をね」

「好きにしたらいいです。あなたたちはお兄様にとって気にとめる存在にすらなっていませんから」

「はーん？」

「ほう……」

　この琴音の発言にアルバロからもバガトルからも殺気が漏《も》れ出すが琴音はそのプレッシャーを感じつつも気丈《きじょう》にふるまう。

「事実、お兄様は退屈そうにしています。おそらくあなたたちのような参加者を見て、そう思ったんだと思います」

　琴音はそう言いつつも自分の言葉に違和感《いわかん》を覚えて隣にいる祐人を一瞬だけ見た。

　そう、水重は他人に気をとめるような人間ではない。

　ところがこの少年にだけは今までにない反応を起こしている。

　琴音から見る祐人は、どこか頼《たよ》りなさそうな少年にしか見えない。

　とても兄が気にとめるような人間ではない、と思う。もちろん今朝のバトルロイヤルを勝ち抜《ぬ》いた能力者だ。まったく実力がないわけではないのだろうと思うがそれだけだ。

（こんな人にお兄様が気にかけるわけはないわ。私の気にしすぎだったんだわ）

　祐人は水重と一瞬だけだったが言葉を交わした時のことを思い出していた。

そしてその時、水重から感じた独特の感触《かんしょく》を覚えている。

それは達人と相対した時に受けるプレッシャーのようなものだった。

あの一瞬に受け取った感触で祐人は水重が相当な実力者であるとみていた。

「へー、言うねぇ。なんだか楽しみになって来たよ！　でもさ……君のお兄さんも考えれば笑えるよね」

ジュリアンの物言いにピクッと琴音は反応する。

「……何がですか」

「だってさ、そんなすごいお兄さんがようやく表舞台《おもてぶたい》に出てきたと思えば、この四天寺の開いたお祭りだよ。何？　結局、名家の三千院といえど四天寺の名前が欲しかっただけなのかと思ってね」

「ハッ！　そうだな！　ごちゃごちゃと偉《えら》そうに言っているが結局は俺たちと一緒かよ！　てめーの引きこもりの兄ちゃんは」

「ククク……そういうことか」

「な⁉　ち、違います！　お兄様はそんなものに興味はありません！」

「ふーん、でもこの大祭に勝ち残るということは四天寺に招き入れられるということだよ。それは三千院を捨てるということでもあるんじゃないの？　同じ精霊《せいれい》使いの名家の家系でさ、それって四天寺の方が自分のところよりいいと思ったんじゃないのかな。ちなみに僕はそうだけどね。ここに来ている連中は多かれ少なかれそんな目的で来ていると思うけどな。ね、あんたたちもそうだろう？」

「当たりめーだ。でなきゃ、こんなふざけた祭りに参加なんかするかよ！　四天寺の名がありゃ、大抵《たいてい》のことは許されるんだ。しかも当主みてーなもんになれるんだろ？　腕《うで》に自信がありゃ誰でも参加する。金も女も自由だ。上手くすりゃ機関の中枢《ちゅうすう》に飛び入りできる可能性もついてくるときたもんだ。本当、笑いが止まらんわ！」

「ふん、それ以外に何がある？」

「金も女も……あ、あなたたちはこの大祭は瑞穂様の、四天寺家のご息女と所帯を持つことでもあるんですよ！　この意味が分かっているんですか？」

男たちの発言に琴音は吐き捨てたくなるほどの嫌悪《けんお》感とともに言い返す。

「ハッハッハー！　馬鹿か？　お嬢《じよう》ちゃんは。そんなもの形だけのもんだろうがよ。あんなガキと真面目に新婚《しんこん》ごっこなんかできるか！　四天寺も優秀《ゆうしゆう》な子孫が欲しいだけでこんな祭りを開いたんだ。とりあえず孕《はら》ませればいいだけだろうが。お前も三千院の家の女だろ？　それぐらいは分かってるんじゃねーのか？　まあ、一応は大事な嫁《よめ》だ。俺好みに教育はするがな」

りをする。

「フッ……」

アルバロは口角を上げ、バガトルはぼさぼさ髪から覗《のぞ》かせる暗い目を垂らし、舌舐《したな》めずりをする。

「な……!?」

琴音はこの上ない不愉快さに言葉を失ったように男たちを睨《にら》みつける。

琴音も三千院家の娘《むすめ》として大事に育てられてきた。

そして、そんな自分が自由な恋愛《れんあい》をし、そして望んだ相手と添《そ》い遂《と》げることはないということは理解している。時にはそこに愛情なるものが存在しないということも。

自分はただ三千院家が認めた男性と婚姻《こんいん》という形式に従うだけだ。

だからこそ琴音はそれまでは自分が一番惹《ひ》きつけられる男性を見続けていこうと決めたのだ。

それがたまたま実兄《じっけい》だったに過ぎない。

幼少の時に水重が見せた精霊との会話を目にしてからずっと琴音のこの考えに変わりはなかった。

分かってはいるのだ。

三千院という能力者の家系に生を受けた時点で自分に愛情を前提とした縁組《えんぐみ》などないこ

とは。

しかし、そうはいえどもここまで露骨《ろこつ》にパートナーとなるだろう相手に対して、心や情のかけらもない発言ができるこの男たちに不快な感覚だけでなく、同じ境遇《きょうぐう》といえる瑞穂に同じ女としてやるせない気持ちに囚《とら》われた。

それは自分の将来をも重ね合わせてしまうことで得た深い絶望感のようなものでもあったのかもしれない。

（お兄様のような男性を間近で見て育った私はより不幸……いえ、幸せなんだわ。私はその思い出があるだけで生きていける。でも瑞穂さんはどうなのかしら。こんな入家の大祭なるもので景品のように扱《あつか》われて……次世代の天才精霊使いとまでいわれているのに）

琴音は怒《いか》りと絶望感に覆われながらも瑞穂が今、どんな気持ちでいるのかと想像してしまう。

そのため、この時、琴音はすぐ横に座っている少年の雰囲気が変わったことまでは気づかなかった。その少年が顔の前で握る両手の力が増していることも。

まだ幼さの残る琴音の苦し気な表情を見て、顔をしかめたダグラスが気づかうように声を上げる。

「おいおい、俺は違うんだけどな」

「ハッ、いい子ぶるなよ、ダグラス・ガンズ。それ以外にこの大祭に参加する理由なんかねーだろ！　なあ！　そこにいる【歩く要塞《ようさい》】さんよぉ！」

声を大きくしたアルバロがラウンジの奥《おく》で足を組み、ウオッカを飲んでいる【歩く要塞】の二つ名を持つヴィクトル・バクラチオンを睨んだ。

ヴィクトル・バクラチオンはアルバロの問いかけに返事をせず、その巨体《きょたい》のせいで小さく見えるソファーから腰を上げる。

ヴィクトルは何も言わず、祐人たちのいるソファー席の横を無表情に通りすぎるが……一瞬《いっしゅん》だけ暗く顔の見えない祐人に視線を移すと「フッ」と鼻を鳴らし出て行った。

「チッ、格好つけやがって。力だけの木偶《でく》が」

アルバロがつまらなそうに舌打ちをすると、ジュリアンは必死に背筋を伸ばし気丈に座っている琴音に顔を向ける。

「じゃあ、まさかさ、本当に嫁が欲《ほ》しいのかい？　君のお兄さんは。ああ、そう言えば小耳にはさんだけど以前にあの瑞穂さんだっけ？　その彼女《かのじょ》とのお見合いが破談になったって聞いたよ。それじゃあ、これはそのリベンジってことかな？　だとしたら興覚めだね」

「あん？　そうなのかよ！　んじゃ、振《ふ》られたのかぁ？　ハッハー！　それはそれは大層な理由で出張ってきたんだな！　くだらねえ」

「ち、違っ……！」

琴音は顔色を変えたが口を閉ざした。

この下品な連中と言葉すら交《か》わしたくない、と強く思ったのだ。

もうここにいても時間の無駄以外の何物でもない。

隣にいる堂杜祐人という怪しい少年を追いかけてきただけのはずが他の参加者に兄を小馬鹿にするような発言を受けるだけになり、しかもうまく言い返すことができずに悔《くや》しさだけが残った。

兄を庇《かば》えなかったこと、それだけが口惜《くちお》しく目を潤《うる》ませた。

琴音は悔しさに唇《くちびる》を噛み、この場を立ち去ろうとする。

（もういい。どうせお兄様が全員を倒していくもの。こんな連中に少しでも関わった私が馬鹿だったんだわ。本当に……くだら）

「ああ、本当にくだらないな」

「……!?」

突然、隣の少年が低音だが芯《しん》のある声を上げたことに琴音は驚き、顔を向けた。

しかも頼りなさそうな風貌だったその少年から力強い存在感すら覚える。

だが琴音はその発した言葉の内容に拳《こぶし》を握《にぎ》りしめる。

「あん？　なんだ突然？　しかも今頃《いまごろ》、そんな分かり切ったことを」

（こ、この人は！　こんな奴にお兄様が反応するなんてありえな……）

「違う。くだらないのはあんたらだ。あんたらは何も分かっていない、笑えるほどに何もね」

「え？」

琴音は握りしめた拳が緩《ゆる》む。

ジュリアンは祐人を見つめるとニヤリと笑う。

「はーん？　何を言ってんだ、お前は」

「まだ分からないのか？　悪いけど、あんたらじゃこの大祭で勝ち残ることはできないってことだよ」

「ククク……気でも触《ふ》れたか？　小僧」

「あんたらには伝えておくよ」

生意気な言いように腹を立てたアルバロとバガトルへ祐人は静かに鋭《するど》い視線を向ける。

「う……！」

「!?」

アルバロとバガトルがそれだけで一瞬、怯《ひる》んだのを琴音は見逃《みのが》さなかった。

そして琴音は祐人の横顔に目を向ける。

すると自分自身もこの場にいるのが息苦しくなるような圧迫感《あっぱく》のようなものを感じ取り手に汗をにじませてしまう。

これが命のやりとりをする際に格上の強敵と出会った時のような感覚だとは琴音には分からなかった。

だが、琴音以外の能力者たちはそれを敏感《びんかん》に感じ取っているのだ。

ジュリアンは口角を上げ、ダグラスは目を細めている。

祐人の気配に琴音以外の全員が姿勢を変えずに戦闘《せんとう》態勢に入った。

今、祐人はこの場が一触即発《いっしょくそくはつ》の戦場のようになるのを見てとると、その場のピリピリした空気に構わずに話し続ける。

「まず、あんたらはこの祭の主催者《しゅさいしゃ》が誰だか忘れていないか？　あの四天寺だよ。それをもう一度、頭に叩《たた》き込《こ》んでおいた方がいいね」

誰も返事はしない。

琴音はただ体が固まり祐人の言葉を聞くだけになっている。

ただ伝わってくるのは怒り。今、この少年が怒っているということだけだ。

一体、何をこんなに怒っているのか琴音には分からなかった。

カウンターでつまみと酒を積み上げているマスクをした参加者がご機嫌そうにおかわりを要望する声だけが聞こえてくる。

「それとこの大祭で四天寺に招き入れられる要件を覚えているのか？　すべて勝ち抜いた後、最後に相手をするのは四天寺瑞穂だ。あんまり彼女を舐めない方がいい。彼女を倒すのは容易じゃないからね」

フッ、と祐人が笑うとそこにいる全員がそれぞれに反応を起こす。

アルバロとバガトルは息が詰まったように歯ぎしりをするばかり。

ジュリアンは楽し気にし、ダグラスは顎《あご》に手を当てて祐人を見つめていた。

そして琴音は祐人から来る得体のしれない恐怖《きょうふ》や第一印象とあまりにかけ離《はな》れたその雰《ふん》囲気《いき》に困惑《こんわく》していた。

（こ、この人は……何なの？）

「この大祭に参加したのなら四天寺瑞穂という人のことを少しぐらい調べてきなよ。どんな形であれ、彼女に認められれば結婚するんでしょ？　四天寺の名が欲しいのは別に否定はしない。ただそれだけじゃあまりに彼女に、女性に失礼でしょう」

（……え？）

琴音は目を広げた。

（この人……こんなことを言うためだけに怒ったの？）

「まあ、僕が言いたかったことは、この大祭は瑞穂さんが認める男を探すというものだ、ということだよ。これを忘れないことだね。力をただ振りかざすだけならチンピラでもできる。少しは相手のことも考える余裕ぐらい持っておけと僕は思うけどね」

言い終わると祐人が笑顔を見せた。

途端《とたん》に空気が和《やわ》らぎ、アルバロとバガトルは静かに大きく息をする。

そして、琴音も解放感すら覚えた。

するとアルバロとバガトルはそれぞれに立ち上がる。

「チッ……青いガキが。話す価値もねぇ」

アルバロはそう小さく吐き捨ててラウンジを出て行った。続いてバガトルも無言で出て行く。

それを祐人は鋭い視線で見送ると溜息をついた。

「はあ～」

（隠密《おんみつ》行動を旨《むね》に目立たないようにして情報収集しようとしていたのに……思わずやってしまった。僕って意外に感情的だよな）

祐人の横では琴音が不思議な生き物を見るように、何故か肩《かた》を落としている祐人を見つめている。

「ふふふ……あはは！　いやぁ、堂杜君はすごいなぁ！　それと怖《こわ》いねぇ。まあいいや、いいのが見られたし僕も帰ろうかな。それと堂杜君の言う通り、四天寺瑞穂のことをもっと調べるよ。じゃあ、明日ね！」

ジュリアンは相も変わらずにこやかに出て行き、ダグラスも立ち上がると祐人の肩をポンポンと叩いた。

「堂杜君、君はいいね。俺も堂杜君の考えに賛同するよ。じゃ」

そう言い、出て行った。

ソファー席には祐人と琴音だけが残される。

琴音はいまだに落ち込んだ感じの祐人を横目で見ながら飲み物に口をつけた。

今の祐人からは先程《さきほど》の怖い圧迫感はなく、どちらかと言うと頼りなさしか感じない。

「堂杜さん」

「うん？　三千院さん、何？」

「ひとつ聞きたいことがあります」

「？」

「堂杜さんはさっき怒っていたように感じました。何に……何にそんなに怒っていたのでしょうか」

「え？　何って……知り合いの女の子のことをあんな風に言われれば誰だって頭にくるよ。

正直、すごい不愉快だったし」

「知り合いなんですか？　瑞穂さんと」

「うん、僕らは同期だしね。一緒に依頼《いらい》をこなしたこともあるし」

「それでこの大祭に参加したんですか」

「ま、まあ、そうかな」

「……そうですか」

（それって瑞穂さんのことを好きってこと……なんですね）

「堂杜さん、ごめんなさい」

突然、琴音に頭を下げられ祐人は驚く。

「私、あなたを誤解していたようです。怪しい人だなんて」

「あ、気にしないで、僕も気にしてないから」

慌てるようなそぶりを見せる祐人を見て思わず琴音は笑みを見せる。

「では……私も帰ります」

「ああ、うん、気をつけてね」

「はい。では」

祐人に会釈《えしやく》をし、琴音はさっきまでの重たい気持ちが嘘《うそ》のように軽くなったことを感じながら立ち上がった。

すると……バン！　と大きな音を立ててラウンジの扉《とびら》が開き、チャイナ服を着た少女の大きな声が響《ひび》き渡《わた》った。

「ここにいるのは分かってんのよぉ、覗《のぞ》き魔《ま》ぁ！　観念しなさい！」

突然、現れた黄秋華《こうあきはな》は両目を吊《つ》りあげてラウンジ内を鼻息荒く見渡《みわた》す。

祐人も琴音も吃驚《びっくり》してこの少女に注目してしまう。

今、ラウンジにいるのは琴音と祐人……それと奥の方に座《すわ》っている数人だけだ。

（あれ？　カウンターにいた人がいない）

「ど、どうされたんですか？」

琴音が秋華に話しかけると地団太を踏《ふ》むように秋華が言い放つ。

「どうもこうもないわよ！　あたしがシャワーを浴びていたら外から覗いているいやらしい目をした奴がいたの！　くー！　私の玉の肌《はだ》をただ見しておいて――！　ただじゃおかないんだから！」

思いもよらない事情に祐人もとんでもない奴がいるな、と驚いてしまう。

「ええ！　覗きですか？　なんていう不届き者……って、うん？　外から……外から？」

カッと琴音が殺気を含《ふく》んだ目で祐人に振り返る。

その目を受けて祐人はハッとした。

「ええ!?　違うよ！　僕じゃないよ！」

「堂杜さん、あなたという人は」

「え？　こいつが犯人？　ふーん、いい度胸ね……」

ワナワナと体を震《ふる》わせる琴音と死のオーラを纏《まと》う秋華。

「だ、だから、違うよ――!?」

その後、祐人は二人に思いっきり平手打ちを喰《く》らい、責め立てられた。

誤解が解けたのは覗かれた時間帯には既《すで》に祐人が屋敷に入ったということが分かった一時間後ぐらいであった。

第6章 大祭 トーナメント

入家の大祭、二日目。

早朝、日の出と同時に目を覚ました祐人《ひろと》は窓から朝焼けの中庭を覗いた。

「よし、とりあえず見回りがてらに体を動かしに行こうか。今のところ、これっていう不《ふ》審《しん》な人物はいないけど注意はしておかないとね」

祐人はさっと着替《きか》えて準備を整える。

また、昨夜にニイナからトーナメントが始まる前に状況整理の話し合いをしたいと言われていた。時間的には早朝しかないので、これから皆《みな》と集まるのにちょうどいい場所も見ておくつもりだった。

(確かに今のところ問題はないけど……依頼でもあるし、万が一の場合もある)

祐人の脳裏《のうり》に朱音《あかね》に教えられた四天寺《してんじ》に起きた過去の大祭での惨事《さんじ》がよぎる。もし、何か良からぬことが起きるとなれば、その犠牲《ぎせい》になるのは瑞穂《みずほ》の可能性もあるのだ。

それに四天寺家への襲撃《しゅうげき》を考える輩《やから》がいると仮定すれば別に瑞穂だけがターゲットとは

限らない。依頼主《いらいぬし》である母親の朱音や父親である毅成《たけなり》も標的になる可能性だってある。

（まあ、この四天寺家を相手にするとなれば相当な実力、もしくは準備が必要ではあると思うけど。瑞穂さんの父親は確かランクSSだしね）

祐人はそう考えつつも靴《くつ》の紐《ひも》をきつく締《し》め、表情も引き締める。

（とはいえ気を抜いたら駄目《だめ》だ。後悔《こうかい》をするよりもずっといいし。それに……）

「どいつもこいつも四天寺の名前と権勢欲しさの奴らばかり」

そう吐き捨てる祐人は珍《めずら》しくイラついたように眉間《みけん》に皺《しわ》を寄せる。

祐人は参加者たちの発言や表情を思い出し、瑞穂はこんなのばかり見せられてきたのかもしれない、と想像してさらに眉間の皺の深さが増した。

瑞穂と初めて出会った新人試験の時、明良《あきら》が言っていた。

瑞穂は男嫌《ぎら》いの気がある、と。

（昔からこんな扱いを受けていれば当然だ）

堂杜《どうもり》家の最大の問題児、いや問題老人である祖父の纏蔵《てんぞう》でさえ「男であれば自分自身の力で成り上がれ。すべては自分で勝ち取ることに意味があるのじゃ」と言っていた。

「うちのあのジジ……爺《じい》ちゃんだって他人の力や名前をあてにするな、と言っていた。ああ、今、初めて爺ちゃんの尊敬できる部分を見つけたよ」

とはいえ堂杜家最大のお荷物が言っているところが辛《つら》いが。

(自分と結婚《けっこん》したいと集まってきた男たちは自分を道具と考える男ばかり。瑞穂さんはずっとこんな経験をさせられて……)

祐人は拳を握り、瑞穂の姿を頭に浮《う》かべる。

不器用だがまっすぐな正義感を持ち、口が悪い時もあるが実は礼儀《れいぎ》を重んじている。

誇《ほこ》り高く誰《だれ》に対しても公平公正であろうとしている女の子。

四天寺家の令嬢《れいじょう》でなくとも、
天才と謳《うた》われる精霊使いでなくとも、

「瑞穂さんは魅力的《みりょくてき》な女の子だよな」

祐人はそうつぶやくと決心をしたような顔でドアを開けた。

「あんな連中じゃあ、瑞穂さんには釣り合わない」

祐人はドアを閉め廊下《ろうか》に出た。

「朱音さんには申し訳ないけど今回のこの大祭は……僕《ぼく》が全員倒してでもぶっ潰《つぶ》すよ」

そう言い、祐人は見回りのために参加者たちが宿泊《しゅくはく》している屋敷を後にした。

◆

「袴田君《はかまだ》、袴田君、起きてる？」

ニイナは四天寺本邸《ほんてい》であてがわれた一悟《いちご》の部屋の前で声をかけた。

しばらくするとふすまが開き、目をこすりながら寝《ね》ぐせがそのままの一悟が現れる。

「ああ、ニイナさん。何？　こんな早くに」

「もう、昨日、朝に集まるって皆で言ってたじゃないですか。今日からが大祭の本番といっていいんだから堂杜さんと現状を共有するって」

「あ、そうだった！　ごめん、ちょっと待って、すぐに着替えるわ」

「先に行ってますからね。準備ができたら玄関前《げんかんまえ》に来てください」

すぐに準備を終えた一悟が本邸の玄関前に来ると茉莉《まつり》やマリオン、静香《しずか》も揃《そろ》っていた。

「遅《おそ》い、袴田君！」

「ごめん！　でも、ニイナさん、何で外に？」

「堂杜さんも交えて話をするとなると、どこかで落ち合うのがいいと思うんです。参加者の堂杜さんをここには招けないですから」

「ああ……なるほど。んじゃ、ちょっと祐人に連絡《れんらく》する」

合点《がてん》がいった一悟は携帯《けいたい》を取り出すとすぐに祐人に連絡をとる。

「あ、祐人か？　うん、お、分かった。そこに行けばいいんだな。オケ、今から向かうわ」

「祐人さんは何て言ってました？」

「ああ、えっと……こっちの方に向かうと庭園があるらしくって、そこにある池の南側にベンチがあるからそこで落ち合おうってさ」

一悟がそう伝えると皆頷《みなうなず》き、すぐに移動を開始した。


祐人は既に早朝の見回りを終えて集合場所で待っていた。

正直、得た情報は少ないが昨日までに分かったり感じたりしたことはニイナたちに伝えておこうと思う。

祐人はベンチに座って一息つくと以前に祖父纏蔵からされた話を思い出していた。

「結婚とか、そういう点に関して堂杜家は苦労する分、伴侶《はんりょ》を大事にしているよね」

それは祐人が茉莉に振られて落ち込んでいたところに孫韋《そんい》といつもの酒盛りをして酔《よ》っぱらった纏蔵が絡《から》んできたときのことだ。

「なんじゃお前、茉莉ちゃんに振られたのか？　情けないのう！　お前はな、気合が足らんのじゃ、気合が！　そんなことでは嫁も見つけられんぞ！　ヒック……」

「そうじゃの、そうじゃの、お主は何でも綺麗《きれい》にやろうとしすぎだの」

「ううう、余計なお世話だよ！　もう放っておいてよ！」

「は！　これじゃよ。この程度で情けない。今から言っておくがな、祐人。堂杜家に嫁にくる娘なぞ、中々おらんからな」

「……え？　なにそれ」

「ヒック……当たり前じゃろう、考えてもみろ。こんな面倒《めんどう》くさい家、どんな娘も嫌《いや》がるわい。しかも裕福《ゆうふく》でもないし苦労しかせんわ！　ひゃはは」

「ひゃははは！　まったくだの！」

「あんたが言うか！」

「あのなぁ、祐人。それでもな、堂杜の人間は嫁や旦那《だんな》は自分で見つけてきたんじゃ。遼《りょう》一《いち》も魔界《まかい》で出会ったお前の母親を命懸《いのちが》けで落としてきたんじゃぞ。だからお前も命懸けで探してくるんじゃ。ちょっと振られたくらいで落ち込んでいる場合じゃないぞ！　ヒック」

「ううう、うるさいな……うん？　命懸け？　父さんが？　何それ」

「ヒック……何じゃ、聞いてなかったのか。遼一はな、若い頃《ころ》にな、魔界の隅《すみ》に引っ込んでいた強大な力を持つ魔女《まじょ》に出会っての」

「おーおー、あれだけの力を持った魔女は初めて見たの。恐《おそ》ろしいおなごだったの。ありゃ？　これ、絶対に内緒《ないしょ》にしろ、ときつく言われてなかったかの？　その魔女に」

まう。

「なんと、その魔女に惚《ほ》れてしまったのじゃよ。それで遼一は猛《もう》アタックしたんじゃ」

本当に初めて聞いた両親の馴《な》れ初《そ》めに祐人は一瞬、自分が傷心中であることを忘れてし
「じゃあ、その魔女っていうのが母さ……」

「ところがのう、その魔女がのう、難しい奴《やつ》でのう。くだらぬ男と付き合う気はないと言いおっての。自分が欲しければ力ずくで手に入れてみせろ、と言ったのじゃ」

「遼一より強い奴など、初めて見たの！　遼一は儂《わし》から見ても堂杜史上、屈指《くっし》の男なのにの」

「え⁉　母さん、そんなに強かったの？　いや、ていうか戦ったの？　父さんと母さん」

「そうじゃ！」

「じゃあ、それに父さんが勝ったんだ」

「ああ、そうじゃ。まあ、瀕死《ひんし》の重傷で一ヵ月、生死の境を彷徨《さまよ》ったがのう。大変じゃったのじゃ、儂らも治療《ちりょう》に駆《か》りだされて……何度も遼一の息や脈が止まるわで」

「ええ――⁉　あの父さんが？」

「そうだの、そうだの、危なく堂杜の直系が絶えるところだったの。あれ？　あそこでその魔女がものすごい顔をしてこちらに向かって来てるの、纏蔵」

「あの時は……ヒック、さすがの儂らも本当に驚《おどろ》いたもんじゃ。堂杜初代の再来と言われたあの遼一がなぁ。捨て身の攻撃《こうげき》でなんとか魔女を屈服《くっぷく》させたからいいものの……うん？」

そう語っている纒蔵の肩に女性の手が乗った。

「あ、母さん」

纒蔵の背後に祐人の母親、堂杜蘭《らん》が立っている。

ハッと顔面を蒼白《そうはく》に変えた纒蔵。

ちなみに孫韋は既に姿を消していた。

「何の……お話かしら？　お・と・う・さ・ま」

「ヒ――――ッ！　蘭さん！　な、何でもないのじゃ！　い、いや、そうじゃ！　祐人が振られたくらいでへこんでたのでな。元気を出せと言っておったのじゃ！　な、祐人！　な！」

言い訳をする年寄りが必死に「頼《たの》む、頷《うなず》いてくれ！」と言わんばかりの顔をしている。

「そうだったのですね、分かりました。ちょっとお話がありますので、こちらに」

と言うや、蘭が纒蔵の首根っこを掴《つか》む。

「ぎゃ――――！」

「ああ、祐人。お爺ちゃんに何か聞いた？」

「ううん！　何にも！」

首を激しく振る祐人。

「そう。じゃあ、そうねぇ、祐人にはまだ早いけどアドバイスするわ。祐人にいつか好きな人ができた時、その人と脈があるという自信があるのなら、たまには強引《ごういん》な方がいいのよ。お父さんのように……ね」

「強引？」

「でも彼女なんて祐人にはまだ早いわ。祐人はまだあと二十年はお母さんのものだから。絶対認めないから。誰にもあげないから。祐人をたぶらかすメスは私が、この時空から消し飛ばして……」

「ぐ、ぐるじい……首がぁ！　首がぁ！」

「ちょっと、母さん！　途中《とちゅう》から怖いよ！　それに二十年後って僕は何歳《なんさい》になっていると思ってるの⁉　それと爺ちゃん死んじゃう――！」

祐人はその時のことを思い出し半目で池を見つめる。

「まあ、堂杜家には結婚の縛《しば》りはないってことかな？　見つけるのが大変なだけで。この上なく大変なだけで」

深く考えないようにしていたが自分が結婚するのには相当、色々な障壁《しょうへき》があるような気がしてきた。

細かい事情は結局よく分からなかったが、父の遼一は母親の蘭と一緒《いっしょ》になるのに名実ともに命を懸《か》けたようであるし。

「むむう」

この時、祐人に新たな将来の不安がリアリティを伴《ともな》い押《お》し寄せてきた。

（僕って結婚できるのか？　他人の心配をしている場合ではないのでは……）

「あれ？　もしかして……」

（瑞穂さんは家の掟《おきて》とかは大変そうだけど今回の大祭を潰せば、さすがにもう大祭は開催《かいさい》できないだろう。あとは瑞穂さんが納得《なっとく》した相手を選べるように話を持っていけばいいし）

なんといっても瑞穂の外見は良い。

いや、とてつもなく良いのだ。

普通《ふつう》にしていれば瑞穂を見初《みそ》める良い男など能力者に限定したとしてもいくらでも出てくるのではないか。

「こ……これは」

瑞穂という友人の、変則的とはいえ、ある意味『お見合い』といえる入家の大祭に関わって祐人は自分の将来の結婚ということに向き合い……震えてきた。

（僕の方がよほど結婚が難しいんじゃないの？　僕はどうしたら……）

そこでハッとしたように大事なことを思い出した祐人。

「そうだ！　あるじゃないか！　『超《ちょう》ハイリスク、リターンは自分次第《しだい》』の会合が！」

そう、それは——合コン。

一悟が開いてくれる合コンだ。

今、この合コンが祐人の人生においてとても重要なイベントのように感じられてくる。

（そこで、こんな家でもかまわないと言ってくれる女の子と出会えれば!?）

祐人はワナワナとしながら祈《いの》るように両手を絡めて握る。

「早くこの大祭を終えて、僕は必ず合コンに行かなくちゃ！」

カッと目を見開く祐人であった。

しばらくすると一悟たちが姿を現した。

「よー、祐人」

「あ、一悟、みんな」

合流するとトーナメントまでの時間はたいしてないので、早速《さっそく》、互《たが》いの情報を共有することにし、ニイナがノートパソコンを広げた。

まず祐人から見回りをした状況《じょうきょう》とラウンジでの参加者たちとのやりとりや印象を伝えると女性陣《じょせいじん》は不愉快《ふゆかい》そうな表情を隠《かく》さなかった。

「想定内ではありますが、やっぱり気分のいいものじゃないですね。瑞穂さんに同情します」

ニイナが形の整った眉《まゆ》を寄せてパソコンになにやら打ち込んでいく。

「まったくね。聞いてて嫌になるわ！」

「本当だよ！　そんなのと結婚させられた日にゃ、私だったら家を飛び出すよ！」

「はい、瑞穂さんがこれを聞いたら、とても傷つくと思います」

茉莉たちは一様に瑞穂が置かれている特殊《とくしゅ》な環境《かんきょう》を想《おも》い、それぞれに反応する。

特に一般人《いっぱんじん》の茉莉と静香の怒りは大きい。

「祐人、もちろんガツンと言ってやったのよね」

「そうだよ、堂杜君！『お前らに結婚なんぞ百年早いわ！　家に帰ってお人形とおままごとでもしてな！』ぐらいは言ってやったんでしょ？」

「え？　まあ、うん。そういった表現じゃないけど僕も正直、頭にきたから」

「おいおい、水戸《みと》君。人形って……相手が大人の男だと別の意味に聞こえるからやめなさい」

静香の言いように一悟がブレーキをかける。

「「「別の意味？」」」

首を傾《かし》げる女性陣。

「ああ、その辺は過度に反応しなくていいから。まあ、とりあえず参加者のほとんどはそんな奴らばかりだったってことだな、祐人」

「そうだね、全員とコンタクトをとったわけじゃないけど」

「そうか、まったく分かりやすいクズどもが！　俺《おれ》も腹が立ってきたぜ。祐人、こうなりゃ、お前が参加者全員をやっちまうのが話として早ぇーな。どうなんだ、できそうか？」

一悟の質問に全員が祐人に顔を向ける。

元々、ここに集まったのは瑞穂のために行動を起こした面々だ。

それに加えて祐人の話を聞いて、全員の気持ちはさらに強くなり一つになっている。

「うん……そのつもりだよ。僕が全員倒《たお》して最後に瑞穂さんと勝負をして負ける。そういう方向性でいこうと思う。朱音さんには悪いけど本当の狙《ねら》いは瑞穂さんの自由恋愛《れんあい》を勝ち取ることだからね」

祐人が真剣《しんけん》な顔で答えると皆頷いて笑《え》みをこぼし、祐人に頑張《がんば》るように声をかけた。

一悟は祐人の首に手を回す。

「おお！　やってやれ、祐人！」

「一悟、僕はやるよ！　その後のイベントのことを考えてもこの方がいいし」

「バッ⁉　そうか、そうか、やる気だな、祐人！　これも四天寺さんのためだからな！」

一悟は祐人の返答に一瞬、顔色を変えてわざとらしい大きな声で返す。

そしてにこやかに、そのまま祐人を女性陣から離れた場所に連れてくと小声になった。

「馬鹿！　やる気になっているのは良いことだが周りに合コンのことが感づかれるだろうが！」

「ああ！　ごめん！」

その二人の様子を静香だけは微妙《びみょう》な表情で見つめる。

「まったく……また、なにかコソコソしているね～」

「コソコソ？　何の話？　静香」

「あ、何でもないよ、今のところはね」

静香はそう答え、少年二人を見ながら右手で顎をさすりニヤッとする。

「まあ、まだ泳がせておくかな」

静香の独り言に横にいた茉莉は怪訝《けげん》そうに首を傾げた。

すると突然《とつぜん》、今回のまとめ役のニイナが真面目な顔でマリオンに質問をした。

「マリオンさん、聞いてもいいですか？」

「何ですか、ニイナさん」

「ランクAのマリオンさんから見て本気になった堂杜さんはどれほど強いんですか？ 贔屓《ひい》目無《きめ》しで教えて欲しいです」

「ああ……」

ニイナの問いにマリオンは開きかけた口を咄嗟《とっさ》に閉じてしまう。

何故《なぜ》ならニイナの瞳《ひとみ》の中に力強く光る何かを見たからだ。

マリオンは一瞬、祐人に目を向ける。

ニイナはその間も静かにマリオンの返答を待った。

ニイナは夏休み前に闇夜之豹《あんやのひょう》と事を構えたときも祐人が表で裏で敵となった相手を倒してきたのは分かっている。

実はそれはとてつもないことなのではないか、ということも何となく感じてはいた。

今回の大祭についても参加者を全員倒す、と当たり前のように祐人は言っている。

ニイナは、それを祐人が成し遂《な》げる《と》という前提で話をしていること自体、異常なことではないのか、とずっと疑問に思っていた。

それは一体どういうことなのか？

もし、自分が想像するように祐人がそこまでの能力者であるのならば。

祐人は何故、ここまで強いのか？

このような疑問が湧《わ》いてくる。

茉莉もニイナの発言を聞き、マリオンへ顔を向けた。

実はニイナのその問いは茉莉や一悟、静香も感じていた疑問でもあった。

幼馴染《おさななじみ》、親友、同級生としての側面の祐人は十二分に知っている。

だがそれと同時に自分たちは能力者としての祐人のことはどこまで知っているだろうか？　と思ってしまう。

ニイナ以外は以前に祐人の家が能力者の家系でその歴史は千年を超《こ》えるということは聞いている。また、祐人の能力の足枷《あしかせ》についても……だ。

しかしニイナが知っているのは祐人が能力者で機関に所属しているということだけ。

それ自体、祐人の秘密を共有している仲間ではあるのだが、どうしても知りたくなる。

――堂杜祐人とは一体、何者なのか？　と。

祐人は何故強いのか？

強いのならばどうしてそこまで強くなる必要があるのか？

更《さら》には祐人はその強さを積極的に誇示《こじ》しようとはしていない。戦闘となれば隠しようもないが、それ以外では至って謙虚《けんきょ》で目立つことを嫌がっているようにも見える。

この点については各々《おのおの》が自分なりに祐人のことを考えていた。

茉莉でいえば、祐人が心配だった。

祐人は強いと信じてはいる。でも、それが客観的に如何《いか》ほどかは聞いたことがない。

祐人は場合によっては危険を顧《かえり》みずに行動することがある。

前回、茉莉は祐人が大怪我《おおけが》を負っていたのを見て体が震えてしまった。

祐人について知りたいことは他にもあるが、やはりどれほどの強さかは知っておきたい。

そして、ニイナにはそれ以外にも、これらを確認《かくにん》したい理由があった。

（ミレマーで私は堂杜さんと出会っていた。なのに私は堂杜さんを覚えていない）

これがどうにもニイナを落ち着かせない。

（私と堂杜さんは本当にちょっとすれ違《ちが》っただけ？　ううん……きっと、もっと何かあったと思う。だって今でも堂杜さんを見ていると、こんなにも）

ニイナは無意識に自分の胸の辺りを掴む。

おかしい、こんなことはおかしい、と思う。

そして、知りたい、いや知らなくてはいけない、という衝動《しょうどう》に包まれる。

（私は堂杜さんを知りたい。違う、知っているの。だから、思い出したい）

二ヵ月前に起きた自身の母国であるミレマーの国家存亡の危機。

表向きは民主派のクーデターによる混乱と報道されているが、それが事実とまったく違うことはニイナも知っている。

その真実はミレマーという国に現れた機関の定めるS級の危険分子『スルトの剣《けん》』という召喚士《しょうかんし》たちが起こした未曽有《みぞう》の妖魔《ようま》大召喚事件だったのだ。

その時、世界能力者機関から派遣《はけん》されてきた瑞穂とマリオンがこの世ならざる妖魔、魔《ま》獣《じゅう》から自分の父であるマットウを幾度《いくど》となく救ってくれた。

そして……ミレマーは最大最悪の事態に見舞《みま》われた。

ミレマー全域の各都市を妖魔の大軍が襲《おそ》ったのだ。

自分が、育ての父マットウが、そして実父グアラン、母ソーナインが、豊かで平和なミレマーをと夢を描《えが》き、その人生をかけて戦ってきた矢先にすべてが塵《ちり》になり消えそうになったその時、祖国ミレマーは救われた。

ミレマーを覆《おお》う妖魔の大軍は駆逐《くちく》され、その元凶《げんきょう》であったスルトの剣は倒された。

これに関して、これだけの大事件なのにもかかわらず、これを救った人物がだれなのか、いまだに分かってはいないという。

（勝利した日、あの時私は……あの時の私は何かを探していた）

その日のこと、瑞穂とマリオンが自分とすれ違いで日本に帰った日のことをニイナは忘れることができない。

あの救われて喪失《そうしつ》したような不可思議な感覚を覚えた日のことを。

それは実父グアランが亡《な》くなった悲しみとは別個の感覚だった。

そして……一つの事実がある。

それは〝そこには堂杜祐人がいた〟ということだ。

自分にはその記憶《きおく》はない。

聖清女学院で祐人が隣《となり》の席に来て挨拶《あいさつ》をした時、祐人は自分とちょっと会っただけのようなことを言っていた。

おかしい、何かがおかしい。

しかし、ニイナは心と頭を切り離《はな》した。目指すところは同じはず。

（不確かなことに私は頼《たよ》らないです。私は事実と真実を突《つ》き止《と》めたい）

状況整理は出来てきている。

妖魔の大軍に襲われたミレマー各都市に突然現れてそれを救った守り神と言われている存在。

（そして、堂杜さんには契約《けいやく》人外が複数いる）

あとはランクAの瑞穂さんやマリオンさんでも敵《かな》わないと言われたスルトの剣を倒した謎《なぞ》の人物。

（堂杜さんはランクはDだけど、その実力はランクDとかけ離れている。じゃあ、私が探していたのは……）

ニイナはマリオンに体を向けた。

「瑞穂さんのお母さんの言いようで堂杜さんはランクDではありますが、その実力は遥《はる》かその上をいくのは分かりました。でもどれほどのものまでかは私には分かりません。この大祭に集まった参加者はかなりの手練《てだ》れが集まっていることは私にも分かっています。ましてや昨日のバトルロイヤルを勝ち抜《ぬ》いてきた人たちですから、これからの相手はさらに強敵であることは言うまでもないですよね」

「もちろん、堂杜さんも勝ち抜いてきていますから、同列と言っていいのだとは思いますが、朱音さんやマリオンさん、そして、堂杜さん自身の発言から思うんです。堂杜さんの実力はどれほどなんでしょう、って」

「はい、そうですね」

マリオンはニイナの瞳から感じ取ったものを理解した。

ニイナのその質問は単純に祐人の実力を聞いているのではないことも。

（ニイナさんは探しているのね。自分の中から消えたパズルのピースを……）

それは同じことを経験したマリオンであるからこそ気づいたものであった。

マリオンは笑みをこぼした。

その笑みはニイナには印象的だった。

その笑みは嬉《うれ》しさが大半であるようで、その中には諦《あきら》めがあり、それでいて正々堂々とライバルを受け入れるようにも見える不思議な笑みだった。

マリオンはニイナの問いに自分の思うことを正直に答えた。

「本気になった祐人さんは誰よりも強いと思います。たとえ相手がどんなものであろうと打ち砕《くだ》くことができる実力と心を持っていると私は考えています」

茉莉、そして、ニイナはその言葉に驚いた。そして、二人は祐人の方に視線を移す。

この時——、

茉莉は僅《わず》かであるが安心を得たように、

ニイナは謎の一端《いったん》を解明した学者のように、

頬《ほお》を緩《ゆる》めたのだった。

女性陣から離れたところで静香に「まだ泳がせておくかな」とつぶやかれたことなど知らない一悟と祐人はいまだにコソコソしていた。

「いいか？　お前が最後まで残って早々に四天寺さんに降参すれば十分、合コンには間に合う。そのためにも参加者を全部張《は》り倒してこい！　聞いてりゃ気分の悪い奴らばかりだからな、四天寺さんみたいな美少女の価値が分からねぇクズどもは俺も許せねぇ」

「そうだね！　僕も許せなかった」

「祐人、これはいわば一石二鳥だ！　美少女をクズな男どもから救い、そしてお前は満を持しておっとり系の優《やさ》しい女の子たちにも会える、という」

「お……おお！　もしかしたら、そこには将来の」

祐人の表情が明るくなっていく。

「は？　将来？　お前、そこまで考えてんの？」

「あ、いや！　もしかしたらだよ？　だってほら、僕の家は普通の人から見たら意味不明な家だし、今から努力しないと……結婚なんて」

突然、モジモジしだす祐人。

（はーん？　こ、こいつ何を言って……）

その様子に一悟は鼻をひくつかせ、眉がピクピクしている。

（な、何だ？　変なスイッチが入ってるな。まさか四天寺さんの伴侶を探す、というこの大祭を見て、自分のことに置き換《か》えたのか？）

一悟から見て祐人は明らかに卑屈《ひくつ》な妄想《もうそう》で暴走直前だ。

冷静さがほぼ失われているのが分かる。

一悟が推測するに自分の家の特殊性《とくしゅせい》（面倒くささ）に加えて、裕福でもなく、名もない家（つまるところ貧乏《びんぼう》な庶民《しょみん》）であることをリアルに感じ取り、「このままじゃ、自分は結婚できないんじゃね？」にたどり着いたのだろうと考える。

（それで大祭後に開かれる合コンを思い出したおバカな祐人君が将来の期待のすべてを合コンに？　あなた、高校生でしょう？　頭は大丈夫《だいじょうぶ》？）

するとと祐人が一悟に顔を向けてくる。

「僕、頑張るから！　合コン！」

「お、おう……」

合コン主催者《しゅさいしゃ》として一応そう答えるが、拳《こぶし》を握《にぎ》る祐人を見た一悟の脳裏にすぐさま浮かんだ言葉がある。

それは……、
これ、ヤヴァくね？

であった。

（こ、これは経験不足のチェリーが過度に合コンに期待して異常に重たいことを考え始めるという『合コン初心者あるある』に見事なほどはまっているじゃねーか！）

祐人がどういう思考を経てこれほどまでになっているのかは分からない。

一悟にしてみれば今回の合コンはちょっと女性陣を焦《じ》らせてやろう、ぐらいの気持ちであったのだ。

だが、それでも随分《ずいぶん》と自分は体を張ったと思う。

一悟は四人の少女たちの気持ちは知っている。

恋愛のことになると顔を出してくる欠点も含《ふく》め。

普段《ふだん》は優秀《ゆうしゅう》そのものだが、この手のことでテンパると何をするか分からない困った人たちだ。

そういったところが皆で海に行った時にも発揮され、被害《ひがい》を被《こうむ》った祐人がさすがに怒《おこ》っていたことをきっかけに合コンを開こうと思ったのだ。

つまり一悟はこの少女たちに少々お灸《きゅう》をすえるのと〝それじゃあ祐人との距離《きょり》を縮めるには時間がかかりすぎますよ〟ということを教えてやりたかった。

実際、この祐人《おバカ》は、最も嫁《よめ》に来てくれそうな四人の美少女を排除《はいじょ》して思考を進めているではないか。

（このアホな子《ひろと君》はね……君たちのことをね〝こんな綺麗な子たちが自分を恋愛対象としては見るわけがない〟と思《おも》い込《こ》んでるんですよ。でもそれは、あなたたちの責任もあるんだよ？　もう少し優しくアプローチすればいいのに）

と考えながら一悟は後ろへ振《ふ》り返り、マリオンや茉莉、ニイナをチラッと見る。

「……へ？」

一悟は思わず声を上げてしまう。

というのも、その一悟の視線の先にいる三人の少女の表情が目に入ったからだ。

何故だかは分からないがそこにいる三人の少女は、それぞれに深い愛情のこもった目で、自分の目の前にいる祐人《アホ》を見つめている。

ちょっと本気で怖《こわ》くなってきた。

しかも今の三人は随分と素直《すなお》に感情を表情に出しているように見える。

（それを普段から祐人の前でやれば！　というか合コンが命懸けになってきたと感じてきたんだが気のせいだよな）

額から多量の汗《あせ》が流れる一悟だが、気持ちを奮い立たせるように拳を握る。

（えーい！　一度決めた合コンを取りやめるなど袴田一悟の生きざまに汚点《おてん》を残す！　俺はやるぜ、絶対にな！　それに祐人と色恋《いろこい》を語るのにはいい材料でもあるしな）

祐人とは長く親友をやっている一悟には祐人が茉莉や瑞穂、マリオンやニイナのことを大事にしていることはよく分かっていた。

おそらく、少なからず異性として意識をしていることも感じてはいた。

しかし、恋愛にまでいくかというと祐人はどこか自分にブレーキをかけ、前に進まずにそこにとどまっているようだった。

これは一悟から見ればもどかしいの一言だった。

ただ祐人は今回、自分を前に進めようとしている。

または、前に進もうと決心しているのだ。

何が祐人の背中を押したのかまでは分からないが、これは良い傾向《けいこう》だと一悟は思う。

（きっかけ次第で祐人は動くようになる気がするんだよな。今回の合コンがきっかけにもなるかな、と思ったところもあったんだが……）

突然、祐人が必死な形相で一悟に縋《すが》りつく。

「い、一悟！」

「うわ、何だ、どうした？」

「僕に合コン必勝法を教えてくれ！」

「……」

一悟はもう一度、後ろに振り返った。

そこには依然《いぜん》として優しい眼差《まなざ》しで祐人を見つめている三人の少女がいる。

一悟は再び、心から思う。


これヤヴァくね？


この時、この場で最も冷静な人物、水戸静香はつぶやく。

「さっきの袴田君のあの顔は覚悟《かくご》を決めた感じかな？　あれれ？　今は怯《おび》えてる？　はっはーん、段々、読めてきたよ」

◆

「袴田さん、堂杜さん、何をやってるんですか、ちょっとこちらに来てください。打ち合わせはまだ終わってないです」

ニイナがいまだに何やら小声で話し合っている一悟と祐人に声をかけると二人は飛び上がるように返事をした。

「ああ、すまん！　……分かったな、祐人。メールでも送ってるが死んでもバレるなよ」

「わ、分かった」

二人がやって来るとニイナはいつもの落ち着いた面持《おもも》ちで提案をしてきた。

「堂杜さん、先ほどの話の通り、堂杜さんが勝ち上がるということで頑張ってください。それでなんですが付け加えると、できれば勝ち方にもこだわってほしいんです」

「勝ち方？」

「はい、簡単に言うと圧倒的《あっとうてき》な実力差で勝ってほしいんです。できますか？」

祐人はニイナが何故、そう言ってくるのかは分からなかったが少し考《かんが》え込む。

「堂杜さんは昨日の戦いを見るかぎり自分の手の内や実力がバレないように戦っていたように見受けられました。堂杜さんにも色々と事情があるとは思うんですが、これからのトーナメント戦はそういったことを抜きにして、いきなり全力で仕掛《しか》けてほしいんです」

祐人はもう一度、ニイナに顔を向けるとニイナには何か考えがあるように見える。

正直に言えばあまり目立ちたくない気持ちもあるのだが、参加者全員を倒すということを決めた時点でどうせ目立ってしまうだろう。

であるならば結局同じこと。それにこの入家の大祭は四天寺家の内々のものであって、言うなれば非公式の参加者のみが知る大会のようなものだ。

ここで起きたことは噂《うわさ》にはなるだろうが噂止まりということでもある。

この辺の情報操作も四天寺家ならばしてくれるかもしれない。

このように考えると祐人は頷いた。

「分かった。相手がいることだから完全に約束はできないけど、どうせ全部勝つつもりでいるんだから、やってみるよ」

「お願いします。あっという間に倒すとかがいいですね。敵の全力を受けてから簡単に倒すのもいいですが、それはリスクもありますし、やっぱり相手が実力を出す前にいきなり倒した方がいいです。戦闘《せんとう》について私は素人《しろうと》ですから戦い方とかは堂杜さんに任せます」

ニイナの言うその戦い方は実戦に近い。

祐人の得意なところでもある。

「でもニイナさん、どうしてですか？」

「そうね、祐人が受けた依頼《いらい》のことを考えるとあまり注目されるのも問題じゃないの？」

マリオンと茉莉がそのニイナの意図を尋《たず》ねた。

他のメンバーもまだピンと来ていないので説明を求めるようにニイナに顔を向けると、ニイナはニコッと笑って口を開いた。

「それは瑞穂さんの今後のためですよ」

「今後のため？」

「はい。今回のトーナメントまで名を連ねた参加者たちはそれなりに名のある方もいます。また、有名でなくともかなりの実力者であるのは間違《まちが》いないでしょう。ではもし、そのような人たちを相手にして堂杜さんが圧倒的な勝ち方で最後まで残り、それでその堂杜さんを瑞穂さんが圧倒的な実力差で勝てば周りはどう思います？」

「え？　そ、そりゃあ、四天寺さんのことを、とんでもない人だとひっくり返るな」

「その通りです、袴田さん。ということはよほどの人でない限り、もう瑞穂さんに言い寄ってこなくなります」

「あ！　じゃあ、ニイナさんは」

「そうです。この入家の大祭は秘事と言っても起きたことの噂は必ず流れるでしょう。となれば最低限、この入家の大祭は二度と開催されないと思います。噂を耳にした人たちはほぼ集まらないでしょうから……怖くて」

全員、ニイナの今後までを見据《みす》えたその発想に驚く。

ニイナの言うそれは国家間の牽制《けんせい》に似ている。

つまり、手を出すのならそれ相応の実力と覚悟が必要だ、ということを広めてしまうということだ。

今回の場合に言い換えれば四天寺瑞穂の伴侶《はんりょ》になるのはそれほどのことだと知らしめてしまえば瑞穂に対し軽率《けいそつ》に言い寄る男も減るだろうということになる。

「さらに言えば、これは四天寺家の重鎮《じゅうちん》と言われる人たちにも色々と考えさせると思います。だって瑞穂さんの同格のパートナーを探すのは難しいんです。本人が最強に近いんですから。力を求める四天寺家だとしても今後は瑞穂さん本人に結婚《けっこん》相手探しは任せるようになることもあり得ます。まあ、それを成功させるには堂杜さんの実力と活躍《かつやく》次第《しだい》ですけど。堂杜さんなら……」

ニイナの考えを段々と理解してくると今回の入家の大祭に最も嫌悪《けんお》感を示した庶民代表の静香がパチンと指を鳴らした。

「なるほど！　ニイナさん頭いい！　そうだね、そうしよう！　それで瑞穂さんもこんな訳の分からない催《もよお》しで変な男と結婚しなくて済むようになるし、ニイナさんの言う通りになれば、今後、四天寺の大人たちもこのやり方で結婚相手を探すのは諦めるよ！　それに瑞穂さんと付き合いたいなら命懸《いのちが》けで来い、ってなるのもいい！　あんな美人をゲットしたいなら、やっぱり男はそれぐらいの覚悟でなきゃね」

「そうね……そうなればこんな形の結婚相手探しはなくなるでしょうし、これからは瑞穂さんの意思が尊重されるようになるかもしれないし」

茉莉も段々と理解を示し、マリオンも笑顔《えがお》で頷いた。

「じゃあ、祐人！　思いっきりやってきなさいね！」

茉莉がそう言い、女性陣は盛り上がる。

「分かったよ！」

祐人も女性陣のまとまった気持ちを受け、何故か嬉しくなってきてやる気を出す。

（みんな瑞穂さんのために、ここまで考えている。よし、全力でいくよ！）

「お、おい……でもそれって」

一悟が一人、盛り上がる全員を前に恐《おそ》る恐る声をかける。

「何？　袴田君には異論があるの？」

「い、いや、異論はない。あるわけねーよ！」

静香たちの異様な迫力《はくりょく》に慌《あわ》てて一悟は背を反らしながら答える。

だが、一悟は思うのだ。

ニイナの作戦はいい。

どこまで思惑《おもわく》通りになるかは別にしても、何かしらの効果はあるだろう。

（でもさ……）

一悟はハイテンションの乙女《おとめ》たちを見つめながら、額から静かに汗を流す。

（そんなに怖い女の子っていう噂が広がっちゃっていいのか？　そんなことをすれば四天寺さんの結婚が遠のくんじゃないの？）

そんなことになったらその結果の責任は……、

一悟は女性陣のテンションにあてられ何も言うことはできない。

そして、妙《みょう》にやる気を出している祐人を憐みの籠《こも》った目で見つめるのだった。

◆

午前九時。

入家の大祭の決勝というべきトーナメント戦が始まろうとしていた。

「では、本日、行われる相手を発表いたします。後方にある大型モニターをご覧ください。八つの試合会場を用意しており、全試合が同時に開始されます。トーナメント開始は十時からになりますので時間厳守で各々《おのおの》の会場にお越《こ》しください。また、試合開始の合図はありません。十時までに会場となる敷地内《しきちない》にいて下されば結構です。時間までに現れない場合は失格となりますので注意してください」

祐人を含めた参加者たちは昨日と同じ屋敷《やしき》の中庭に集まっている。

天気は快晴で朝ではあるがすでに夏らしい日差しの中、参加者たちは今日の対戦カードを確認した。

屋敷二階の大きなバルコニーには四天寺家の重鎮たちが物々しい雰囲気《ふんいき》で座《すわ》り、その背後から今回の主役ともいえる瑞穂が現れた。

瑞穂の姿を見た参加者たちは、どのように見たのか分からないが、個々にそれぞれの反応をみせ、全体的には参加者たちの意気が上がったように感じられた。

「あと従者やお付きの方々には観覧席を用意しておりますので、そちらにご着席ください。試合中、参加者への応援《おうえん》、アドバイスは自由ですが、試合会場内への侵入《しんにゅう》や会場外からの助力は一切《いっさい》禁止となります。それらの違反行為《いはんこうい》が発覚した場合、即座《そくざ》に失格とさせていただきます。では！　時間までにご準備をお願い申し上げます」

トーナメント戦に勝ち残った十六人の参加者たちが掲示板《けいじばん》を見つめ、真剣な顔の者、不敵な笑みを浮《う》かべる者と様々な表情を見せている。

その参加者たちの中で祐人は見定めるようにジュリアンや三千院水重《さんぜんいんみずしげ》、他の参加者を見《み》渡《わた》す。

さすがにこれだけでは相手の実力は測れない。

だが、それぞれがくせ者ぞろいの能力者であることは分かる。

誰一人《だれひとり》として緊張《きんちょう》しているようには見えない。

（大言壮語《たいげんそうご》を吐《は》くつもりはないけど、やっぱり僕《ぼく》が全員倒すということで良かったな。瑞穂さんでも大丈夫な相手ばかりだったら、朱音さんの依頼に集中しようかとも思った。でも相性《あいしょう》もあるけど、この人たちが相手の場合、瑞穂さんでも万が一があるかもしれない）

瑞穂は強い。

それを祐人は十分に理解している。

さらに言えば、出会った時のところから考えてもさらに力をつけていることも分かっていた。もし、正面から正々堂々と戦えば瑞穂を打ち負かすほどの能力者は中々いないだろうことも。

しかし、戦闘となれば正々堂々という言葉は意味をなさない。

ましてや一対一の対人戦闘となればなおさらだ。

祐人から見て瑞穂は戦いにおいてまだまだ正直すぎるのだ。

これは祐人の上から目線の評価ではない。

実際、祐人も魔界《まかい》に赴《おもむ》く前までは同じ欠点を抱《かか》えていたのだ。

だから祐人には自身の経験からもそれがよく分かってしまう。

これは瑞穂の責任ではないが実戦経験の乏《とぼ》しさが大きい。

特に知性の高い人外との戦闘もしくは、対人戦闘における経験が少ないのだ。

己《おのれ》と同格の相手が現れた時、もしくは格下としても実戦経験が豊富、狡猾《こうかつ》な戦闘の組み立てに秀《ひい》でた者に出会った時、瑞穂ほどの能力者でも万が一がある。

いかなる優《すぐ》れた技も強力な術も出しどころを間違えれば、その効果は半減か、下手をすれば意味すらなさない。

逆にいえば、それほどでもない技や術でも出しどころが理に適《かな》えば絶大な効果を得る。

これは戦闘における判断の冷静さに加え、判断の瞬発力《しゅんぱつりょく》がものをいう。

この戦闘脳というべきものを鍛《きた》え上げなければギリギリの、最後の最後というところで足をすくわれることもある。

そして、これぱかりはそれ専用の修行《しゅぎょう》と実戦経験を積み重ねるしかない。

祐人がここにいる参加者すべてを倒す気になったのはその万が一を考えたからであった。

これも祐人の掛《か》け替《が》えのない友人でもある瑞穂のためだ。

こんな祭りで瑞穂の意に反して瑞穂が人生のパートナーを強要されるというのは、どうしても嫌《いや》だった。

それは朱音の言葉を借りれば他人の勝手な意見なのかもしれない。

(でも、やっぱり見過ごせない。それにニイナさんの言うことは正しいとも思えるんだ。噂とかそんな中身のない話ではなくて、今後、瑞穂さんは修行と経験次第《しだい》ではとてつもない精霊《せいれい》使いになるんじゃないだろうか、って。噂などでなく実際の話で)

そして、こうも祐人は思う。

もし瑞穂がそのような精霊使いになったときにはきっと誰《だれ》も瑞穂さんをどうこうしようだなんて思わないだろうと。

瑞穂は少女にもかかわらず時折、威厳《いげん》すら感じる所作を見せる。

それは大器の片鱗《へんりん》なのかもしれない、と。

祐人は屋敷のバルコニーにいる瑞穂に目を向けた。

すると気のせいか、その瑞穂が顔を逸《そ》らしたように見えた。

一瞬《いっしゅん》、目が合ったと思ったが若干距離《じゃっかんきょり》もあるので、祐人は気にせずに視線を後方のモニターに移した。

その祐人の対戦カードを睨《にら》む目には並々ならぬ力が籠っていた。

「あら、どうしたのかしら？　顔を赤くして……瑞穂」

「な、何でもないわ！　それに赤くもないわよ！」

「ふふふ、瑞穂ったら、祐人君を見て呆《ほう》けちゃって。今朝の話が効いてるのねぇ。そうねぇ、自分のいないところで、あんな格好《かっこ》いいことしてたなんて知ったらね、照れちゃうわよね」

「だから、違うわよ！」

「ああ、私も生で見たかったわぁ。自分のために殺気立ってくれて他の参加者に瑞穂のことをもう少し知るべきだ、なんてねぇ」

朱音がクスクス笑いながら後方に目をやると瑞穂や朱音の後方に座る初老の男性がニヤッと笑った。

この者はラウンジでマスターを仰《おお》せつかった四天寺の古豪《ここう》の精霊使いである。

「はい、あれは中々の殺気でした。見てて心地《ここち》が好《よ》かったくらいで。朱音さま、その時の動画もあるので、あとで見てはいかがかと」

「まあまあ！　それは是非《ぜひ》！　瑞穂も見ましょう！」

「ななな！」

「それとですが今朝にあの少年の独り言が録音されましたものが、ここに……」

「まあ！　何て？」

「少々、お待ちください……あ、ここです」

〝瑞穂さんは魅力的《みりょくてき》な女の子だよな〟

〝あんな連中じゃあ、瑞穂さんには釣《つ》り合わない〟

〝朱音さんには申し訳ないけど今回のこの大祭は……僕が全員倒《たお》してでもぶっ潰《つぶ》すよ〟

「「……!?」」

朱音は目を大きく見開く。

瑞穂は口を開けて首から上まで真っ赤に染まりだす。

「きゃ――！　祐人君！　瑞穂聞いた？　素晴《すば》らしいわ！　きゃ――！」

朱音は大喜び。

瑞穂は恥《は》ずかしさが閾値《いきち》を超えてしまい、硬直《こうちょく》して動かなくなったのだった。

第7章　トーナメント戦

「おお、ついに始まるか。いや、すげーな、何だこれ？　大型モニターが四台もあんのか。すべての会場の様子が分かるようになってるぞ」

観覧席で一悟《いちご》はそうつぶやくと、四天寺《してんじ》家の重鎮たちが集まっている屋敷のバルコニーの方に目を向ける。

　そこには瑞穂《みずほ》の姿も見ることができた。

　一悟たちは瑞穂の友人ということで来ているが、さすがに祐人《ひろと》の仲間でもあるので公の場所で瑞穂たちの近くにいることはできない。それは他の参加者に四天寺家が特定の参加者に便宜《べんぎ》を図《はか》っているというような余計な勘繰《かんぐ》りを受けないためだ。

　トーナメント戦についての説明が終わった参加者たちは準備のためか、一旦《いったん》、自室の方に移動を開始し始めている。

「なんか緊張してきたよ。堂杜《どうもり》君、大丈夫かな。ここから見ても他の参加者はすべて年上っぽいし……あ、同世代っぽいのもいるね！」

静香《しずか》は初めて観戦に来た格闘技《かくとうぎ》の試合前のような状態だ。

「まあ、なるようになるだろ。あ、ニイナさん、四天寺さんには連絡《れんらく》とったの？」

「はい、もちろん。堂杜さんが最初から本気でいくということも伝えました。こちらの意図も伝えています。それと皆《みな》さん、堂杜さん以外の試合もよく見ておいてください。あとでまとめて報告しますから」

　ニイナは持参した資料を見ながら返答をする。

　祐人に圧倒《あっとう》して勝てとは言ったが、当然、情報収集ぐらいはするつもりだ。せめて自分たちが出来ることはすべてしておかなくてはならないと考えているからだ。

「おう、分かってる」

　全員、頷《うなず》くとニイナは茉莉《まつり》に目を向けた。

「それと茉莉さん」

「何？　ニイナさん」

「袴田《はかまだ》さんのお話ですと茉莉さんの能力は状況把握《じょうきょうはあく》が特に優れているものだと思います。茉莉さん、是非、その能力を発揮して欲《ほ》しいんですが」

「え？　あ、でも私、まだ自分の力がどういうものなのか……というより、自分が能力者ってことすら分かっていないの。ましてや、どうやってその力を振るうかなんて……」

ニイナの要求に茉莉は動揺《どうよう》したように応《こた》える。

実際、これは本音で茉莉にしてみれば昨日に突然《とつぜん》、「あなたは能力者」と言われて、まだその事実をかみ砕けていない。正直に言えば勘違《かんちが》いではないか、とすら思っているのだ。

その茉莉の様子にマリオンは眉《まゆ》を寄せる。

「そうですね、聞いていると茉莉さんはまだ覚醒《かくせい》したばかりのようですし……何の訓練もしていない茉莉さんには難しいかもしれません。私も袴田さんから聞いた嬌子《きょうこ》さんの言う〝ハクタク〟の血統なるものも初耳でしたから。ただ昨日、祐人さんと別れる時に茉莉さんはその能力を使っていた節があります。なにかきっかけのようなものがあれば、あるいは、ですが」

「そうですか……」

残念そうにするニイナに茉莉もどうしていいか分からない。今のマリオンの話を聞いてもどこか他人事《ひとごと》かのように聞こえてしまっている自分がいる。

「ごめんなさい」

「いえ！　謝《あやま》ることなんかないですよ。私もいきなり難しいことを言ってすみません。私も堂杜さんに戦わせておいて、しかも注文までつけてしまったので堂杜さんに少しでも役にたつようなことはできないかって考えたら、つい茉莉さんの能力を思い出してしまって」

「祐人の役にたつ……」

茉莉はそう小さくつぶやくと祐人以外の参加者たちに目を移した。

以前に女学院の屋上で目の当《ま》たりにした能力者たち同士の戦闘が頭に浮かぶ。

あの襲撃者《しゅうげきしゃ》と祐人やマリオンたちの劇画のような、それぞれの信じられない動きをみて衝撃《しょうげき》を受けたことを思い出す。

それは何も知らない茉莉から見てもとても危険で生命の危機にもなるものだったと感じていた。

茉莉は参加者の中の祐人を見つける。

（よく考えれば、これは試合といってもとても危険なものよね）

今のところこの大祭で死者は出ていないが、重傷者は既《すで》に出ている。すべて四天寺家が責任をもって治療《ちりょう》をしているので問題はないということだが一歩間違えればどのようなことが起きても不思議ではない。

今頃《いまごろ》になって能力者たちの常識……一般人《いっぱんじん》から見た非常識に毒されていたことに茉莉は気づく。それは一悟や静香も同じだろう。ニイナは自分たちよりも能力者たちを熟知しているところがあるので自分たちとは感覚が少々違《ちが》うのかもしれない。

不意に茉莉は不安に駆《か》られた……が、今更《いまさら》、祐人を止めることはできない。

自分も祐人を信じて送り出しているのだ。

(じゃあ……私は)

茉莉は両手を握ると顔を上げた。

「マリオンさん」

「はい」

「私に力の使い方を教えて。何でもいいから……コツのようなものとか」

マリオンは茉莉のお願いに難しそうな顔をする。

「そうですね……系統の違う能力者が能力発現のコツを教えるのは難しいです。特に茉莉さんの能力はまだ捉《とら》えどころがないですし」

「……そう」

「でも、まず能力者は霊力《れいりょく》や魔力《まりょく》をコントロールすることが基本です。それならアドバイスをすることができますよ。茉莉さんは偶然《ぐうぜん》かもしれませんが力を二度も発現させています。ですので霊力のコントロールができれば何か気づくところがあるかもしれません」

「本当!?」

「はい、まだ分かりませんが可能性はあります」

茉莉は顔を明るくさせると、早速《さっそく》マリオンに師事することを決めた。

これで少しでも祐人の役に立てるかもしれないと思うと嬉しかったのだ。

対戦は一時間後。

「祐人は第8ブロックだな」

ニイナたちは対戦表をもう一度確認《かくにん》した。

第1ブロック
三千院水重《さんぜんいんみずしげ》　VS　アルバロ
第2ブロック
ダグラス・ガンズ　VS　オシム
第3ブロック
ジュリアン・ナイト　VS　ミラージュ・海園《かいえん》
第4ブロック
ガリレオ　VS　虎狼《ころう》
第5ブロック
ヴィクトル・バクラチオン　VS　A・A
第6ブロック

天道司《てんどうつかさ》　ＶＳ　エリオット・オットー

第７ブロック

てんちゃん　ＶＳ　黄英雄《こうひでお》

第８ブロック

堂杜祐人　ＶＳ　バガトル

試合開始十五分前になった。

「そろそろ、行くか」

祐人は四天寺家に与《あた》えられた部屋のベッドの上で瞑想《めいそう》を解いた。

臍下丹田《せいかたんでん》に小さな……しかし濃密《のうみつ》な仙氣をしたため、祐人は部屋から廊下《ろうか》に出ると何十もの戦闘パターンを頭の中で確認《かくにん》しながら試合会場に向かう。

今の祐人は数々の戦いを潜《くぐ》り抜《ぬ》けてきた戦士の顔をみせていた。

「ど、堂杜さん！」

屋敷の玄関《げんかん》を出ようというところで祐人は背後から声をかけられ振り向いた。

「うん？　あ、三千院さん」

どうやら琴音《ことね》もこれから観覧席の方に向かうところだったのだろう。

そこには三千院琴音が体を小さくし立っていた。

琴音はちょっと気まずそうにすると意を決したように深々と頭を下げた。

「あ、あの……昨日は申し訳ありませんでした！　私、あとで謝罪に伺《うかが》おうと……」

「え？　あ、気にしないで……」

「で、でも私、よくお話も聞かずに……その、堂杜さんに手まで上げてしまって」

琴音は俯《うつむ》き、まるで本人が一番ショックを受けているような落ち込みようだった。

実際、琴音は他人に手を上げた記憶《きおく》などありはしなかった。

というよりも他人に対して、兄や三千院家のこと以外で、ここまで感情を動かしたことはあったろうか？　とさえ思ってしまう。

「あはは、もう誤解だって分かってくれたからいいよ、琴音さん。そんなことより、これから観戦だよね、水重さんの」

「あ、はい」

祐人は笑顔で促《うなが》すように歩き出すと琴音もその横に肩《かた》を並べた。

「僕が言うのはおかしいけど水重さんの応援頑張《おうえんがんば》ってね。あ、もちろん僕は勝つつもりで参加してるよ？　もし水重さんとぶつかるとしたら決勝戦かな」

「はい……」

琴音はまだ昨日のことを気にしているようだったので祐人は話題を逸らしながら琴音に元気になってもらおうとする。

だがその祐人の意図までをしっかり理解した琴音は何とも言えない表情になる。

(堂杜さんは……何故《なぜ》、堂杜さんが私に気を遣《つか》うのでしょうか。むしろ怒ってもいいはずなのに。あの時、瑞穂さんの話になった時はあんなに怖く怒《おこ》りましたのに)

正直、琴音はこの堂杜という少年と出会った時からペースを乱されっぱなしだった。

その発端《ほったん》は兄である水重がこの少年を気にかけるような態度を見せたことに始まる。

そして、そこまで兄が気にかけるほどの能力者に琴音からは見えない。

ただ……、
今、琴音は諦《あきら》めていたことで忘れかけていた、もうすぐで完全に消失するはずの感覚を思い出し始めていた。

それは祐人が瑞穂のために見せた怒りの態度で触《ふ》れられ、今日の祐人の自分に対する他人行儀《ぎょうぎ》さで動きだした。

(私、瑞穂さんが羨《うらや》ましい……のね)

「ああ！　いたいた！　ちょっと、あなた！　何て名前だったっけ……そう、堂杜！　堂杜祐人！」

後ろから騒《さわ》がしい少女の掛《か》け声《ごえ》に祐人と琴音は振《ふ》り返ると、そこには昨日に琴音と一緒《いっしょ》に祐人を責め立てた中華《ちゅうか》少女が軽快な足取りで近寄ってくる。

「い⁉　君は昨日の！　しかも黄家の……たしか」

「秋華《あきはな》よ！　人の名前ぐらい憶《おぼ》えておきなさいよ。こんなに可愛《かわい》い女の子を忘れるなんて人生の損失だよお兄さん！」

「う、うん、ごめん」

「なによ、その表情は。まあ、昨日は悪かったわよ。でも誤解は解けたんだからいいじゃない。いつまでもそんな小さなことを気にしてるなんて良くないよ、お兄さん」

（それを自分自身で言えるのがすごい……いや、これが黄家の血なのか）

「今、何か不愉快《ふゆかい》な感覚を覚えたんだけど、まあ、いいわ。実は伝えたいことがあってきたのよ。琴音さんもいたから、ちょうどいいわ」

「伝えたいこと？　私にもですか？　秋華さん」

「うん！　昨日の覗《のぞ》きの犯人の件よ！」

「犯人……あ！　二人が僕と間違えた犯人？　見つかったの？　秋華さん」

祐人もこの件に関しては気にかけていたのだ。

自分が疑いをかけられたことが大きいが。

「多分、間違いはないわ。ただ……巧妙《こうみょう》な奴《やつ》でまったくと言っていいほど証拠《しょうこ》はないの。私もあの時、偶然、いやらしい目に気づいただけだから。この私に気配を感じさせないなんて相当な奴だと思ってたんだけど……クー！　今、思い出しても腹が立つー！」

「で、どなたなんですか？　秋華さん、その不届き者は」

「参加者の中にいたのよ……通りで手強《てごわ》いわけだわ」

「参加者の中に？　まさか……」

「その、まさかよ！　名前も調べたら〝てんちゃん〟ってふざけた名前で登録されていたわ！」

「てんちゃん……あ、多分、あのマスクをした人だな。そういえば昨日、ラウンジにいたのに秋華さんが入ってくる直前に姿を消してた！　あれは察知して逃《に》げたのか」

祐人も段々、腹が立ってきた。というのも行動が小賢《こざか》しいし卑怯《ひきょう》そのものだ。

秋華も祐人の話を聞いてあらためて怒りを露《あら》わにする。

「逃げられたんだ！　どうやって分かったのかしら？　しかもあいつは参加者でしょう？この入家の大祭は色々な奴が来ているのは分かるけど対外的には結婚するために来たようなものなんだよ？　それなのに他の女性の……この私の！　珠玉《しゅぎょく》の肌《はだ》を覗くなんて！」

「そんな奴のせいで僕は！」

「でも、どうするんですか？　秋華さん。私も許せないですから、いくらでもご助力しようと思いますが証拠がないとなりますと……四天寺家の方々に相談いたしましょうか？」

「いいえ、琴音さん。それが相手を叩《たた》きのめす絶好のチャンスが回ってきているのよ」

「え？　それは？」

「なんと！　その〝てんちゃん〟なる不届き者と一回戦で戦うのがうちのお兄ちゃんなのよ！」

「まあ！　それじゃ、秋華さんのお兄様が？」

「うん！　お兄ちゃんは叩きのめして、あのマスクをはぎ取ってやると息巻いてたよ！」

祐人は英雄の話になった途端《とたん》に微妙《びみょう》な表情になる。

（うわぁ、言いそう。これは相手も災難だね。まあ自業自得《じごうじとく》だけど）

祐人が知る黄英雄はその性格、性情には難があるが実力においてはランクAに相応《ふさわ》しい力を持っているという人物だ。

相手も手練《てだ》れだろうが、この話でいくと英雄は間違いなく本気でいくだろう。

全力の黄英雄はそんな簡単な相手ではないだろうと祐人は考えた。

「で、堂杜のお兄さんに頼《たの》みがあってきたの」

「え？　僕に？　それは……？」

この状況《じょうきょう》で秋華が自分に何をお願いしてくるのか皆目《かいもく》見当がつかない祐人。

今までの話も昨日の件もあったから、誠意の意味で報告に来てくれたというように受け取っていた。

「もし、うちのお兄ちゃんが負けたら次は堂杜のお兄さんの番だから！」

「……は？」

「うちのお兄ちゃんって優秀《ゆうしゅう》なんだけど、肝心《かんじん》なところで駄目《だめ》なのよねぇ。だから保険をかけておかないと。ほら、うちのお兄ちゃんのところは勝ち上がったら堂杜のお兄さんの試合で勝ち上がった方と明日やるのよ。だからもし、うちのお兄ちゃんが負けたらお兄さんの出番！　そういうことだから今日の試合、絶対に負けちゃ駄目だからね！」

「う、うん」

祐人も琴音も微妙な表情。

(何というか……ある意味、信頼《しんらい》関係の出来上がった兄妹《きょうだい》と呼ぶべきなのかな？)

「分かったの？　お兄さん。この私が応援してるんだから喜びなさいな！　嬉《うれ》しいでしょ？」

自信満々の笑《え》みでいる秋華をそれぞれに見つめる祐人と琴音。

実はこの時、琴音はどのような形でも自分の兄以外の人間を応援する秋華の奔放《ほんぽう》さに衝撃を受けつつも眩《まぶ》しくも感じてしまった。

今までの自分では……いや、昨日までの自分であったら決してこんなことは思わなかったかもしれない。

「わ、分かった。あ！　もうすぐ開始時間だ！　じゃあ、僕は急ぐから！」

祐人は時間を見ると慌てて走り出す。

「あ……堂杜さん！」

「うん？」

琴音に呼び止められて、振り返る祐人。

「あ……その……頑張《がんば》ってください。いえ！　わ、私も覗きの犯人が許せないですから！　今だけです！」

「分かった！　そもそも僕は全部勝ちに行くつもりだからね。でも、ありがとう！　琴音さん、秋華さん」

祐人が手を上げると、秋華は陽気に手を振った。

「行ってらっしゃーい、お兄さーん」

それを見た琴音は焦《あせ》るように、

「行ってらっしゃいませ！　堂杜さん！」

と言ったのだった。

「時間になります！　すべての試合が開始になりました！」

四天寺家の司会者からマイクでそう発表されると広大な敷地内に銅鑼《どら》が鳴り響いた。

それに合わせたように観覧席から歓声《かんせい》が上がった。

観覧席の数は多く、それに伴《ともな》い想像以上に人が多い。

「おいおい！　司会者とか、総合格闘技の試合じゃないんだから。しかもこんなに派手にやっちゃっていいのか？　入家の大祭って四天寺家の秘事じゃないのかよ」

一悟が呆《あき》れるように突《つ》っ込《こ》みを入れるとニイナと静香もこれには賛同する。

「そ、そうですよね。私も神事のように、とは言いませんが、もっと厳《おごそ》かに進行するものだと思ってました。しかも、この観覧者の数、これってトーナメント戦に敗退した人たちもその付《つ》き添《そ》いの方々もいますよね。どうやら今回参加した人たちやその関係者は最後まで見ていってもよいということですか？」

「なんか意外とフランクな感じだよね。でもおかしくない？　朱音《あかね》さんは怪《あや》しい奴らを警《けい》戒《かい》しろって言っていたのに」

そのニイナの横では茉莉がマリオンから霊力の扱《あつか》いについてレクチャーを受けている。

「そうです！　いいですよ、茉莉さん。すごいです、筋がいいです！　今、少しですが霊力が循環《じゅんかん》しました。これを続けてください」

「ふう、ありがとう！　マリオンさん。ほんの少しだけ自分の中に電気のようなものを感じたわ。これを続けていけば……」

「はい、スキルの発動に繋《つな》がりますよ。じゃあ、試合を観戦しましょう」

「ええ、またよろしくね、マリオンさん。えーと、たしか祐人は第8ブロックの会場だから……それにしてもちょっと客が多いわね。何なのかしら、マリオンさん、これ？」

「そう言われれば、そうですねぇ」

と言いつつも今、茉莉は自分の中にある霊力の欠片《かけら》のようなものを感じて充足《じゅうそく》した気分になった。

そしてもう一度、自分の中にある霊力を感じ取ろうと精神を集中する。

すると茉莉を中心にまだ微弱《びじゃく》ではあるが霊力の領域ができあがっていく。

（これを続けて、その〝ハクタク〟っていう力を振るえれば私もみんなの役に立てる。もちろん祐人の役にも）

そこに横から呆れるような一悟と静香の会話が茉莉の耳に入る。

「一体、何を考えてんだよ、四天寺家は。これじゃ本当にただのお嫁《よめ》さん争奪戦《そうだつせん》のお祭りじゃねーか。しかも、まるでテレビでやるような」

「あ、それ私も感じた！　それもさ、これってなんだか編集済みっていうか、やらせ感すらない？　だって妙に堂杜君の第8ブロックの会場ばかりメインで映してるよね」

「そう言われてみれば……お！　今、祐人が映った！」

「え？　どこどこ？　堂杜君、頑張《がんば》れぇ！」

この何かを見せびらかすような観覧席や偏《かたよ》ったようにも思える運営に茉莉はピクッと眉を動かした。

この瞬間《しゅんかん》、茉莉の中で急激に心と頭がクリアになっていくような感覚を覚えたのだ。

そして霊力が循環する度にその感覚は研《と》ぎ済まされていく。

「これは……まさか？」

茉莉はハッとするように声を漏《も》らし、今になってずっと解消しなかった違和感《いわかん》の所在が何だったのかを理解したような顔になった。

疑問と状況、そして、それぞれの人の考えのベクトルが僅《わず》かであるが見えたような気がしたのだ。それが〝ハクタク〟の能力であるとはこの時は分からなかったが、それよりも深刻な状況になってしまっていることに愕然《がくぜん》とする。

「ど、どうしたんですか？　茉莉さん」

横にいるマリオンが茉莉の様子の変化に首を傾《かし》げた。

「マリオンさん、ニイナさん、もしかしたら私たちは、してやられた、かもしれないわ」

「……え？　それはどういう？」

「入家の大祭なんていう大層な名前と今思えば嘘《うそ》か本当かも分からない過去の四天寺家にまつわる悲劇に気をとられて……クッ、何であの時、気づかなかったのかしら！」

「ど、どうしたんですか、茉莉さん。それに一体、誰にしてやられるんですか？」

ニイナもマリオンも茉莉が顔を青くしながら震《ふる》えだしているのを不安そうに見つめる。

「もしそうなら、なんていうキツネっぷり。ハッ！　待って！　まずいわ！　祐人が圧倒《あっとう》的《てき》な勝ち方をするという私たちの作戦は相手の思うつぼよ！」

「お、落ち着いて、茉莉さん」

「そ、そうです。何を言っているんですか？　私たちの作戦が誰の思うつぼなんですか」

茉莉はマリオンとニイナに深刻な表情を見せながら、口を開いた。

「朱音さんよ」

「「……え？」」

「あ、あの人は端《はな》から真剣《しんけん》に入家の大祭なんてする気はないのよ！　狙《ねら》いは祐人だけ！　祐人と瑞穂さんをくっつけて四天寺家の人間にしようとしているのよ！」

「「ええ――!?」」

「だから、こんなに派手にしているのよ。沢山《たくさん》の人を招いたのもそのため。朱音さんはここで見せつける気なの。祐人の実力を知っているから」

「で、でも入家の大祭は四天寺の秘事のはず」

「その秘事すら利用して朱音さんは内外に祐人が瑞穂さんに相応しいと知らしめる気なのよ。秘事どころか宣伝するつもりだわ。祐人は四天寺が目をつけている、誰も手を出すなって。おそらくだけど、すでにそのように伝わるように外でも動いているわ、きっと。このやたら大きいモニターだって、ここにいる全員に祐人を見せつけて、祐人を知った人たちを広告塔《こうこくとう》にするつもりなのかも」

「じゃ、じゃあ、堂杜さんが私たちの作戦通りに圧倒的な勝利をしていったら……」

「もう、色々動いているはずだから流石《さすが》は四天寺、あの四天寺が囲いこむだけはあるってものすごいスピードで世界中に伝わるわ！　さらにはそれだけの有望な能力者がいたとは、と驚《おどろ》かせるの。それが四天寺家の婿《むこ》……堂杜祐人かって！」

「ええ!?　瑞穂さんはこのことを知ってるんですか？」

「いえ、多分、瑞穂さんは知らないと思うわ。瑞穂さんはまっすぐな人だからこんなことを思いつきもしないと思う。むしろ瑞穂さんは知らないうちに朱音さんの手のひらの上に置かれているんだと……」

みるみるマリオンとニイナの顔が引きつっていく。

特にマリオンはこの四天寺家に身を寄せており朱音とは普段《ふだん》から言葉を交《か》わしている。

そのため、朱音の性格は何となく分かってきていた。

「どどど、どうしましょう！　茉莉さん。祐人さんが！　祐人さんが！」

「それが本当なら恐《おそ》ろしい人。ハッ、堂杜さんに連絡をして作戦を中止しなくちゃ！　なるべく運良く勝ったみたいに……」

珍《めずら》しく狼狽《うろた》えたようにするニイナ。

「で、でも試合が始まっちゃっています。今から連絡なんて」

マリオンの言う通り、すでに連絡する術《すべ》はない。

呆然《ぼうぜん》と三人の少女が四天寺家の主催者《しゆさいしや》席の方に目を移す。

すると偶然か――こちらに顔を向けていた朱音と目が合った。

距離《きより》はあったが三人には朱音の表情がしっかりと確認できる。

すると、その朱音が、
ニッコリと……笑った。

「「「！」」」

　この笑顔《えがお》から数々の情報が三人の少女に伝わってきた。

「あんの人はぁぁぁぁ！」

「あ、朱音さん」

「女狐《めぎつね》めぇぇぇ！」

　この少女たちが声を上げた直後、突如《とつじょ》、観覧席全体がシーンと静まりかえった。

「うん？」

　茉莉たちは周囲の様子の急激な変化に驚き、一体、どうしたのかと首を振り全体を見渡《みわた》す。

　観覧席に座《すわ》っている人間たちは一様に体が固まったかのように大型モニターを見つめて動きもしなかった。

　そして、横から一悟と静香の驚きの声が上がる。

「おおお⁉　祐人、すげぇぇぇぞ！　どうやった？　むしろピンチだと思ったら、いきなり！　なんだよ、なんだよ、今の技は！」

「堂杜君！　凄《すご》すぎ！」

観覧席からも怒涛《どとう》の歓声が沸《わ》き上がった。

「「「え？」」」

慌《あわ》てて茉莉たちは各試合の様子を映し出しているモニターに視線を移す。

「おーっとぉぉ！　なんと、なんとぉぉ？　第８ブロック、早くも決着がつきましたぁぁぁ！　堂杜様、お強い！　なんという強さ！　たった一撃《いちげき》で決めてしまったぁぁ！　それにしても今のは？　まるで分身したかのように三人の堂杜様が現れて対戦者バガトル様に三方向から同時に襲《おそ》い掛《か》かったように見えました！」

これ見よがしに四天寺家の司会者がマイクを通して大きな声を張り上げた。

「「「……！」」」

茉莉たちが口と目を広げて固まっている。

その三人の美少女たちの表情はすべて「祐人、やっちゃった」というもの。

「あ、ここで情報です。堂杜様は瑞穂様と同期で年齢《ねんれい》も同じだそうです。いや、もし堂杜様が勝ち上がってきたら、きっとお似合いな二人ですねぇ。それにこのお二方は何度か仕事も一緒にこなされておりまして……」

何故か司会者から不必要とも思える二人の出会いからの馴《な》れ初《そ》めが語られだした。

さすがにこれには一悟と静香はずっこける。

「おい、そんなことまで言うか？　なんなんだ？」

「本当ね、思わず吹《ふ》き出しちゃったよ。なに？　この安い公開お見合いみたいなのは」

「なあ、みんな、これは一体、何なんだ……って、え？」

一悟が覗きこんだ先には、ズーンと肩を大きく落とした少女たちが三人並んでおり、首を傾げて静香に振り返ると静香も同じく首を捻《ひね》ったのだった。

◆

試合前、祐人の対戦者であるバガトルは試合会場が決まった後すぐにこの試合テリトリーにやってきていた。

もちろん、それは戦いの準備のためである。

バガトルにとって試合までの時間を休憩《きゅうけい》にあてることなど考えてもいない。

むしろそれは貴重な時間を削《けず》る愚《おろ》かな行為《こうい》である。

（敵も分かり戦場も決まっていて休憩するなど狩《か》られるのを待つ野兎《のうさぎ》と変わりない）

バガトルは試合場所として言い渡《わた》されたテリトリーを高速移動しながら隈《くま》なくその特徴《とくちょう》を確認していく。

そして、目に留まったところで立ち止まると体を巻き付けるように身にまとっている風変わりな衣服からいくつかの道具らしきものを取り出して対能力者用の罠《わな》を速《すみ》やかに設置し、またすぐさま移動を開始する。

それらの作業に無駄《むだ》な動きは微塵《みじん》もない。

中には目の前で見ていても、その手順が覚えられぬほど迅速《じんそく》なものもあった。

バガトルはぼさぼさ髪《がみ》の間から鋭《するど》い視線を辺りに送る。

「あの生意気な小僧《こぞう》はどうやら来ていないようだな。ククク……思い知るがいい。戦いとはいつも綺麗《きれい》なものではない。敵は常に目の前にいるとは限らん。俺《おれ》はバガトル、バガトルとは勇者の意。勇者とは必ず敵を狩る者を言うのだ」

バガトルはニヤリと笑い、そして想像する。

この自分と相対するラウンジで大言壮語《たいげんそうご》を吐《は》いた小僧は、さぞ精神をすり減らすことだろう、と。

あのラウンジでの小僧の殺気には驚いたが今思えばそれだけ。

この勇者であり数々の敵や人外を狩ってきた自分に敵《かな》う道理はない。

バガトルは罠を設置する数が増える度にその心に余裕《よゆう》を持たせていった。

さらにバガトルを余裕たらしめるのには理由がある。

試合は四天寺家の広大な敷地内《しきちない》で行われているが、特に祐人の試合会場には鬱蒼《うっそう》とした林が多く、これはバガトルの得意戦術を考えればこの地形はバガトルにとって有利以外のなにものでもなかった。

また、勘違いされがちだがバガトルの戦闘《せんとう》スタイルは近接戦闘である。

罠はそれ自体で決着がつくときもあるが、あくまで戦闘を有利に導くためのものである。

バガトルは自分が一族最強の戦士であり、それゆえ勇者《バガトル》と呼ばれていることを当たり前のことと受け取っている。

罠がなくとも敵を倒《たお》せるがバガトルにとっての勇者とは、万が一の想像すらも許さぬ戦いをし、当たり前の勝利を当たり前に手に入れる者をいうのだ。

そして、勝者は最も価値のある戦利品を頂く。

今回の戦利品とはもちろん瑞穂のことだ。

バガトルはラウンジの場で一瞬《いっしゅん》でも勇者である自分を怯《ひる》ませた憎《にく》らしき小僧の顔を思《おも》い浮《う》かべる。

あってはならぬことだ、けっしてあってはならぬこと。

勝利が当たり前の自分が戦ってもいないない小僧の凄みに恐怖《きょうふ》を感じることなど。

バガトルは怒りにその全身を焦《こ》がす。

「さあ、始まりの鐘《かね》を鳴らせ！　このバガトルが得るだろう戦利品は四天寺そのものとその女。手に入れた戦利品をどう扱おうが俺の自由だ。そうだ、生意気な小僧の前であの娘《むすめ》を辱《はずかし》めてくれようか！　敗者とはすべての汚辱《おじょく》と屈辱《くつじょく》を受けるものなのだからな！」

バガトルは自分が得るだろう勝利の後の光景に酔《よ》いしれた。

そして試合開始直後。

(始まったね。さてと……)

祐人は自身の試合会場である鬱蒼とした林の中で周囲に目を配る。

(まずは相手の場所を特定して、一気に攻《せ》める、だったね。作戦は)

そうニイナに言われた作戦を確認し、臍下丹田に練られた氣を円状に張り巡《めぐ》らした。

この氣の円の中に入った生物の動きが祐人には手に取るように把握《はあく》できる。

祐人の対戦相手はバガトルという男だ。

(たしか、昨日のラウンジで席を同じにした人だったな)

その顔を祐人は覚えている。その印象はあまり良くない男だ。

祐人が思うに、この男は瑞穂に対してだけでなく女性全般《ぜんぱん》に対して、どこか普通《ふつう》ではない考えを持っているのではないかと感じている。

琴音が姿を現したときも琴音に対し下品な目で舐《な》めまわすように視線を送っていたことに祐人は気づいていた。

祐人は目の前のひときわ大きい木の上に身を潜《ひそ》めると目を凝《こ》らすように辺りを見回した。

(すごいな、随分《ずいぶん》と早くにここに来ていたのか？　といっても、たいした時間はなかったはず。それなのにそこかしこに対能力者用の罠が張り巡らされている。これは、まるで狩《しゅ》猟者《りょうしゃ》のようだね。じゃあ、こちらの場所も既に感知しているな)

それらの罠はその射程内において能力者の霊力や魔力《まりょく》に反応して攻撃《こうげき》してくる、もしくは状態異常を狙ったものだということを想像した。

能力者はその体に霊力と魔力を循環《じゅんかん》させており、その循環スピードや量は個々の能力者によって千差《せんさ》万別《ばんべつ》である。

だが、その状態はある意味、その能力者にとって最適な状態であり、これを乱されることは自身のスキル発動に支障をきたす。

祐人はバガトルの罠にはバガトルの霊力により作り上げられた毒のようなものが処理されているのだろう、と考えた。

そうすることで能力者の霊力、魔力の循環を乱し、直接的、間接的にでも相手の戦闘力《せんとうりょく》を奪《うば》おうとしているのだろう、と。

バガトルという能力者は相手を物心両面で追い込むことに長《た》けている能力者と祐人は想定する。

こういう能力者こそ、その本来の実力が実力通りにならない典型的なタイプである。

その環境《かんきょう》や状況を最大限に生かしてくることで、場合によっては己《おのれ》の実力を数倍にしてくるのだ。一対一で戦うには、厄介《やっかい》でタフな相手である。

さらに言えば、こういうタイプが祐人の考える瑞穂が戦うと万が一がある相手なのだ。

(もし、こいつが勝ち上がって瑞穂さんと戦うことになれば……)

相手は、昨日見たかぎり瑞穂自身のことなど興味もなく、ただの景品のようにしか考えていない人間だった。それに加え、その目は下品で不愉快な光を放っていた。

祐人はそこまで想像するが、その顔に焦りも戸惑《とまど》いもない。

今、祐人にあるのは掛《か》け替《が》えのない友人、瑞穂が自分で普通に相手を選べるという状況を勝ち取ること、そしてニイナたちが望む勝ち方へのこだわりだけだ。

祐人は前方を睨《にら》むと小さくつぶやく。

「すぐに片付ける」

祐人は臍下丹田に蓄《たくわ》えていた濃密な仙氣を解放する。

すると、祐人の身体《からだ》を覆《おお》うように仙氣が包みだし、何者にも想像できぬ圧倒的な力の土《ど》壌《じょう》が堂杜祐人という人間に集約していく。

無風にもかかわらず、周囲の草木が震え、右後方にある池の水面が揺《ゆ》れだした。

直後、祐人は多くの罠が張り巡らされた林の中に溶《と》け込むようにその姿を消した。


（来たか……東側から侵入《しんにゅう》。では、まずは待たせてもらおう）

バガトルは今、この第8ブロックのやや西寄りの林と池に挟《はさ》まれた起伏《きふく》のない場所に陣取《じんど》り、目を瞑《つぶ》り息を殺していた。

それは対戦者である祐人がそのままこの試合会場に現れるとすれば東側か南側から侵入してくる可能性が高いと考えていたからだ。

試合のテリトリーはどこもほぼ円形で、この広大な敷地内に散らばって設定されている。

バガトルは二か所の待ち伏《ぶ》せる候補地を作り、祐人の侵入経路に合わせて場所を変えるつもりだった。

（さて、罠を躱《かわ》しつつ北か南に迂回《うかい》しながら俺を探すか？　それともこちらの動きを待ち身を潜《ひそ》めるか？　それでこちらの出方も変わるな……だが）

「ククク……俺の罠は潜んでいれば良いというものではないぞ？　小僧。動く罠の存在に気付けるか？」

これがバガトルの得意戦術であり、数々の獲物《えもの》を狩ってきた術でもある。

バガトルは敵の通りやすい位置に罠を仕掛《しか》けて待つだけではなく、それにプラスして虫や小動物に扮《ふん》した自動追尾《ついび》する罠を組み合わせているのだ。

それによって相手を確実に物心ともに追い込む。

また、発動した罠はすべてバガトルに感知されているためにその場所も特定できた。

そして、弱体化したところに自らの手で仕留めるのがバガトルのやり方だ。

最後は必ず自分の手で直接下す。

(弱体化し、戦意を喪失《そうしつ》した獲物を狩る……これに勝る楽しみなぞない、ククク)

「ム！　ほう、止まらずに動くか。フッ、若いな……うん？」

バガトルは怪訝《けげん》な表情を見せる。

――おかしい。

罠は察知しているはずだ。わざと察知しやすいものも設置している。

罠の存在を分かっているはずの相手が潜むよりも動くことを決断した時、大抵《たいてい》、迂回しながらこちらを探《さぐ》ってくる。

ところが、対戦者であるあの小僧は中央を突破《とっぱ》するような動きを見せているのだ。

(ただの阿呆《あほう》か。それでは大量の罠の海に飲《の》み込まれるだけ……チッ、つまらん。それで

は罠だけで倒れてしまうわ）

　バガトルは今潜んでいた場で立ち上がる。

　今、数々の罠が発動しているのが感知できたのだ。

　物量的にも質的にも避《よ》けられるものではない。

「相手がこれではな、狩りにもならぬわ。こちらから出向くか。もう間に合わんかもしれんがな」

　ところが今……その大量の罠はいまだに次々に発動している。

「……何？」

　そして、それらの罠を受け続けているはずの祐人のスピードが緩《ゆる》んでいないことにバガトルは気づいた。

「何だ!?　どういうことだ!?」

　すでに試合会場のテリトリー中央に近づかんとしている。

　しかも、まだ判断はできないが、それではまっすぐこちらに向かって来ていると、とれなくもない。

　バガトルは精神を集中する。

　間違《まちが》いなく正常に罠は発動している。

いや、今現在も発動し続けている。

「まさか、俺の罠をすべて躱《かわ》して……いや、撃《う》ち落としているのか？　馬鹿な！　あり得んことだ！」

しかし、祐人は今現在も猛《もう》スピードで移動し、こちらに向かって来ている。

ここでバガトルはもう一つ奇妙《きみよう》な点に気づいた。

それは相手が一人ではないのではないか？　という疑問が湧《わ》きあがったのだ。

何故なら罠の発動地点がおかしい。

人ひとりに発動しているにもかかわらず広範囲《こうはんい》の罠が同時発動している。

バガトルの罠はそれぞれに発動レンジが違《ちが》うように設定しているが、明らかに距離の計算が合わない罠が同時に発動しているのだ。

そして祐人が近づいて来るにつれ、それは段々、より確信めいたものに変わる。

「何が起きている？　奴の能力か？　もしや、召喚《しようかん》もしくは契約《けいやく》人外でもいるのか？　いや、あり得ん！　であれば本人がここに向かう必要はない！」

召喚士や契約者の戦い方は通常、その召喚及《およ》び契約した人外の能力が最大限に発揮できる戦い方をする。もしそういう能力者であれば自らが前線に飛び込んでなど来ない。

それに祐人がこの会場に現れたときからその場所は確認《かくにん》している。

そこから今に至るまでトレースは完璧《かんぺき》にできているのだ。

つまり、今こちらに向かっているのは祐人自身に間違いない。

そして今、バガトルの前方のそう遠くはない位置の罠が発動する。

ここにきて祐人がまっすぐ自分に向かって来ていると理解した。

「むう、小僧が！　どんな能力か知らんが無傷ではなかろう。ここで迎《むか》え撃ってやる！」

バガトルは腰《こし》に巻いていた鋼鉄の鞭《むち》を引き抜《ぬ》く。

数々の敵を打ちのめしてきたバガトルの相棒だ。

鞭は本来、一撃で敵を仕留める必殺の武器とはいえない。

ましてや罠で弱らせた相手に対し、さらにこの武器で戦うところにバガトルのサディスティックな精神性がうかがい知れる。

しかし鞭は扱いの難しい武器だが、軌道《きどう》が読みづらく、扱う者の熟練度次第《しだい》では脅威《きょうい》の武器となることは容易に想像できた。

そして本来、林のような立地ではより扱いは難しいが、鞭の名手といっていいバガトルにとっては何の問題もなかった。

「ぬ⁉」

バガトルの眼前の草木が揺れた。

バガトルは鞭をしならせ揺れた草木の辺りに薙《な》ぐ。

「見つけたよ。ハンターさん」

「⁉」

想定とは違う自分の左側に忽然《こつぜん》と現れた祐人がニッと不敵な笑みをしたのをバガトルは見る。

この瞬間、バガトルの怒《いか》りが沸騰《ふっとう》した。

この勇者である自分に対して生意気な態度を見せた小僧が許せない。

だが祐人の動きは速い。いや速いなんてものではなかった。

祐人はすでに鞭を薙いだバガトルの懐《ふところ》に入り込んでいる。

そして攻撃態勢に入る祐人はその右拳《こぶし》をわき腹に叩きこもうとしていた。

だが……バガトルは内心、ほくそ笑んだ。

バガトルは鞭を握《にぎ》る右手の小指に力を込める。

すると、鞭は唸《うな》るように軌道を変えて祐人の左後方から襲い掛かった。

（くたばれ、小僧！）

祐人の右拳が自分に当たる瞬間、零《れい》コンマ以下、僅かに先にバガトルの鞭が祐人の首を捉《とら》える。鋼鉄の鞭は祐人の首を瞬時《しゅんじ》に締《し》め上げ、その頸椎《けいつい》を損傷させんがばかりに引っ張

り上げられる。

「馬鹿め！」

と声を上げて、喜びかけたバガトルの表情が固まる。

「は⁉」

何故《なぜ》なら、鞭で捉えたはずの祐人の姿が消えたのだ。

それだけではない。

気づけば先ほどの反対である右側から、いつ移動したのかも分からないタイミングで祐人が回《まわ》し蹴《げ》りを仕掛けてきているではないか。

「幻術《げんじゅつ》か⁉」

バガトルはそう叫《さけ》んだが実はバガトル自身、幻術にしては出来過ぎていると感じていた。

というのも消えた左側の祐人は幻術にしてはあまりにも肉感があった。

その存在感はこの至近で戦っているにもかかわらず本物としか認知《にんち》できなかったのだ。

ここまで精巧《せいこう》な幻術は見たことがない。いや、存在するとは思えないほどのものだった。

ところが現に、今、右側から祐人の神速の蹴《け》りが近づいてきている。

戦士の勘《かん》がこの攻撃が危険極《きわ》まりないものだと伝えてくる。

「ぬう⁉」

バガトルは奥歯《おくば》が砕《くだ》けんばかりに食いしばる。

(ここで出すとは思わなかったが、仕方あるまい！)

バガトルはここで奥の手《おくのて》をだすことを決断。

何故なら、勇者である自分がこのようなところで負けるわけにはいかないのだ。

勇者とは勝ってこそのもの。

「グゥヮァァァ!!」

突如、バガトルの体の内側から押《お》し出されるように無数の牙《きば》が放出された。

「む！」

祐人は表情を変える。

その牙はバガトル自身の肉と皮を破り、血塗《ちぬ》られた散弾銃《さんだんじゅう》のように襲い掛かってきたのだ。

これはバガトルの奥の手。

自分自身を最後の罠とみなし、自分の体内に無数の牙を潜ませていたのだった。

至近で思わぬところから広角度で放たれた数百の弾丸《だんがん》の牙を攻撃態勢に入っている祐人は躱せなかった。

祐人は全身に多くの牙の弾丸を受け、ハチの巣状態《すじょうたい》で後方に吹き飛んだ。

その弾丸はバガトルの右腕《みぎうで》をも貫《つらぬ》いており、まさに最後の奥の手というものであった。

「グウ……俺にここまでの代償《だいしょう》を払《はら》わせるとはな」

バガトルは荒《あら》い息で絞《しぼ》り出すように声を上げた。

まさか初戦で奥の手まで出させられるとは計算外の何物でもなかった。

接触《せっしょく》時間は僅か数秒。

だが、今、バガトルはまるで数日間、休みなく戦闘を続けたときのように精神をすり減らした状態だ。

「今のが奥の手？　自分ごと攻撃するなんて恐れ入るよ」

ゾクッとバガトルの背筋が凍《こお》る。

誰《だれ》の声かは分かっている。誰であるかに恐怖したのではない。

このセリフが突然《とつぜん》、後背至近から発せられているという事実に怯《おび》えたのだ。

直後、バガトルの背部から肉体や闘争心《とうそうしん》のすべてを吹き飛ばすような強烈《きょうれつ》な衝撃《しょうげき》が五体を駆《か》け巡る。

「カハァ⁉」

掌打《しょうだ》を外す祐人は倒れるバガトルを後ろから支えた。

そして、そのまま地面に横たえると祐人はその場から姿を消した。

バガトルは薄《うす》れていく意識の中、口の中に土が入り込んできたのが分かった。

そして……、

「つ……強さの次元が違う」

そうつぶやき、完全に意識を手放した。

エピローグ

祐人《ひろと》の第8ブロックが十分とかからず終了《しゅうりょう》し、観覧席から驚きの声が上がっている中、四天寺《してんじ》の重鎮《じゅうちん》たちの席ではそれ以上の衝撃を受けたようにざわついていた。

その主催者席の中央では朱音《あかね》が手放しで喜び、瑞穂《みずほ》の手を握っている。

「瑞穂見た？　祐人君、やっぱり強いわ！　瑞穂のためよ！　これは瑞穂のために戦っているのよ！　キャー、素敵《すてき》」

「ちょ、ちょっと！　お母さん、騒《さわ》がないでよ！」

「だって、あんなに真剣に戦ってくれているのよ？　瑞穂のために」

「わわわ、私たちは主催者なのよ、お母さん！　一部の人の勝利に喜んだら失礼よ！」

「もう……本当は嬉《うれ》しいくせに。瑞穂、祐人君が帰ってきたら話しかけにいきなさいね。友人なんだから、それぐらいはいいでしょう」

「そ、それは……」

このような母娘のやりとりの横で四天寺家の分家の当主である神前左馬之助《かんざきさまのすけ》と大峰早雲《おおみねそううん》

の顔には一切《いっさい》の緩みはないどころか緊張《きんちょう》感すら感じられた。

「あれは一体……早雲。観覧している者たちも騒いでいるが、これをどれぐらい理解しているのか」

「はい、左馬之助様。これは、あの少年はそもそもの強さのステージが違います。まるであれでは……いえ、申し訳ありません。私もすぐには何と評して良いのか」

二人の間に重苦しいほどの沈黙《ちんもく》が生まれた。

「闇夜之豹《あんやのひょう》や死鳥とのことは聞いてはおったが、まさかこれほどの……」

ある一定レベルを超《こ》えた、また様々な戦闘において経験値の高い者には分かるのだ。

もちろん結果をそのまま見ても祐人の戦闘能力は規格外であることは理解できる。

だが、二人が愕然としているのはそこではない。

祐人のこの勝利は目に映っているところではなく、もっと別のところで示しているものが二人の重鎮の言葉を失わせた。

何故ならば、あの十代の若い少年が身を置いているレベルが、或《ある》いは自分たちですら測れないものであるかもしれないことを突《つ》きつけられたに等しいのだ。

「明良《あきら》！」

「はい、何でしょう、お爺様《じいさま》」

「お爺様はよせと言っているだろう。いや、そうではない！　何故、これを言わなかったのだ！」

後ろに控《ひか》えている明良に左馬之助が若干《じゃっかん》、荒ぶった声を発した。

主語がないが誰のことを左馬之助が聞いているのか、明良は既《すで》に承知している。

すると、このような質問がくることをまるで先に知っていたかのように明良は動じることもなく笑《え》みを浮かべながら答える。

「はい、今の祐人君の戦いを見ずに私から説明されたとして左馬之助様はご納得《なっとく》していたでしょうか？」

「……う」

明良の言葉に左馬之助も黙《だま》ってしまう。

そして、横にいる早雲も明良の言うことに内心、同意せざるをえなかった。

「堂杜《どうもり》君でしたか……朱音様はこの少年の戦う姿は見ているのですか？　明良君」

「いえ、朱音様は見たことはないと思います。ですが朱音様は祐人君のことを知るや、とてもご興味を持たれていたようでした。それは私も驚くほどに、です」

「そうですか。まさか、それも精霊《せいれい》の巫女《みこ》としての能力なのでしょうか」

「いえ、私もそこまでは」

早雲が考《かんが》え込《こ》むような仕草を見せると皆《みな》の背後で朱音が陽気で大きな声を上げた。

「あら、いらっしゃい！　日紗枝《ひさえ》さん」

「朱音様、お邪魔《じゃま》させていただきます」

「何を仰《おっしゃ》っているの！　あなたも四天寺の人間なのですから、さあ、こちらへ」

「ありがとうございます」

四天寺家の主催者席の裏から姿を現した日紗枝に笑顔の朱音が手招きをする。

瑞穂も日紗枝の登場に驚く。日紗枝が来るとは聞いてはいなかった。

日紗枝は朱音に頭を下げると父である早雲に顔を向けた。

「日紗枝、お前も来たのか。機関の仕事はいいのかい？」

「はい、お父様。それに機関にとって四天寺家の動向は重要ですし、私も気になるところもありますので」

「そうか」

父娘の会話としてはよそよそしいが、それはすでに一人前の大人として互《たが》いの立場を理解しての態度だ。

この場では大峰家の当主と世界能力者機関日本支部の支部長としての立場が勝っている。

「日紗枝さん、後ろにいる方は？」

日紗枝の後方に距離を置いて、ハンチング帽《ぼう》を深くかぶっている大柄《おおがら》の男性に気づいた朱音はその男性をよく確認するように見つめると両手を合わせる。

「あらあら！　剣聖《けんせい》じゃありませんか。そんなところに立っていないで、どうぞこちらにいらしてくださいな」

朱音の剣聖という言葉に他の重鎮たちが驚き、剣聖アルフレッドに視線を集中する。

それもそのはずで、このようなところで会えるような人物ではないのだ。

剣聖といえば四天寺家の当主である毅成《たけなり》と並《なら》び称《しょう》される生ける伝説とまで言われている人物なのである。

「朱音様！　こいつ……いえ、剣聖は毅成様にご挨拶《あいさつ》をしたいと無理やり、ではなくて、こちらに顔をだしたいとのことでしたのでお連れしただけですので」

「まあまあ、でも、いいじゃありませんか。主人ももうすぐこちらに来ますわ。剣聖もこちらでお待ちになっては？」

朱音の提案に慌てる日紗枝。

「で、ですが……ここは四天寺家の主催者席ですので」

「巫女殿《みこどの》、ありがとうございます。では、お言葉に甘《あま》えて私はこちらで待たせていただきます」

「アル！」

アルフレッドがにこやかに返事をする横で日紗枝は目を三角にするが、朱音が席を用意させているのを見て大きくため息をつく。

「目立たないように大人しくしてなさいよね。こんなところに剣聖がいるのがバレたら騒ぎになるわ」

「大丈夫《だいじょうぶ》だよ、日紗枝。変装しているし、バレはしないだろう」

「まあ、いいわ……私のいないところで、あちこち自由に動かれるよりはましね」

日紗枝とアルフレッドが朱音の用意した席に腰を下ろすと日紗枝は体を傾《かたむ》けて瑞穂の顔を覗《のぞ》き込む。

「瑞穂ちゃん、こんにちは。どう？　調子は」

「あ、日紗枝さん……はい」

「すこぶるいいわよねぇ！　だって、祐人君があなたのために頑張《がんば》ってるからね！」

「もう！　お母さんは黙ってて！　鬱陶《うっとう》しいわよ！」

顔を真っ赤にする瑞穂だが日紗枝は朱音からでた祐人という言葉に反応する。

同時にアルフレッドも目を細めた。

「祐人君……朱音様、堂杜君ですか？　彼《かれ》はどこです？」

「ええ、もう祐人君の試合は終わったわ。もちろん、彼の勝利で」

これには日紗枝が驚《おどろ》き、思わず会話に割って入ってしまう。

「え？　まだ始まって十五分も経《た》っていないのでは」

「ふふふ、気になるわよね。もちろん、剣聖も……」

朱音は悪戯《いたずら》っぽく笑うと明良に顔を向ける。

「明良さん、申し訳ないけど第8ブロックの映像をここへお願いできますか？　ちょっともう一度、確認したいところがあります」

「はい、朱音様」

「ああ、左馬之助さん、早雲さんもこちらへどうぞ。お二方も気になっているのでしょう？」

朱音の見透《みす》かしたような言葉に左馬之助たちも苦笑いする。

明良がモニターを前面に用意し、あらためて祐人の戦いの映像を流した。

その映像を見るにつれ、日紗枝の表情は驚愕《きょうがく》に変わっていく。

すでに一度、見てはいるが、やはり左馬之助、早雲の表情も硬《かた》いものになった。

「こ、これは……彼の話は聞いていましたが」

日紗枝が唸るとアルフレッドは鋭い眼光になり拳で口を隠《かく》した。

「すごいでしょう、祐人君は」

まるで我《わ》が子を自慢《じまん》するように喜ぶ朱音。

日紗枝がモニターを睨みながら思わず言葉にしてしまう。

「しかし、この堂杜君の相手を叩《たた》き伏《ふ》せた最後の技は一体……。まるで三体に体を分けて、分身というよりすべてが本体にしか見えません」

「ふむ、日紗枝にもそう見えるかい？」

「はい、お父様」

「いや、それだけではないのだ。この少年は無数の罠の中を駆け抜けながら、この三体で近くにあるすべての罠を叩き落としている。このわしも長らく生きているが、こんなものは初めて見るものだ」

そう左馬之助が付け加えると日紗枝、早雲も押し黙る。

「おそらく、これは……思念体」

剣聖アルフレッドがポツリとつぶやく。

すると日紗枝や四天寺の重鎮たちは目を大きく広げる。

「馬鹿な！　こんな思念体があるものか！　思念体を操《あやつ》る能力者の家系は日本と中国にはあるが、どちらも木々や草花、動物などから情報を得るようなものだったはずだ。それにだな、それがどんなに熟練の能力者でも……」

左馬之助が気色ばんでアルフレッドの考えを否定するとこれには早雲も同意した。

「はい、確かに思念体の巧者《こうしゃ》の中には自分の〝気配〟のようなものをその場に残して、敵を翻弄《ほんろう》する使い手もいるとは聞いています。ですが、このような姿かたちがはっきりと目に見えて、しかも本人と見分けがつかないものなど聞いたことがありません。これはさすがに剣聖の見当違《けんとうちが》いでは」

「そうですね、そのように思われても当然かもしれません。ですが、これは間違いなく思念体でしょう。それも呆《あき》れるしかない、というほどの高レベルの思念体を操っているんです、この少年は」

「まるで、そういう思念体を扱《あつか》うような能力者を知っているような言い方ですね、剣聖」

早雲がアルフレッドに目で視線を送ると、フッ、とアルフレッドは笑みを見せつつ早雲や左馬之助に顔を向けた。

「はい、実は見たことがあります。誰とは言えませんが、とんでもない実力者でした」

「ほう、剣聖をして〝とんでもない実力者〟と言わせるほどの能力者がいるとは」

「まったくですね、驚きです」

「いえ、世の中は広いですよ、お二方。ちなみにその人物ですが手合わせも遠慮《えんりょ》したい、と心から思いますね」

「何と……剣聖が、かね？」

「それで、この少年がそのとんでもない実力者と同等の思念体を操っていると？」

「そうです。ただ、強さ、という意味で言えばこれだけでは何とも言えません。そうですね、この堂杜少年はその人物の思念体と遜色《そんしょく》ないレベルのものを同時に二つ、操っている、という事実があるだけです」

「……ッ⁉」

日紗枝も含《ふく》めた四天寺の実力者たちが剣聖アルフレッドの発言に言葉を失い、日紗枝は機関の幹部としての顔で祐人の試合映像に再び目を移す。

その四人の背後では朱音がにこやかな表情でいる。

また、その横では……、
この入家の大祭の当事者である瑞穂が目を瞑り、フー、とだけ息を吐いた。

その顔にはこう書いてある。

祐人のことで一々驚いていては今後、付き合いきれないわよ、と。

静まる主催者《しゅさいしゃ》席で各々《おのおの》が各々の考えに没入《ぼつにゅう》すると他ブロックでも想像を超えるハイレベ

ルな戦いが終局を迎えつつあった。

あとがき

たすろうです。

魔界帰りの劣等能力者8巻をお手に取って頂き、誠にありがとうございます。

この8巻で新章突入です。第4章となりますね。

楽しんで頂けたのならとても嬉しいです。

ついに「魔界帰り」も八冊目となりました。これも読者様のおかげですね、ありがとうございます。

さて、4章は魔界帰りの物語としてターニングポイントになる章の予定です。

それは物語の根幹にかかわるものでもございますし、キャラたちの心情の変化も語られていくことになると思います。

今回は新しい登場人物が特に多かったですね。それは入家の大祭というイベントの性質上、どうしてもそうなるのは避けられません。

それぞれのキャラの生い立ちはあるのですが、中々すべてを語ることは難しいです。とんでもないボリュームになってしまいますからね。

ですが各キャラは語られない過去の経験や性格に基づき言動をとります。その辺から憶測いただけると作者としてはありがたいです。

また今回の入家の大祭で能力者という存在の異質性を強く感じると思います。やはり一般人とは違う常識を持っていることが多いです。

ですので私たちが持つ世間常識で彼らを見てしまうと理解が難しかったり、時には不愉快に思うこともあると思います。それは彼らの置かれている環境が私たちとは違う意味で過酷な世界であることが言えると思います。

やはりどこか普通ではないんです。

それは四天寺家の瑞穂や朱音、マリオン、もちろん祐人などもそうです。

そのため、私たちと同じ感覚の一悟や茉莉たちが違和感を覚える場面があります。

一番それを感じると思われるところは能力者たちが一般人よりも命の対価が非常に安い点でしょう。彼ら、彼女らは自分や相手の死が私たちよりとても身近に思っているところがあります。

選択の間違いがすぐに死に直結することを普通に受け入れているのかもしれません。

世界能力者機関が能力者たちを束ね、いつか公の組織として世間に発表したいと思っていても、それができないのは彼らの能力がファンタジーすぎるということだけではないんです。

このような非常識を常識としている人間たちが強大な力を持っているというのは深刻なすれ違いや敵対を招くことになるのを問題視しているところもあります。

この辺は長い時間をかけて根気よく能力者たちの意識改革を促す教育が必要なのでしょう。

それに加えて以前に出てきたスルトの剣や伯爵たちのような能力者もおり、能力者たちが一枚岩になっていないという点も問題です。

ですので機関に参加する能力者家系筆頭格の四天寺家が入家の大祭を催すにあたって警備を強化するのは当然のことでもあります。

その意味で朱音が祐人に依頼をしてきたのも不自然なことではありませんでした。

朱音の狙いや策略に関係なく、祐人や能力者ではないにしても内戦を母国で経験したニイナが朱音の依頼をあり得ないこと、と考えないのはそういう側面があったと思います。

血生臭いですね、能力者たちの世界は。

何はともあれ祐人は入家の大祭に参加することになりました。

大祭に参加してきた能力者は性格も実力も曲者ぞろいです。

9巻ではさらに熾烈なバトルが繰り広げられるでしょう。

祐人がどう戦っていくのか次巻をご期待ください。

これからも漫画版も含めた「魔界帰りの劣等能力者」シリーズを是非ともよろしくお願いいたします。9巻でまたお会いしましょう。


最後にHJ文庫の編集の皆さま、営業の方、担当のSさん、そして、いつも素敵なイラストを描いてくださるかるさんに感謝を申し上げます。

またこの本をお手に取ってくださいました読者様、この物語を応援してくださっている方々に最大限の感謝を申し上げます。

皆様の声はとても力になっております。

誠にありがとうございました！

激化する大祭で、祐人は最凶の敵と

祐人の1回戦突破で盛り上がる入家の大祭。
続々と勝ち上がっていく他の参加者たちの中でも際立つその実力に、
四天寺家の面々の祐人の評価も上がっていく。すべて朱音の掌の上
で進んでいく大祭の最中、ガストンから危急の連絡があって——

剣を交える——
魔界帰りの劣等能力者
神剣の騎士
The inferior in ability who returned from the demon world
9
2022年夏、発売予定!!

HJ文庫 https://firecross.jp/
978

魔界帰りの劣等能力者

8. 入家の大祭

2022年2月1日　初版発行

著者――たすろう

発行者―松下大介
発行所―株式会社ホビージャパン

〒151-0053
東京都渋谷区代々木2-15-8
電話　03(5304)7604（編集）
　　　03(5304)9112（営業）

印刷所――大日本印刷株式会社

装丁――小沼早苗（Gibbon）／株式会社エストール

ISBN978-4-7986-2716-8　C0193

ファンレター、作品のご感想
お待ちしております

〒151-0053　東京都渋谷区代々木2-15-8
(株)ホビージャパン HJ文庫編集部 気付
たすろう 先生／かる 先生